サンボン
Illustration
Yuzuki
The Survival of an Incompetent Villainous Prince.
無能の悪童王子は生き残りたい
—恋愛RPGの悪役モブに転生したけど、原作無視して最強を目指す—

CONTENTS

カルラ
＝デルミニオ
クリスティアの護衛で聖騎士。
エンハザのヒロインであり、
その中でも物理攻撃力は一、二を争う。
なお、剣術以外はポンコツな
くっころ女騎士。
ハロルド
＝ヴェル＝デハウバルズ
デハウバルズ王国の第三王子。
恋愛RPG「エンゲージ・ハザード
（通称：エンハザ）」に登場する悪役。
破滅エンドを迎えるはずだったが、
前世の記憶を思い出し
運命が変わり始める。
アレクサンドラ
＝オブ＝シュヴァリエ
王国最大の貴族・
シュバリエ公爵家の令嬢。
エンハザに登場する
ヒロインの一人（ヤンデレ）。
原作ではハロルドに
婚約破棄されるはずが、
今回は引き続き婚約者となる。
クリスティア
＝サレルノ
隣国・バルティアン聖王国の聖女。
エンハザのヒロインの中で
最も腹黒い性格の持ち主。
このゲーム唯一の
【聖属性】の使い手。
モニカ
＝アシュトン
ハロルドの専属侍女。
元はアレクサンドラに
仕えていたが、
とある理由でハロルドに
仕えることに。
災禍獣
キャスパリーグ
エンハザのイベントボス
“災禍獣キャスパリーグ”の子ども。
ハロルドが強くなるための秘密を
隠しており……？

「……【スナッチ】！」
『漆黒盾キャスパリーグ』の固有スキル【スナッチ】は、
攻撃対象の全てを奪う。
命を含め、その全てを。

無能の悪童王子は生き残りたい
～恋愛ＲＰＧの悪役モブに転生したけど、原作無視して最強を目指す～

サンボン

GA文庫

カバー・口絵　本文イラスト
Ｙｕｚｕｋｉ

序章　『無能の悪童王子』と『氷結の悪女』

「〃ハロルド〃殿下、そろそろお仕度をなさいませんと……」

使用人達が僕の部屋を訪れ、おずおずと顔色を窺《うかが》う。

それはそうだろう。ただでさえ気難しい僕の機嫌を損なってしまったら、それこそどんな目に遭わされるか分かったものじゃないしな。

「わわ、分かっている！　悪いがあと三十分だけ一人にしてくれ！」

「っ⁉　しょ、承知しました……」

使用人達は顔を真《ま》っ青《さお》にすると、そそくさと部屋から出て行った。

いや、確かに緊張のせいで僕の言い方もきつかったことは否めないが、ちょっと断りの言葉を入れた程度でその反応はないんじゃないか？　……と言いたいところだが。

「ハア……まあ、元が元だから、しょうがないか……」

鏡に映る、少し長めの黒の前髪で隠れた灰色の三白眼《さんぱくがん》の瞳《ひとみ》を持つ、どこか尊大で傲慢《ごうまん》な印象を受ける敵キャラな自分の姿を見つめ、僕は盛大に溜息《ためいき》を吐《つ》く。

僕の名前は〃ハロルド＝ウェル＝デハウバルズ〃。

西方諸国にある列強国の一つ、〝デハウバルズ王国〟の第三王子であり、姑息《こそく》で卑劣で長いものに巻かれる最低最悪の『無能の悪童《あくどう》王子』。

それがこの僕なのだ。

え？　どうして自分のことをそこまで悪《あ》し様《ざま》に言うのかって？　当然だ。

だって僕は……この『エンゲージ・ハザード』（略して『エンハザ』）というチャット型恋愛スマホＲＰＧに登場する、主人公のライバルキャラの腰巾着《こしぎんちゃく》キャラなのだから。ややこしいな。

簡単に言ってしまえば国民的ネコ型ロボットアニメに登場する、あの物理法則を無視した変な髪型の奴ポジってわけだ。

ライバルキャラに全力で媚《こ》びを売り、主人公を事あるごとにいじめては最終的にライバルキャラ以上に痛い目に遭う、噛《か》ませ犬にすらなれなかった悲しき存在。言ってて悲しくなる。

その事実を知ったのは、今日の朝。

目が覚めると異世界転生あるあるの、いきなり前世の記憶が蘇《よみがえ》ってきたというやつだ。

ちなみに前世は普通の大学生で、〝立花晴《たちばなはる》〟という名前だった。

田舎から上京して大学に通うも、他人とは遥《はる》か上までそびえ立つ巨大な壁を構築して全《すべ》てを拒絶する元来の性格もあって馴染《なじ》むことができず、孤独な僕は三次元ではなく二次元に繋《つな》がりを求めて『エンハザ』を始めたんだ。

するとどうだろう。『エンハザ』のヒロイン達（正しくは中の人）の軽快なチャットトークと起用された人気イラストレーターが描く圧倒的に可愛《かわい》いビジュアルがメッチャツボにはまり、バイト代のほとんどを突っ込んで課金ガチャを回して……言ってて悲しくなるのは、転生前でも変わらなかったな。チクショウ。

あ、でも、ユーザーランキングでは常に二位をキープしていたから、ゲーム内では『@halhal』といえば一目置かれる存在だったぞ。

まあいい。とにかくここは以前いた世界とは違うんだ。僕は何としても、ゲームと同じシナリオを阻止しないと。

だってそうじゃないと、僕……ハロルドは死んでしまう運命なのだから。

ただの腰巾着キャラに過ぎないのに、どうしてそんな目に遭わないといけないんだと言いたいところだが、残念ながらこのハロルドという男、最終的に本編シナリオで謀反を企てるのだ。

大勢のヒロイン達は当然のことながら、ライバルキャラとなる第一王子の〝カーディス〟や第二王子の〝ラファエル〟……いや、このゲームに登場するほとんどの者達から認められ、好かれていく主人公に盛大に嫉妬《しっと》して。

だがコイツは第三王子として我儘《わがまま》放題の好き勝手に生きてきたせいで自分一人では何もできず、主人公と争ってヒロインを奪い合うものの誰《だれ》にも相手にされない悲しい男。

当たり前だがそんな無能な男の無計画かつ無謀な謀反が成功するはずもなく、主人公とヒロイン達にあっさりと阻止されてしまい、最後はヒロイン達に囲まれたハーレム主人公の目の前で処刑されてしまう。

僕としてもそんなバッドエンドは是が非でも阻止したいが、ハロルドが長年積み重ねてきた傍若無人な振る舞いによって評価は最悪。本編開始前からマイナススタートである。

ちなみにライバルキャラであるカーディスとラファエルはちゃっかり主人公と和解しており、どのルートを辿《たど》っても死んだりすることは決してない。

というか二人の王子は元々がイケメンクールキャラなので、運営は調子に乗って『エンゲージ・ハザード～ガールズサイド～』なるものをリリースしており、こちらでは女主人公に尽くすクールでヤンデレなイケメンキャラとして登場している。ハロルド？　いるわけがない。

いずれにせよ、僕がそんな最期を迎えないようにするためには、自分の悪評を少しでも改善しつつ『エンハザ』本編には全力で関《かか》わらないようにするのが得策、なんだが……。

「そういうわけにはいかないよな……」

何せ主人公は僕の弟で第四王子、ライバルキャラは兄の第一王子と第二王子なのだから。

普通に生活しているだけで、どうやっても絡《から》んでしまう仕様っていうな。逃げ場なしかよ。

幸いなことに、今の僕の年齢は十三歳。本編開始までにあと三年ある。

その間に何としてでもゲームには絶対に存在しない、僕の生存ルートを無理やり作らないと。

そのためには。

「今日の面会、絶対に失敗するわけにはいかない」

この『エンゲージ・ハザード』というゲームは、主人公が次期国王に選ばれる条件である『世界一の婚約者を連れてくること』を目的として、たくさんの個性的で可愛いヒロインと出逢《であ》い、恋愛する、冒険とラブコメの物語だ。

ＲＰＧパートにおいて王国どころか世界各地で起こる事件を解決し、その時に出逢ったヒロイン……つまり婚約者候補との恋愛パートをチャット形式で進めるという、極めて斬新《ざんしん》な仕様となっている。

これにより『エンゲージ・ハザード』はリリース前から話題になり、正式にリリースしてからは空前の大ヒット、いずれはアニメ化・コミカライズなどのメディアミックス展開が予想されていた……予想されていたんだよ。

だというのに。

「どうして会社が倒産するかなあッッッ！」

怒りのあまり、僕は拳《こぶし》で机を思いきり叩《たた》いた。メッチャ痛い。

そう……『エンハザ』のリリースから半年後、運営会社が突然倒産してしまい、それによってサービスも強制終了するという憂き目に遭ってしまったのだ。それも、告知も一切なく。

ネットニュースでそのことを知った時は、ここまで注《つ》ぎ込んだ課金の額も額だっただけに、枕《まくら》を涙で濡《ぬ》らして眠ったよ……目が覚めたらハロルドになっていたけど。

「と、とにかく、死んでたまるか！　僕は絶対に生き残ってやる！」

将来に絶望しか見出せないが、僕はこの『エンハザ』という世界を知り尽くしている。なら『エンハザ』のイベントをことごとく回避するために、死ぬ気で頑張ればなんとかなるはず。そうであってください。お願いします。

「そして、僕はあのヒロインを……きっと救ってみせるんだ……っ！」

拳を握りしめ、僕は鏡に向かって強く頷《うなず》いた。

◇◆◇◆◇

「こ、これ、本当に大丈夫なの……？」

「は、はい！　今日のハロルド殿下は、いつにも増して素敵でございます！」

おずおずと尋ねる僕に使用人達は全力で誉めそやすが、この格好は明らかに似合っていない。

金色を基調とした肩パットの入った礼服に、ギラギラした趣味の悪いアクセサリーの数々。もしこのゲームに『魅力』ステータスが存在したなら、装備した瞬間にデバフがかかりまくりである。

これが主人公やライバルキャラなら万に一つも似合う可能性があるのかもしれないが、あいにく僕はやられ役の腰巾着キャラ。マイナスをプラスに変える要素は皆無なのだ。

それに前世での僕の服装は、黒を基調とした……というか、全体的に黒い服しか持っていなかった。むしろそういう服装じゃないと落ち着かない。

「や、やっぱりこの服装は駄目だ！　黒を基調にしたもっと僕に似合うものにしてくれ！」

「っ⁉　かか、かしこまりました！」

僕が大声で叫んで拒否したため、激怒したと思ったんだろう。

使用人達は顔を真っ青にして、大慌てで別の衣装の準備に取りかかる。

だけど、よくよく考えればハロルドは『エンハザ』でいつもこんな格好をしていたっけ。だから気を遣って使用人達が用意してくれたのだとすると、悪いことをした。

そもそもハロルドの趣味が悪過ぎて僕と相容れないのだから、しょうがないんだが。

いずれにせよ、今日は僕が生きるか死ぬかを左右すると言っても過言ではないほど、大事な面会。絶対に失敗するわけにはいかないので、悪いが我儘を言わせてもらおう。

ということで。

「おお……これ、いいじゃないか」

「お、お気に召したようで何よりです……」

全身黒ずくめの衣装に着替え、鏡を見て満足げに声を漏《も》らす僕を見て、使用人達は安堵《あんど》の表情を浮かべる。

やはり趣味の悪い服装で着飾るよりも前世で着慣れていた黒のほうが落ち着くし、これなら彼女の印象も悪くはならないだろう……って。

僕はメイドに告げると、ハンカチを用意してくれた。

「あ、ハンカチを忘れた」

「……久しぶりに思い出したな」

竜の刺繡《ししゅう》が施されているハンカチを見つめ、僕は思わず頰《ほお》を緩める。

僕……というか前世の記憶を取り戻す前のハロルドの、幼い頃《ころ》の記憶。

王宮の部屋の中に閉じ込められて泣いていた、ボブカットの綺麗《きれい》な顔とサファイアのような青い瞳を持つ男の子に、同じハンカチをあげたのだ。

名前を聞きそびれたが、あの男の子は今も元気にしているだろうか……。

「で、では、そろそろお時間ですので……」

「っ⁉ も、もうそんな時間か⁉」

物思いにふけっている間に、決戦の時を迎えようとしていたなんて。まだ心の準備もできていないというのに、どうしよう。

使用人に急《せ》かされ、僕は大急ぎで面会の場所……国王の待つ応接室へと向かう。

そして。

「おお、ハロルド。待ちくたびれたぞ」

「その……も、申し訳ありません」

僕の姿を見て相好を崩したのは、国王であり父である〝エイバル＝ウェル＝デハウバルズ〟。

見た限りでは威厳がありつつも優しそうな印象に見えるが、この男は何をとち狂ったのか、三年後に僕を含めた四人の王子を呼びつけ、『世界一の婚約者を連れてきた者を、次の王とする』とか言い出すのだ。

一見まともそうでもいつ乱心するか分からないので、『エンハザ』本編が開始されるまでこれっぽっちも気が抜けない。

「？　ハロルドよ、どうした？」

「へ⁉　あ、ああいえ、少し緊張してしまいまして……」

いけない、少しボーっとしてしまっていた。集中しよう。

すると、エイバル王の向かいに座っていたとても小さな少女が、ゆっくりと立ち上がった。

「ハロルド殿下、お会いできて光栄に存じます」

少女は優雅にカーテシーをする。

プラチナブロンドの長く艶《つや》やかな髪に、サファイアのように輝く青色の瞳。

透き通る白い肌に映える、柔らかそうな桜色の唇。

彼女の名は、〝アレクサンドラ＝オブ＝シュヴァリエ〟。

デハウバルズ王国の領土の三分の一を所有する最大貴族、シュヴァリエ公爵家の令嬢であり、

『エンゲージ・ハザード』に登場するヒロインの一人。

『エンハザ』初期から用意されたヒロインではあるものの、リリース前に行われたユーザー期待度アンケートではぶっちぎりの最下位。

その結果を受けて運営は彼女のメインシナリオだけを用意し、リリース後一切《いっさい》のイベントやスチル、イラストなどの追加が行われなかった不遇なヒロイン。

だけど、不人気だった原因は分かっている。彼女は能力値が全ヒロイン中最弱な上に、『エンハザ』本編では他のヒロイン達に対し執拗《しつよう》ないじめや嫌がらせを行うのだ。

何故《なぜ》そんなことをするのかって？　きっとエイバル王の乱心を受けて婚約破棄を突きつけたハロルドへの意趣返しと、主人公に振り向いてもらうためだと僕は解釈している。

でも、そんなことをしたせいでアレクサンドラは本編シナリオで『氷結の悪女』と呼ばれ、しかも父親のシュヴァリエ公爵が謀反を企てていた罪で一緒に処刑されてしまうんだ。

それを回避するためには、主人公がアレクサンドラルートをクリアするしかない。

そして。

「あ……あう……っ」

アレクサンドラを目の前にして緊張で何も言えなくなってしまうほどに、僕は彼女が『エンハザ』のヒロインの中で一番好きだった。

……いや、この言い方だと語弊がある。

僕はアレクサンドラ＝シュヴァリエというヒロインが、『エンハザ』以外の全ての二次元と三次元を含めても一番好きなんだ。

理由？　数えたらきりがないが、最初のきっかけは本編シナリオを進めていた時にある選択肢によって見ることができる、寂《さび》しく笑う彼女のスチルとあの言葉。

『……これであの御方は、私のことを見てくださるかな』

ハロルドに婚約破棄をされたアレクサンドラが王立学院でヒロイン達に嫌がらせをした後の放課後、夕日を見つめて主人公を想《おも》っていることを示す大切な台詞《せりふ》。

まるで女性向けラノベの悪役令嬢……いやいや、最近では悪役令嬢のライバルヒロインや妹のほうが嫌な奴《やつ》なんだったな。とにかく、そんなキャラのように嫌がらせをする悪女ヒロインという印象だったのに、その表情と一言に僕は胸を締めつけられた。

それからの僕は何度も彼女のそのシーンに繋がる選択肢を繰り返し選び続け、彼女の行動理由などを悟った時には、もうアレクサンドラというヒロインしか見えなかった。

だというのに、その台詞やスチルを見ることができる唯一の選択肢を選ばないほとんどのユーザーには彼女の素晴らしさが認識されず、全てのヒロインの台詞差分を狙《ねら》うヘビーユーザーからも『嘘《うそ》くさい』『性格ブスなのは一緒』と、散々な言われよう。

それが頭にきて、SNSや掲示板サイトなどでひたすらステマやレスバの応酬を繰り広げ、何とかしてアレクサンドラのイメージアップを図ろうと必死になっていたことを覚えている。

それくらい前世の僕はアレクサンドラに対し、推し以上の感情を抱いていたのかもしれない。

そして、それは今も。

だからこそハロルドに転生した僕は、なおさら心を入れ替えて『無能の悪童王子』との評判を払拭《ふっしょく》して破滅フラグを回避し、生き残らないといけない。


――そうすれば、駄目な僕にも彼女が振り向いてくれるかもしれないから。


分かってる。たとえ人気最下位で不遇な扱いを受けているとはいえ『エンハザ』のヒロインである彼女が、噛ませ犬以下の存在であるハロルドを好きになるなんて永遠にないことくらい。

でも……それでも、せっかく『エンゲージ・ハザード』の世界に転生したんだから、少しくらい夢を見たっていいじゃないか。

とにかく、彼女とのゲーム本編開始前の婚約イベントは絶対に成功させなければいけない。

いや、何もしなくてもゲームの仕様上絶対に婚約することは分かっている。

「……ハロルド殿下？」

「っ⁉　も……申し訳ございません！　あの、その……っ」

アレクサンドラに怪訝《けげん》な表情で尋ねられ慌てて弁明しようと試みるが、やはり上手《うま》く話すことができない。

「ハッハハハハハ！　仕方のない奴じゃ！　アレクサンドラ嬢を前にして、その美しさに余でも見たことがないほど緊張しておるわ！」

「うぐ……」

そのとおりなので何も言えないけど、国王ナイス。

これで少しは僕のことを理解してもらえると助かる……のだが。

「………………」

彼女は無言のまま、僕を凝視している。

うう……初顔合わせの場だというのにこんな態度を取ったことで、機嫌を損ねてしまったのだろうか……いや、きっとそうに違いない。

「うむうむ！　余を前にしてはお互いに満足に話もできぬであろう。ハロルドよ、アレクサンドラ嬢に王宮内を案内して差し上げるのじゃ」

「は、はい！」

国王に頷き、ぎこちない動きでアレクサンドラの前に来ると。

「ア、アレクサンドラ殿、どうじょ……!?」

「あ……」

僕は彼女の前で跪《ひざまず》き、右手を差し出した……けど、舌を噛んでしまったせいで台無しだ。

とはいえ、異世界恋愛もののラノベではヒーローがヒロインに対してこういうシーンがあるから、僕の行動は間違っていないはず。

だというのに。

「…………………………」

アレクサンドラが思いきり目を見開いている。僕はさらに失敗を重ねてしまったんだろうか……って。

「そ、その……どうぞよろしくお願いします」

「ん、んん……」

差し出した僕の手に、アレクサンドラは小さな手をそっと添える。

すべすべした手触りの中にごつごつとした感触があるが、気にしないでおこう。そうじゃないと、これ以上は緊張で僕の精神が崩壊してしまう。

「コホン……で、では……」

「はい……」

色々とやらかしてしまった失敗を誤魔化《ごまか》して咳払《せきばら》いをすると、彼女の小さな手の温《ぬく》もりを感じつつ、僕達は国王と公爵に見送られて応接室を出た。

「こ、ここは王宮内でも特に綺麗な場所……だと思う、います」

王宮の中庭に案内し、僕は声を上ずらせて説明する。

前世からずっと大好きだったヒロインと手を繋いでいるんだ。緊張するに決まってるから。

手汗とかメッチャヤバイし。キモチワルイと思われたらどうしよう。

だけど。

「…………………」

僕と一緒にいるのがつまらないのか、それともやっぱりキモチワルイと思われているのか、アレクサンドラは終始無言のままだ。

大学でよく見かけるカースト上位のチャライ連中のように何か面白《おもしろ》いことでも言えればいいんだが、難攻不落の要塞《ようさい》くらい他人と距離を置いてしまう僕には無理ゲーが過ぎる。

すると。

「お嬢様、王宮だけあってこちらは素晴らしい庭園ですね。ここでお茶をすれば、さぞや楽しくお過ごしいただけるでしょう」

アレクサンドラのお付きのメイドが、澄ました表情でそんなことを告げた。

亜麻色のボブカットの髪に輝くヘーゼルの瞳、整った目鼻立ちをしており、『エンハザ』のヒロインと比べても遜色《そんしょく》ないほど綺麗だが、何度思い返してみても彼女がゲームに登場していたという記憶がない。

つまりはモブ以下の存在であるはずなのにこのビジュアル……ひょっとしたらこの世界には、美人しかいないのかも。

まあいい。せっかくなので、彼女の意見を採用させてもらうとしよう。というかノープランだった僕としてはむしろ助かった。

「そ、その……お茶……」

声を絞り出し、僕は庭園内にあるテラスを指差す。あそこなら、一緒にお茶ができるだろう。やはり婚約相手として、お茶を振る舞うのは当然のマナーだしな。うんうん。

アレクサンドラが頷いてくれたので、僕達は向かい合わせに席に着く……んだが。

「…………………」

「…………………」

……困った、会話が一切ない。しかも彼女、眉根《まゆね》を寄せているし不機嫌なようにも見える。

やっぱりハロルドでは……いやいや、これは立花晴である僕の問題なのかも。

もしこれが『エンハザ』のハロルドだったら、緊張なんてすることもなく罵詈雑言《ばりぞうごん》を浴びせているだろうし。いやいやいや、拗《こじ》らせているという点では立花晴もハロルドも一緒か。

でも、ここで僕が彼女との関係を構築しなければ、最悪の未来が待っていることは目に見えている。それだけは絶対に嫌だ。

僕はちっぽけな勇気を振り絞り、勢いよく顔を上げると。

「ア、アレクサンドラ殿！」

「っ⁉　……な、なんでしょう……？」

しまった⁉　いきなり名前を叫んだから、ものすごく引かれてる⁉

だ、だけど、ここまできたら引き下がれない！　もう勢いで最後まで押し切ってやる！

「そそ、その！　……その、知っているかもしれないが、僕はこれまで、あまりいい王子ではなかった。人に迷惑ばかりをかけ、自分勝手で、我儘で……だから、君が僕のことをよく思っていないこと、その……分かってて……」

「…………………………」

最初の勢いはどこへやら。僕のトーンはどんどん尻《しり》すぼみになり、最後のほうは消え入りそうな声になる。

アレクサンドラはそんな僕の言葉を、ただ無言で聞いてくれていた。

「だけど、この婚約は王族から持ちかけたものであって……君が拒否することができないことも、理解してる、ます……」

「……ハロルド殿下は、何をおっしゃりたいのでしょうか？」

ようやく口を開いたアレクサンドラは、氷のような冷たさを湛《たた》えた青い瞳で僕を見つめ、低い声で尋ねる。

しかも彼女は僅《わず》かに眉根を寄せていて、怒っている様子が窺えた。

緊張と不安、それに恐怖で思わず変な声が出そうになってしまうが、僕は何とか気を取り直し、彼女を見つめると。

「三年……三年、僕に時間をください！　その間に僕は、君に相応《ふさわ》しい男になってみせるから！　もし三年後の僕が君から見て取るに足らない男だったら、その時は僕から陛下にお願いして婚約を解消してもらうから！」

「な……っ」

「どうか……どうか、お願いします！」

僕は椅子《いす》から飛び降りて土下座を敢行し、地面に額を擦《こす》りつけて懇願した。

悪名高いあの『無能の悪童王子』のハロルドが、王国の臣下の令嬢に頭を下げてみっともなく情けない姿でお願いをしているんだ。これでますます彼女は幻滅したかもしれない。

でも……僕は、こう考えたんだ。

このままだと死ぬ運命しかない僕だけど、『エンハザ』本編が始まる今から三年後までにアレクサンドラに認めてもらえるような男になることができたなら、僕と彼女の運命を変えられるんじゃないかって。

つまり僕とアレクサンドラが結ばれることで、世界一の婚約者を探すために婚約破棄をするという破滅のきっかけとなるイベント自体がなくなり、それによって主人公と争うこともなくバッドエンドを回避できるかもしれないと。

僕とアレクサンドラ、二人分の人生が救われるかもしれないと。

「…………………………」

沈黙の中、彼女の視線を頭上に感じる。

そして。

「……でしたら、ハロルド殿下のその想いが本物か、試させてください」

「え……？」

顔を上げると、目に映ったのはまるで感情のこもっていないアレクサンドラの表情。

抑揚のない声で告げた彼女の言葉の意味が分からず、僕は思わず呆《ほう》けた声を漏らした。

「〝モニカ〟」

「……かしこまりました」

アレクサンドラに声をかけられたメイド……モニカがこの場を離れたかと思うと、何故か木剣と木の盾を二組持って戻ってきた。

え、ええと……これはどういう意味だろうか。

「これから私が、本気の一撃を打ち込みます。ですからどうか、ハロルド殿下は見事防いでみせてくださいませ」

「え、ええ⁉」

どうしてこうなる⁉

そもそも僕、前世では喧嘩《けんか》だってまともにしたことがないし、ハロルドに才能がないことは『エンハザ』の公式サイトで把握している。いくらアレクサンドラが『エンハザ』ヒロイン最弱とはいえ、それでも物理特化の彼女に敵《かな》うはずがない。

「先程の殿下の覚悟は、偽りだったのですか？」

「っ！」

アレクサンドラのその一言で、僕は胸が熱くなる。

彼女に告げた『三年で相応しい男になる』という言葉は、決して嘘なんかじゃない。

僕は生き残るために……主人公を差し置いて最推しのヒロインと結ばれるという、万に一つの可能性に全てを賭《か》けたんだ。

だから。

「ありがとうございます」

モニカという名のメイドから木剣と盾を受け取った僕を見て、アレクサンドラは僅かに微笑《ほほえ》み、剣を手に低く構える。

大丈夫。彼女は『防いでみせろ』と言ったんだ。勝負に勝つことは無理でも、たった一度だけ防御するだけなら、たとえハロルドでもできるかもしれない。

……いや、絶対に防ぐんだ。

「では……いきますッッッ！」

「なっ⁉　速っ⁉」

アレクサンドラがそう告げた瞬間、僕の視界から彼女の姿が消える。

そう思った、その瞬間。

――バキャッッッ！

構えていた僕の盾で感じる、すさまじい衝撃。

気づけば僕は三メートル近く後ろへと押し出され、盾が粉々に打ち砕かれていた。

「あ……ああ……っ」

「…………………………」

目の前にいるのは、無言で見つめる瞳を血塗られたような赤に染めた彼女。

だけど『エンゲージ・ハザード』でアレクサンドラの瞳が赤いことなんて、一度もなかったはず。表情差分、台詞差分を含め全て網羅したこの僕に、見逃しは一切ない。

なら……これは一体……。

「……ハロルド殿下のお覚悟、確かに見届けました」

「あ……」

アレクサンドラは姿勢を正し、凛《りん》とした表情で告げる。

きっとまぐれ……いや、偶然……いやいや、奇跡だと思うが、結果的に彼女の剣を受け止めることができたみたいだ。盾は木っ端微塵《みじん》になったが。

それと、瞳の色も青色に戻っている……というか、さっきのは見間違い……？

彼女の攻撃を受け止めたことへの驚きと興奮も相まって、混乱していると。

「このアレクサンドラ＝オブ＝シュヴァリエ、ハロルド殿下の三年後のお姿を楽しみにしております」

胸に手を当て、アレクサンドラがカーテシーをする。

その姿を見ただけで頭が一瞬真っ白になるが、すぐに彼女の言葉を理解し、胸が高鳴った。

僕は、チャンスを貰《もら》えたのだと。

「その！　あ……ありが、とう……」

精一杯の感謝を込め、僕は深々とお辞儀をする。

すると。

「ハロルド殿下、お嬢様、そろそろお時間です」

恭しく一礼し、メイドのモニカが面会終了を告げた。

アレクサンドラとの初顔合わせは、お茶をするどころか剣と盾を交えるという、あり得ない形で幕を引くこととなってしまった。

そして。

「ハロルド殿下、失礼いたします」

「あ、ああ、うん……また……」

王宮の玄関で、車窓から手を振るアレクサンドラを見送る僕。

馬車はゆっくりと王宮から遠ざかってゆき、その姿が見えなくなるまで僕はいつまでも見つめていた。


――握りしめる両の拳に、覚悟と決意を込めて。

幕間　竜の刺繍のハンカチ

■アレクサンドラ＝オブ＝シュヴァリエ視点

「ふふ……うふふ……うふふふふ……！」

手を振ってくださるハロルド殿下に見送られる馬車の中、私は喜びを抑えることができずに笑いが込み上げてきます。

だって……私はとうとう、あの日からずっと想《おも》い続けていたハロルド殿下と婚約をすることができたのですもの。

それでこそお父様には内密に、婚約を王宮に願い出た甲斐《かい》があったというものです。

王宮からハロルド殿下との婚約についての書状が届いた時の、お父様のお顔は見ものでした。

まさか『無能の悪童《あくどう》王子』と揶揄《やゆ》されるあの御方との婚約なんて、寝耳に水でしょうから。

「……お嬢様。無事ハロルド殿下との婚約が成ったとはいえ、少々気が緩み過ぎております」

「あら、それくらいいいじゃないですか。あなただって私の想いは理解しているでしょう？」

「それはそうですが……瞳《ひとみ》が赤くなっておりますよ」

「っ⁉」

指摘を受け、慌てて車窓に映る白分の瞳を確認した私は、深呼吸をして心を静めます。

いけません。これはモニカの言うとおり、少々感情が昂《たかぶ》り過ぎてしまったようですね。

「本当にお気をつけください。庭園での手合わせの時も、ほんの僅《わず》かではありましたが瞳が赤くなっておりました」

「あう……」

「もしハロルド殿下がその瞳の真実をお知りになられたら、せっかくの婚約を破棄されてしまうかもしれませんよ？」

「そ、それだけは嫌……あうっ⁉」

モニカの言葉に、私はここが馬車であることも忘れて立ち上がってしまい、頭をぶつけてしまいました。

「ならもう少し、自重なさってください。それにハロルド殿下とのせっかくの面会だというのに、お嬢様はどうしてもっとこう愛想よく笑顔を振りまくとか、テーブルの上でそっと手を重ねるとか、あわよくばラッキースケベを積極的に狙《ねら》っていくとか、そんなアプローチができないのですか」

「そそ、そんなの無理に決まっているじゃないですか！」

憧《あこが》れのハロルド殿下と言葉を交わすだけでもどうにかなってしまいそうですのに、笑顔はと

もかくあの御方に触れるとか、ラッキースケべなんて……ラッキースケベ⁉

「モニカ！」

「お嬢様は普段から愛想が悪いのです。それくらいの心構えを持って、初めて普通の女性より少し劣る程度の社交力になると思ってください」

「あう……」

ええ、ええ、分かっておりますとも。

どうせ私は愛想も悪いですし、同年代の令嬢方からは瞳の色も相まって『氷のように冷たい』だとか『物語の悪女のよう』だとか陰口を言われていることくらい存じ上げております。ですが、いざハロルド殿下を目の前にすると何も言えなくなってしまうのですから、どうしようもないではないですか。むしろ悪いのはハロルド殿下です。ええ、そうですとも。

「まあ、それについてはおいおい改善していただくとして……まさかハロルド殿下が【竜の寵愛《ちょうあい》】を発動させたお嬢様の一撃を防がれるとは、思いもよりませんでした」

それには私も驚きの一言です。

ハロルド殿下がこの私との婚約を解消しようなどと言い出すのかと思い、つい【竜の寵愛】を発動させてしまったのだと思うのですが、あそこまで見事に防がれるなんて……。

おそらくあの御方は無意識だったと思いますので気づいておられないでしょうけど、私の剣の動きに合わせ、ほんの僅かに打ちどころをずらすことによって衝撃を分散させ、盾が粉々になる程度に留《とど》めたのですから。

もしまともに私の一撃をお受けになられていたら、その時はハロルド殿下がただでは済まなかったでしょうね……危ないところでした。

「本当に勘弁してください。こちらから婚約を申し込んでおきながら、初見で王族を殺害するところだったのですから」

「わ、分かっております！」

うう……本当にモニカは遠慮も容赦もありません。

幼い頃《ころ》から仕えてくれている彼女には感謝しておりますし、時には姉のように慕うこともありますけれども、こうやってすぐに私をいじめるところは好きじゃありません。

「で、ですが、やはり私の番《つがい》となるに相応《ふさわ》しい御方は、ハロルド殿下をおいて他にはおりません。あの日の私の目に、間違いはありませんでした」

そう……私はあの日からずっと、ハロルド殿下を想い続けております。

誰《だれ》も来ることのない仄暗《ほのぐら》い部屋で、私を救ってくれたあの御方。

その身に代えて私の身も心も、魂も、尊厳も守り抜いてくれた、愛《いと》しき御方。

私はハロルド殿下のためならば……ハロルド殿下と添い遂げるためならば、なんでもします。

たとえ、全《すべ》ての人々に嫌われようとも。

たとえ、世界を敵に回しても。


「だというのにお父様ときたら、私に内緒で縁談を進めようとしておられたのですから……」

「おかげでお嬢様の【竜の寵愛】が暴走して、デハウバルズ家の本邸が滅茶苦茶になってしまいましたね。さすがに懲りたお館様も、二度とそんなことを口にしなくなりましたが」

「当然です。どうしてこの私が有象無象の輩《やから》と番《つがい》にならないといけないのですか」

お父様が用意された縁談相手が誰なのかは興味もないのでどうでもいいですが、私の想いを知っておきながら、どうしてそのような真似《まね》をなさったのか。

むしろ本邸の半壊程度で済ませてあげたのです。お父様には大いに猛省していただきたいところですね。

「とにかく……モニカ、分かっていますね？」

「お任せください。このモニカ＝アシュトン、必ずやハロルド殿下をお守りいたします」

「ええ、頼りにしているわ。……間違っても、ハロルド殿下に懸想《けそう》しては駄目よ？」

「もちろんです。ですが、ハロルド殿下が私のことを好きになってしまったら知りません」

「モニカ⁉」

彼女なら本気で何かをしでかしそうで怖いです。……って、あれ？　どうして私はモニカに任せたのでしょうか。不安でしかないのですが。

と、とにかく、モニカをはじめシュヴァリエ家の全てをもってハロルド殿下のことをお調べし、あの御方には王宮内で誰一人としてお味方がいらっしゃらないということを知りました。

これまでは私だけが一方的にハロルド殿下を知っている状況でしたので、お助けすることができず忸怩《じくじ》たる思いでしたが、婚約者となった今、何も遠慮をする必要がありません。

たとえ今は私があの御方のお傍《そば》にいることが叶《かな》わずとも、モニカを置くことができる。

ええ、ええ、そうですとも。これでハロルド殿下によからぬ者を近づけずに済みます。

ハロルド殿下に仇《あだ》なす者も、あの御方の素晴らしさに気づいて言い寄る羽虫も。

「ハロルド殿下……お慕いしております……」

少しずつ遠ざかる王宮を車窓から眺め、念願が叶《かな》った喜びとハロルド殿下のこれからの研鑽《けんさん》への期待に、私は高鳴る胸をそっと押さえ口の端を吊《つ》り上げた。

――あの日あの御方からいただいた、竜の刺繍《ししゅう》入りのハンカチをそっと握りしめて。

第一章 モーン島の小さな魔獣

「さて……これからどうしようか」

　アレクサンドラとの面会を終えた次の日の朝、僕はもぞもぞとベッドの中から天井《てんじょう》を見つめ、考え込む。

　この『エンゲージ・ハザード』という世界は、ヒロイン達とのラブコメパートをチャット形式で、メインシナリオを含めた戦闘パートなどはカードバトルによる一方通行型のＲＰＧ形式で進行する。

　つまりゲームのシナリオに関《かか》わってしまえば、否応なしに戦闘する場面が訪れるってことだ。

　その敵はヒロインによって異なり、時には賊や暗殺集団、またある時は国家や軍隊、伝説級の魔獣や英雄など、枚挙にいとまがない。

　もしそんな連中と遭遇することになってみろ。今のハロルドなんて何もできずに、あっという間に死んでしまう未来しかない。

　というわけで、僕は必然的に強くなる必要があるわけなんだが……問題は、どうやって強くなるか。

まず、『エンハザ』ではキャラごとにスキルや属性が存在し、これは全《すべ》て固定となっている。

唯一無印……というか、どんな属性やスキルでもプレイヤーの好みや戦略でセットできる、主人公のウィルフレッドを除いて。

それに加え、武器カードを装備することによって攻撃力や防御力が底上げされ、武器カード固有の特殊スキルが使えるようになる仕様だ。

もちろん武器カードのレアリティやキャラと同じ属性かどうかによっても、能力の上昇値などが変わるから注意する必要がある。

だけど。

「そもそも男キャラは仲間にできないんだが！」

忘れてはいけないのが、『エンハザ』はチャット型恋愛スマホＲＰＧであること。男キャラなんて最初から需要がないんだよ。

百歩譲って男の娘キャラならワンチャンあるかもしれないが、残念ながらこのゲームには男の娘ヒロインは実装されていない。

「ゲーム内で主人公とハロルドのバトルは何度もあるし、公式サイトでもイベントごとのハロルドの能力値は公開されてはいたが……」

そうなんだよ。ハロルドは噛《か》ませ犬以下のキャラだけに、強くない……いやいや、この評価は少し語弊があるな。

能力値の設定がでたらめすぎて、死ぬほどピーキーで扱いづらいのだ。

というか、制作者側がハロルドで遊び過ぎたとしか思えない能力値の仕様になっている。もちろん、ハロルドが弱くなる前提で。

この国の王族は全員光属性だというのに、ハロルドだけ闇《やみ》属性。魔法攻撃力と魔法防御力はすこぶる高いが、そもそも固有スキルは正反対の光属性一択。しかも全て物理攻撃のみっていう……いや、どうしろと。

え？　物理の能力値はどうなっているかって？

攻撃力も防御力も登場するネームドキャラの中で最低、特に防御力に至っては紙だよ紙。

ただ、スキルを使用するために必要となるＳＰ《スキルポイント》だけはレベル一の段階で全キャラ中最高どころか、最大値の九九九でカンストしている。

だけど、前述のとおり悲しいかなハロルドのスキルは全て光属性。スキルを一切《いっさい》使用することができず、通常攻撃しかできないハロルドのＳＰのバーは一ミリたりとも減ることはない。

絶対に生き残ってみせると意気込んだものの、制作者がハロルドで遊び過ぎたせいで詰んでしまっている。

アレクサンドラには『三年待ってほしい』なんて偉そうなことを言ったが、この時点でバッドエンド確定じゃないか……って。

「いやいやいやいやいや！　な、何とかなる……はず！」

前世で『エンハザ』をやり込んだ僕は、全てを知り尽くしているんだ。たとえハロルドであろうとも、主人公に匹敵《ひってき》……は無理かもしれないが、それでも、そこそこ強くなることはできるはずだ。

それにハロルドも能力設定がメチャクチャなだけで、魔法攻撃力と魔法防御力に関して言えば魔法特化型のヒロイン達にだって引けを取らないし、ＳＰなら全キャラトップ。ポテンシャルは充分に高いと思っている。

あとは僕《立花晴》がいかにして僕《ハロルド》を育成するかだ。

「それと、武器をどうするかだな。ハロルドの専用武器の『サンライズ死神の鎌』じゃ、どうにもならないし」

いわゆるデスサイズなのに、謎《なぞ》に太陽のマークがついている『サンライズ死神の鎌』。どう考えても武器属性は闇属性のはずなのに、光属性という悲しきハロルドの武器。いくら僕自身を強くできたとしても、これじゃあんまりだ。

でも『エンハザ』には主要キャラやヒロイン達の数以上に武器カードが存在し、主人公やヒロインは武器を自由に選択して使用することが可能だった。

なら僕だって同じように好きに武器を選ぶことが可能……なはず。

これればかりはゲーム転生あるあるの『強制力』ってやつが働かないことを祈るばかりだ。

「そのあたりも要確認だな」

とにかく、本編開始まではあと三年ある。それまでにできる限りのことをして、本編を迎えてもアレクサンドラと婚約したままでゲームとは関係なく生きていければいい。そもそも僕は、王位継承争いなんかに一切興味ないし。

もちろんゲーム本編が始まってしまったら何が起こるか分からない以上、万全の態勢で襲い来る破滅フラグを迎え撃ってやるつもりだ。

「そうと決まれば、早く自分専用の武器を見つけ出さないと」

この世界が『エンハザ』と同じなら、きっとＳＳＲどころか最高ランクのＵＲ《ウルトラレア》の武器もあるはず。

ゲームだったら課金ガチャで手に入れることができるが、そもそもガチャなんて現実に存在しないから、自力で探すしかないんだ。

「……最悪なのは、ＵＲクラスだと国宝とか伝説の武器扱いになっている可能性が極めて高いこと、だよなあ」

常識で考えれば、神クラスのとんでもない武器なんて国家が厳重に管理するに決まっている。

もしそうだったら絶対に入手不可能だろうし。もちろん国宝や伝説の武器のレンタルなんてしてくれないだろうし。

だから、とにかく情報を入手して全ての武器の所在を確認……おっと、ついでにヒロイン達の情報も事前に把握しておこう。

ヒロイン達には出来る限り接触しないようにして、波風を立てずに大人しく過ごさないといけないから。

するると。

「失礼します」

一人のメイドが、扉をノックして入ってきた……っ⁉

「本日付けで、ハロルド殿下の身の回りのお世話をさせていただくことになりました、〝マリオン＝シアラー〟と申します」

恭しくお辞儀をして名乗ったこのメイドを、僕が見間違うはずもない。

だって彼女は、『エンゲージ・ハザード』のヒロインの一人なのだから。

少し癖《くせ》のあるワインレッドの艶《つや》やかな髪をツインテールにまとめ、切れ長の目に宿る赤い瞳《ひとみ》。

整った目鼻立ちが、彼女の美しさをより際立《きわだ》たせている。

長身でスレンダーな体型に、少しアンバランスな巨乳というのがよかったのだろう。一〇〇人以上いる『エンハザ』のヒロイン人気投票でも、十七位とかなり健闘した。

ちなみに彼女は実家であるシアラー伯爵家を再興するという目的があり、『エンハザ』本編シナリオでは最初からウィルフレッドのメイドという立ち位置となっている。

だからこそ、どうして彼女が僕のメイドに配属されているんだ？

「……ハロルド殿下？」

「っ⁉　なな、なんでも、ない……」

マリオンに怪訝《けげん》な表情で尋ねられ、僕はうつむいてそう告げた。

そもそもこの僕が女性とまともに会話できるはずがないのだから、こんな反応になっても仕方がない。

「これからは私が殿下の身の回りのお世話をさせていただきますので、何なりとお申しつけください」

「う、うん……」

「では、失礼いたします」

恭しく一礼し、マリオンは部屋を出て行こうとして。

「……ついてない」

ぽつり、とそう呟《つぶや》いた。

……彼女が僕のメイドになって落胆していることは、この部屋に入ってきた時から分かっていた。僕を見つめる、あの蔑《さげす》んだ視線に気づいていないと思っているんだろうな。

だって僕は、傍若無人で腰巾着《こしぎんちゃく》で、『無能の悪童《あくどう》王子』だから。

「そのほうが僕としても清々する」

そもそもヒロインとは距離を置いて、僕は婚約者のアレクサンドラとひっそりと生きていくつもりだし、むしろ好都合だ。それに、放っておいても『エンハザ』の本編開始時には主人公のメイドになっているだろうし。

だから。

「頼むから、そんなに僕を苦しめるなよ。ハロルド」

今にも泣き出しそうな表情の僕が映った鏡を見つめ、絞り出すような声で呟く。

前世の記憶を取り戻す前の、『エンゲージ・ハザード』には描かれなかったハロルドの過去。

幼い頃《ころ》からいつも優秀な兄達と比較され、【デハウバルズの紋章】どころか何一つスキルが使えなくて、家族や周囲から無能の烙印《らくいん》を押されていたハロルド。

兄達に追いつこうと……父や母に認めてもらおうと、必死に頑張ってきたのに。

だけど、誰《だれ》もそんな努力は認めてくれなくて。

結果が伴わなければ、なんの意味もなくて。

十歳の誕生日、お前は母である第一王妃の〝マーガレット〟に、こう言われたんだよな？

『カーディスの代用品にもなれないのだから、せめてあの子の足だけは引っ張らないでちょうだい』

って。

今の僕は前世の立花晴《たちばなはる》の人格が支配しているが、それでも僕はハロルドなんだ。

だから……僕だけが、僕の気持ちを理解できる。

怒り、悲しみ、苦しみ、つらさ、寂《さび》しさ、口惜《くや》しさを。

僕は胸襟を強く握りしめ、今にも暴《あば》れ出してしまいそうな僕の中の僕の感情を、必死に抑え込んだ。

◇◆◇◆◇

「あの……せ、洗面器を……」

「…………………………」

マリオンが僕の専属メイドとなってから一週間後の朝、せっかくなけなしの勇気を振り絞って声をかけたというのに、マリオンに無視を決め込まれた。切ない。

「ハア……」

僕は溜息《ためいき》を吐《つ》いてかぶりを振ると、立ち上がって自ら風呂《ふろ》場へと足を運ぶ。あそこなら、水が引かれているから。

この『エンハザ』の世界は中世ないし近世ヨーロッパ風の舞台となっているため、現代のように洗面所なるものが存在しない。なので王侯貴族は使用人に洗面器にぬるま湯を部屋まで用意させ、そこで顔を洗うのが一般的だ。

というか、いくらハロルドの専属メイドが嫌だからって、ちょっとこれは職務怠慢が過ぎるのではないだろうか。猛抗議したい。

彼女に関してはこの一週間、一事が万事そんな調子である。いくら僕が『無能の悪童王子』のハロルドとはいえ、不興を買えば悲願であるシアラー家の再興も夢のまた夢。それぐらい考えれば分かりそうなものなのに。

きっとあれだ。僕、メッチャ舐《な》められてる。

「……その、行ってくる」

「…………………………」

声をかけるもやはり無視された僕は、部屋を出て寂しく訓練場へと向かった。

前世の記憶が蘇《よみがえ》ってから、僕は強くなるために毎日訓練をかかさないようにしている。万が一『エンハザ』のイベントに巻き込まれたりなんかして、死にたくないからな。

だけど。

「……問題はどうやって強くなるかだ」

ハロルドの記憶を探っても、『エンハザ』にあったようなレベルという概念がこの世界にはなかった。

つまり能力値をカンストさせるためには、自分自身を鍛えて強くなるしかない……のだが。

「魔法スキルがない僕は、魔法攻撃力と魔法防御力をどうやって上げればいいんだろうか？」

訓練場の真ん中でたたずむ僕は、思わず首を傾《かし》げる。

物理関連に関しては普通にトレーニングをすればいいと思うんだが、その理屈でいくなら魔法関連は魔法を使うことで鍛えられるってことは理解できる。

　でもハロルドは残念ながら物理スキルしか持ち合わせていないから、魔法を使う方法がないんだよな。

「ハア……となれば魔法スキルを持つ武器を手に入れて、それで鍛えてみて検証するしかないか……」

『エンハザ』に登場するレアリティがR以上の武器は、固有スキルを持っている。

その中に魔法スキルを有する武器を使用すれば、ひょっとしたら魔法関連の能力値を鍛えることができるんじゃないだろうか。確証はないが、試してみる価値はありそうだ。

　本当にこの世界にはスキルという概念が存在するにもかかわらずレベルの概念はないし、不公平感が否めない。逆もまた然《しか》りだが。

「いずれにせよ僕がすべきことは、この貧弱な物理関連の能力をカンストさせて、少しはましになることとだ」

　そこから先だって、方法がないわけじゃない。

　方法がないわけじゃないだけで、できるならやりたくないが。

「とにかく、今は僕ができることを全力でやろう」

　僕は木剣を持って構え、経験値稼ぎのためにひたすら素振りをしていると。

「…………………………フッ」

無言で現れたかと思ったら、鼻で笑ったマリオン。

元々彼女は騎士の家系。そのため『エンハザ』でも物理関連の能力はかなり高い。

だから、僕の情けないへっぽこ素振りを見れば、そんな態度を見せてしまうのも当然か。

「こ、これは、そう！　ささ、才能のない奴等《やつら》の真似事《まねごと》してやっただけだ！」

「なるほど。才能のない者達よりもさらに劣るハロルド殿下なら、それも仕方のないことかと」

ここ一週間碌《ろく》に口を開いていなかったくせに、マリオンは急に饒舌《じょうぜつ》になる。

僕も僕で、照れ隠しとはいえ何を言ってるんだろうか。余計恥ずかしくなった。

「……でしたら、この私がハロルド殿下のお相手を務めましょうか？」

「っ⁉」

まさかのマリオンの申し出に、僕は思わず息を呑《の》む。

『エンハザ』最弱のヒロインであるアレクサンドラですら、実際はあれほどの強さを誇っていたんだ。なら騎士であり実力者であるマリオンは、さらに強いということだろう。

でも……ヒロインに稽古《けいこ》をつけてもらうというのは、強くなるためにはかなり効果的ではないだろうか。

「……いいのか？」

「ええ、構いません」

「な、なら！　……その、頼む」

マリオンの提案を受け入れ、訓練場の中央で彼女と対峙《たいじ》する。

いざ木剣を構えるマリオンの前に立つと、そのプレッシャーに思わず膝《ひざ》が震えそうになった。

それはもうこの場で尻《しり》もちをついてしまいそうになるほどに。

だけど……この世界で生き残るためには、それを乗り越えなければならない。

目の前のヒロイン一人を相手取るくらいにならなければ、死んでしまうんだよ……！

そうして、マリオンと手合わせを開始すること、およそ十分。

「脇《わき》が甘い」

「ぐっ⁉」

「足元が疎《おろそ》か」

「がっ⁉」

「全然……全然なっていませんね」

「あぐ……っ⁉」

それはもう滅多打ちである。

胸への強烈な突きを食らい、僕は後ろに吹き飛んで地面に倒れた。

「どうしましたか？　まさか、まだ十分程しか経《た》っていないというのに、もう終わりなのでしょうか」

木剣の切っ先を向け、口の端を吊《つ》り上げて見下ろすマリオン。

その表情、おおよそ『エンハザ』のヒロインとは思えない。

「ああ……『無能の悪童王子』の名のとおり、やはりハロルド殿下には才能がないようです。それでは皆から見限られてしまうのも当然のことかと」

「っ！」

「ウフ……悔しいですか？　メイドに過ぎない私を処罰したいですか？　ですが、この立ち合いはハロルド殿下が望まれたこと。正当性はこちらにあります」

これでもかと煽《あお》ってくるマリオンは、とてもヒロインには見えない。むしろ追放系ラノベに登場するような、序盤のヒャッハーのような振る舞いである。

こういう奴《やつ》は得てしてざまぁされる役割なので、そろそろやめておいたほうがいい。

だけど、まあ……マリオンの言うことももっともだ。

ハロルドは才能がなく、スキルも何一つ使うことができない。その強さ、序盤のモブ敵にすら劣る。

でも……だからこそ僕は、くじけるわけにはいかない。

前世の立花晴《僕》も、今のハロルド《僕》も、たかが才能がないくらいで、以前のようにただ指を咥《くわ》えて諦《あきら》めるつもりはないんだよ！

「ぐ、ぐぐ……っ！」

「なるほど、まだまだ元気なようですね」

歯を食いしばって立ち上がる僕に向け、木剣を振り上げるマリオン。

だが。

「そこまでです」

「っ⁉」

気づけば、マリオンの首に背後から刃《やいば》を向けるメイドが現れた。

しかも彼女……たしかアレクサンドラのお付きのメイドだったよな……？　それが、どうしてここに？

「あ、あなた……っ」

「もう勝負はついたでしょう。これ以上はやり過ぎです」

このままだと不味《まず》いと考えたのか、マリオンは木剣を握った手を下ろす。

それに合わせてお付きのメイドも武器を下ろし、離れた。

「そ、その……」

「失礼いたしました。本日付けでハロルド殿下の専属メイドとなりました、モニカ＝アシュトンと申します」

「え、ええ……⁉」

お付きのメイド……モニカは名乗ると、恭しく一礼した。

い、いやいや、どういうことだ⁉　主人であるアレクサンドラはいいのか⁉

「ま、待ちなさい！　そんな話は聞いていないわ！」

顔をしかめ声を上げたのは、もちろんマリオン。

曲がりなりにも僕の専属メイドを務める彼女からすれば、寝耳に水だったようだ。それは僕も同じだが。仕えるべき主人は僕なのに。僕だというのに。

「おや、そうですか。でしたら今すぐにでも、メイド長に確認なさってはいかがでしょうか。……ああ、きっと次は素晴らしい職場に出逢《であ》えると思いますよ？」

表情も変えず、メイドのモニカは淡々と話す。

彼女の言う『素晴らしい職場』というワードが出た瞬間、マリオンは僕の専属メイド解任のお知らせ。無情である。

「それは一体……！」

「私に尋ねるより、メイド長に伺ったほうが早いかと思いますが」

「ま。待っていなさい！　すぐに確認してくるから！」

そう言うやいなや、マリオンは木剣を放り投げ、慌てて訓練場を飛び出していった。

だけど、そもそもどうして彼女が僕の専属メイドになったのか、まずはその経緯を知りたい。

「ハロルド殿下がお嬢様とご成婚なされたあかつきには、この私もメイドとしてご一緒することとなります。それであれば、今から殿下のお世話をさせていただいたほうがよいとのお嬢様のご判断です」

「そ、そう……」

僕が尋ねる前に、先手を打って答えるモニカ。

どうやらそういうことらしいが、さすがにこれは予想外だ。

ま、まあ、僕に対して良い感情を持っていないマリオンはきっとまともにメイドの仕事をこなしてくれないだろうし、このほうがいい……のか？

「それでは、これからどうぞよろしくお願いいたします」

「う、うん……」

駄目だ。さっきから僕の台詞《せりふ》、全て二文字で完結してる。

というかこの僕に、『エンハザ』のヒロインよりも綺麗《きれい》なメイドがついたら心が持たないぞ。

もっと緊張しない程度の女性にしてもらわないと……って。

「こ、これはどういうことなの!?　どうして私が、あ、あ、あんな男の……！」

「おや、戻って来られたようですね」

息を切らし、顔を真《ま》っ赤《か》にしたマリオンが、大声で叫ぶ。

見る限り、彼女にとってよくないことが起きたことは想像に難くない。

「あなたの主人であるハロルド殿下に対する数々の無礼、このモニカめが全て報告させていただきました。であれば、このような結果になることは自明の理かと」

胸に手を当て、ドヤ顔で告げるモニカ。マリオンの目には、それはもう憎らしく映っているに違いない。

「そういうことですので、あなたは用済みです」

「く……っ！　お、覚えていなさい！」

まるで序盤の雑魚敵《ざこてき》のような捨て台詞を吐き、マリオンは肩を怒《いか》らせて退場した。『エンハザ』のヒロインとは一体……。

「ハロルド殿下、一旦《いったん》お部屋にお戻りになりましょう。まずはお怪我《けが》の治療をいたしませんと」

「い、いや、これくらい……」

「いけません。今後の特訓にも差し支えありますので」

モニカは半ば強引《ごういん》に僕を部屋へと連れて行き、てきぱきと治療を施していく。

傷に沁《し》みるが、それ以上に心に沁みた。

ここまで甲斐甲斐《かいがい》しく世話をしてくれたメイドは、彼女が初めてだから……って。

「あ、あの……」

「お気になさらないでください。ハロルド殿下のことを理解することは、メイドとしての務めですので」

一通り治療を終えた途端、突然ベッドの下を物色し始めたモニカ。

ひょっとして、僕がそこにエロコンテンツを隠しているとでも思ったのだろうか。いや、オカンかよ。

「……そこには何もないが」

「なるほど。では、別の場所に置いておられるということですね？」

「いや別の場所にもないから」

納得の表情で頷《うなず》くモニカを見て、僕は思わず間髪入れずにツッコミを入れてしまった。

どうしよう。こんなに綺麗な女性から残念な香りがする。

「ハッ！　まさかとは思いますが、ハロルド殿下は女性ではなく男性に……」

「違う！　僕はいたってノーマルだ！」

「それを聞いて安心しました。ではこれからは、このモニカがハロルド殿下のために必要なものをベッドの下に忍ばせ……」

「余計なことをしないでくれる⁉」

駄目だこのメイド、ツッコミが追いつかないくらい真顔でボケてくる。まさか彼女がここまで厄介な女性だとは思いもよらなかったぞ。治療してもらった時の、僕の感動を返せ。

まあでも。

「その……これからよろしく頼む」

モニカがこんな女性だからだろうか。ものすごく綺麗なのにいつものように緊張したりすることなく、普通に会話することができた。これを会話と呼んでいいのかは微妙だが。

「改めまして、こちらこそよろしくお願いいたします」

そう言って、モニカが深々とお辞儀をした。

◇◆◇◆◇

「ハロルド殿下。カーディス殿下の侍従より、今日の夕食をご一緒したいとのことですが」

モニカが僕の専属メイドになってから、ちょうど三週間を迎えた日の朝。

よりによってありがたくもない話を持ち込んできてくれた。

といっても、この一か月の間にモニカは反応に困るものやいかがわしいものばかり持ち込んではベッドの下に忍ばせるから、メッチャ困ったとも。

……まあ、十三歳男子のハロルドの身体《からだ》にとってはとてもありがたい品物ではあったので、何なら昨晩もお世話になったことはまぎれもない事実だが。

それはとりあえず置いといて、今考えるべきはカーディスとの夕食会についてどうするか。

こんなことになったのも全て前世の記憶を取り戻す前のハロルドが、母親のマーガレットに認めてもらうためにカーディスに全力で媚《こ》びを売っていたせいだ。この太鼓持ち野郎め。

以前の記憶でもカーディスはハロルドが実の弟ということもあり、何かの役に立つだろうというような感覚で傍《そば》に置いていてくれたみたいだし、悪いようにはならないとは思う。ならないよな？

とはいえ、ハロルドの記憶の中にあるカーディスの視線は、とても弟に向けるようなものじゃなかったと思う。

だけど……カーディスは僕より年齢が二つ上だから、今は王立学院の一年生だよな？

王立学院はたとえ王族であっても寄宿舎での生活を求められるというのに、どうして王宮にいるんだ？　実際、前世の記憶を取り戻してからまだ一度も会ったことがないというのに。

……嫌な予感がするが、断ったら断ったで面倒なことになりそうだぞ。

「いかがなさいますか？」

「……ご一緒すると伝えて」

「かしこまりました」

恭しく一礼し、モニカは部屋から出ていく。

思えばこの三週間で、彼女とは随分と打ち解けたな。鉄壁の守備を誇っていた僕の警戒心が簡単に破壊され、今では緊張することもなく普通に会話をすることができていた。

……悔しいが、モニカとのくだらない会話を楽しいと思ってしまっている自分がいる。

「そういえば、あの女はどうしているのだろうか」

あの女とは、モニカの前任の専属メイドだったマリオンのことだ。

今から思えば、どうしてあの女はあそこまで僕に嫌悪感を示したのか分からないし、いくら『無能の悪童王子』とはいえ腐っても僕は第三王子。最低限の仕事くらいこなさなければ、処罰されてもおかしくはない。

もちろん僕がコミュ症過ぎたためにメイド長に言えなかったというのもあるが、それでもマリオンがそのことに気づかないはずがない。

だからこそ。

「……意味が分からない」

あれではまるで、わざと僕の不興を買って追い出されたかったみたいじゃないか。

シアラー家の再興という悲願がある以上、王宮から出て行くわけにはいかないはずなのに。

「ハア……まあ、考えても仕方ないか」

僕は溜息を吐いてかぶりを振ると、部屋を出ていつものように訓練場へと向かった。

◇◆◇◆◇

「九九八……九九九……一〇〇〇！」

訓練場のど真ん中で日課である一千回の素振りを終え、僕は疲労でその場で突っ伏した。

このハロルドの身体は少しやせ型ではあるけれど、それゆえにまともに筋肉がついていないのでなかなか堪《こた》える……。

僕はおもむろに、貧弱な二の腕をふにふにと触った。

この貧相な身体を鍛えて少しは見られるようにするためには、地道に頑張るしかない。

何より、僕はアレクサンドラに約束したんだ。

「三年後、彼女に相応《ふさわ》しい男になるんだ……って⁉」

身体を起こそうとした時に視界に入った、青い瞳をした小さな少女。

というか、どうして彼女がここに⁉

「ア、アレクサンドラ……殿⁉」

「ハロルド殿下、お疲れ様です」

思わず声を上げた僕の傍に来ると、彼女は緊張した面持ちで汗を拭《ぬぐ》ってくれた。僕なんかの汗で彼女のハンカチを汚してしまい、いたたまれない。

「ど、どうして……」

「……ハロルド殿下と面会をした日から既に一か月経っておりますが、おそれながら一度たりともお招きしてはくださいませんでした。私も婚約者の手前、疎遠になっているというのは世間体もありますので……」

そう言うと、アレクサンドラは少し憮然《ぶぜん》とした表情を見せる。

た、確かに彼女の言うとおり、婚約者なのに全然会わないというのは不自然だ。たとえ『無能の悪童王子』であっても、婚約者である以上このような状況はよろしくはないということか。

「その……考えが至らず、申し訳ない……」

「いいえ。次から気をつけていただければ」

ああー……本当に、僕は馬鹿《ばか》だ。

心を入れ替えて『エンハザ』本編開始までに見違えるほど立派な男になると誓ったのに、肝心のアレクサンドラを疎かにして待ちの姿勢でいるなんて、何をしているんだ僕は。

一緒にいたら緊張してしまうし会話も続かないからって、僕のほうから歩み寄らなければ意味がないだろ……って。

「で、でも、シュヴァリエ家の領地は、王都からかなり離れていたはずでは……？」

「はい」

僕がおずおずと尋ねると、アレクサンドラは事もなげに頷いた。

「ハロルド殿下との婚約を機に、親睦《しんぼく》を深めるために王都のタウンハウスに居を移しました。殿下さえお声がけくだされば、私はいつでも王宮へとまいります」

「う、うぐう……」

まさか彼女がそこまでしてくれているとは思わず、僕は情けない声を漏《も》らすのが精一杯だ。

ひょ、ひょっとしてこれは、アレクサンドラが少しくらいは僕に興味を持ってくれていると、そういうことでいいのかな……って、い、いやいや！　勘違いするな、僕！

僕の世間の評判は噛ませ犬以下の『無能の悪童王子』でしかないんだぞ。それに彼女との面識は今を含めてたったの二回。それでどうやって僕に興味を持つっていうんだ。むしろ僕のほうから積極的にアプローチをかけないと駄目だろ。

たとえ『エンゲージ・ハザード』の物語のように婚約破棄をすることはなくてもただそれだけでしかなくて、彼女も『氷結の悪女』としてウィルフレッドを振り向かせるためにヒロイン達に嫌がらせをして、僕共々断罪される結末が待っているのだから。

「それで、ハロルド殿下は剣の素振りをなさっていたようですが」

「え？　あ、ああ。たまたま天気がよかったから、その……たまたま？」

素直に『アレクサンドラに認めてもらうために、身体を鍛えている』と言えばいいのに、どうして僕はこんなひねくれた言い方をしてしまうのか。

原因は分かっている。『無能の悪童王子』で才能の欠片《かけら》もない僕が頑張ったところで、どうせ誰も認めてくれないことを理解しているからだ。これまでも、ずっとそうだったから。

前世も、今も。

だというのに。

「……一か月前」

「は……？」

「一か月前の約束を守ろうとして、頑張ってくださっていたのですね」

「あ……」

アレクサンドラの冷たい表情と視線は相変わらずだが、ごつごつとした小さな手が僕の手に触れ、その温《ぬく》もりを感じる。

まさか『氷結の悪女』と呼ばれたアレクサンドラが、一番に僕の努力を認めてくれるとは思わなかった。

だからだろうか。

「ぼ、僕は才能がないばかりかずっと怠けていたし、三年後に婚約者として君の隣に並ぶためには、人一倍努力するしかないから……」

気づけば僕は、素直に自分の気持ちを吐露していた。

恥ずかしくて、きっと認めてもらえないと諦めて、あんな言い方をした後だというのに。

すると。

「……よろしければ、私にハロルド殿下の訓練のお手伝いをさせていただけないでしょうか」

「へ……？」

胸に手を当ててそんなお願いをするアレクサンドラが意外で、僕は思わず呆《ほう》けた声を漏らした。

いくら『エンハザ』全ヒロイン中最弱とはいえ、前回の面会での手合わせでも分かったように彼女はとんでもなく強い。

願ってもない話ではあるが、自分の勝手な理由で彼女の手を借りてもいいんだろうか。

そもそも僕は、彼女に認めてもらうために強くなろうとしているのに。

「ハロルド殿下は、私のお手伝いはお嫌でしょうか……」

「っ⁉　そ、そんなことはない！」

うつむくアレクサンドラに、前世の記憶を取り戻してから一番大きな声で否定した。いや、前世を含めてもこんなに大きな声を出したのは初めてかもしれない。

「た、ただ、僕は僕自身の目的のために訓練しているのに、そのせいで君の時間を奪うのは、その……申し訳ないというか……」

「そのようなことはお気になさらず。私はハロルド殿下の婚約者なのですから」

「あ……そ、そうだった……」

まずい。嬉《うれ》しくて泣きそうになってしまう。

だが、さすがにそんなキモチワルイ姿を見せるわけにはいかないので、僕は必死に堪えた。

「その……ありがとう……」

「いえ……」

こんなに素直にお礼を言ったのは、前世を含めて何回あっただろうか。

でも僕は、彼女に感謝の言葉を伝えずにはいられなかった。

「では、早速手合わせといきましょう」

「んん？　手合わせ……って、まさか⁉」

「ご心配なく。ハロルド殿下は前回、私の一撃を見事防いでみせたのです。今回もきっと、殿下なら期待どおり……いえ、期待以上の強さを見せてくれるでしょう」

「ちょ⁉」

「ハロルド殿下、お覚悟を」

「いやあああああああああああああ⁉」

それから三時間もの間、僕はみっちりとアレクサンドラと手合わせをし、それでいてコテンパンにされて地面に転がった。

いつの間にか訓練場に来ていたモニカに、それはもうプークスクスと人目も憚《はばか》らずに笑われるほどに。チクショウ。

◇◆◇◆◇

「それではハロルド殿下、また明日もよろしくお願いします」

「あ、う……うう、ん……」

すっかり辺りが暗くなった王宮の玄関前、アレクサンドラが優雅にカーテシーをする。

僕？　僕は彼女に散々打ちのめされたおかげで、生まれたての小鹿のように足をプルプルと震わせて情けない声を出しているが？　……って⁉

「あ、明日も⁉」

「もちろんです。ハロルド殿下がご指定された期限まで、あと三年しかありません。一日たりとも無駄にはできませんので」

い、いやいや、あと三年しかないじゃなくて、あと三年もあるの間違いでは……なんて弱音を吐いてもいられないか。

実際この三年で強くならなければ、物語のハロルドのように破滅が待っているのだから。

「モニカ……分かっておりますね？」

「もちろんです、お嬢様。この私が明日の朝までに、お疲れになられたハロルド殿下を見事に癒《いや》してみせます。それはもう手取り足取り。くんずほぐれつで」

「そこまでしろとは言ってないですけど⁉」

あ、どうやらアレクサンドラも、モニカには手を焼いているみたいだ。

僕もこの三週間でモニカがどういう女性か理解したし、こんなことを言いながらも絶対にしないことは分かっている……はずなのに、どうして不安が拭えないのだろうか。

「お嬢様。早くお帰りいただきませんと、ハロルド殿下がカーディス殿下との夕食会に間に合わなくなってしまいます」

「う……」

モニカの一言で嫌なことを思い出してしまった。そうだよ、今日はカーディス主催の夕食会が催されるんだった。

「お待ちなさい。その夕食会、私は聞いておりませんが」

「もちろんです。お嬢様は招待を受けておりませんので」

「で、ですが、婚約者である私が夕食会に同席しても問題ないのでは」

「無理です。カーディス殿下は、ハロルド殿下だけをご招待なさっておりますので」

「ぐぬぬ……」

縋《すが》るアレクサンドラを、にべもなく追い払おうとするモニカ。というか、アレクサンドラは腐っても『エンハザ』のヒロインであるはずなのに、その唸《うな》り声はどうなんだろう。『氷結の悪女』設定はどこへ行った。

「お嬢様、早くお帰りください。このままではハロルド殿下に迷惑がかかってしまいます」

「わ、分かってます！　ハロルド殿下、夕食会のことは明日絶対にお聞かせくださいね！　絶対ですよ！」

「は、はい！」

あまりの剣幕に、僕は直立不動で返事をする。

ただ、あのアレクサンドラもモニカにかかればこうなってしまうんだな……モニカ恐るべし。

車窓から不安そうな表情で僕を見つめるアレクサンドラ。

僕は馬車が見えなくなるまで、玄関で立ち尽くしていた……のだが。

「ハロルド殿下。早く支度《したく》しませんと、本当に間に合いません」

「わ、分かってるよ！」

モニカと一緒に慌てて自分の部屋に戻ると、支度を整えてカーディスの待つ食堂へと急ぐ。

ちなみに夕食会用にモニカが用意してくれた服装は、黒を基調として青の差し色が入った礼装だった。

モニカ曰《いわ》く、『夕食会の形式が不明である以上、どのような場であっても恥ずかしくない格好をしないといけません』とのこと。

確かにそのとおりかもしれないが、場合によってはこの気合いの入ったドレスコードは逆に恥をかく恐れもあるのでは。

「も、申し訳ありません……その、遅くなりました……」

そんな不安を抱えつつ、僕はおずおずと謝罪の言葉を告げて食堂の扉を開けると。

「待っていたぞ」

席に着く黄金の髪の男が、僕と同じ灰色の瞳でじろり、と見やり、静かに告げた。

彼こそがハロルドの実の兄であり、デハウバルズ王国の第一王子。

――カーディス＝ウェル＝デハウバルズ。

『エンゲージ・ハザード』の設定では、既に国政にも参画していて、その有能な働きぶりからエイバル王の信頼も厚く、第一王子ということもあって次期国王の最有力候補と目されているものの、その性格は冷徹で人間味は皆無。

それもあり、人懐っこい性格で貴族だけでなく平民にも人気のある第二王子のラファエルを次期国王にと推す声が大きい。

ただ、カーディスの性格に関しては、主人公との王位継承争いという名のヒロインの奪い合いの中で、人としての感情を少しずつ取り戻し改善されていくことになるんだがな。

ちなみに能力に関しては主人公に匹敵する強さを持ち、光属性の固有スキル【デハウバルズの紋章】を駆使して主人公に立ちはだかっていた。

そんなカーディスの僕に対する評価は、『使えない弟』。

これは『エンハザ』の物語内でも言及があるのはもちろんのこと、ハロルドの記憶の中にその言葉が深く刻み込まれていた。

それでもハロルドがカーディスの腰巾着としてひたすら媚びを売っていたのは、ひとえに自分の存在を認めてほしかったから。

そうすれば、カーディスを通じて母親に見てもらえると信じて。

前世の僕は公式サイトの情報でしか知らなかったが、幼少の頃からそんな扱いを受けていたらハロルドの性格が歪《ゆが》んでしまうのも当然だと思うし、僕も同情を禁じ得ない。

……いや、同情じゃない。僕とハロルドは、似ているんだ。

前世の立花晴も、誰からも必要とされてこなかったから。

とはいえ、僕はバッドエンド確定のシナリオなんかに従うつもりはないし、『エンハザ』の知識だってある。マーガレットとカーディスがハロルドを見てくれるなんてあり得ないことも、当然理解している。

だからこれからの僕は腰巾着を卒業し、カーディスとも距離を置いてひっそりと生きていくつもりだ。

「……カーディス兄上。僕と夕食をしたいなんて、どういうつもりですか？」

僕はあえて皮肉交じりに、そんなことを尋ねてみた。

『使えない弟』と一緒に夕食をすることなんて、少なくともハロルドの記憶の中には一度もなかったから。

この男の意図を読むためにも、少しくらい煽ったほうがいい。

「ハロルドがシュヴァリエ公爵家の令嬢と婚約したと聞いてな。それで祝いの席を設けた」

「そうですか」

なるほど。つまりカーディスは、僕を介してシュヴァリエ家の支援を得ようと考えたわけだ。

王国で最も力を持つ貴族であるシュヴァリエ家の支援となれば、カーディスの王位継承を大いに後押しすることになるから。

だけど、残念だったな。

僕はもう、お前に媚びを売るつもりはない。

目的が分かれば、長居は無用。頃合《ころあ》いを見て退席させてもらうとしよう。

そう思っていたのに。

「カーディス殿下……」

「ん？」

侍従がカーディスの傍に来て、何やら耳打ちをしている。

表情こそ変わらないものの、あまりよろしくない内容みたいだ。

「……通せ」

「かしこまりました」

カーディスの指示を受け、侍従は一礼して扉へと向かうと。

「やあ、ハロルド。婚約おめでとう」

食堂内に入ってくるなり人懐っこい笑みを湛《たた》えて気安く僕の目の前に座る、カーディスと同じ黄金の髪と灰色の瞳を持つ一人の少年。

――第二王子〝ラファエル＝ウェル＝デハウバルズ〟。

ちなみにラファエルは『エンハザ』の男性キャラの中で一番腹黒く、常にカーディスを追い落とすことだけを考えているという設定だ。

何でも、母親である第二王妃のローズマリーのことが世界一大好きなマザコンらしく、第一王妃のマーガレットによるローズマリーへの見下した態度に憤り、カーディスに意趣返しをしているということらしい。

これは同じくマーガレットの息子である僕にも適用され……てないんだよな、これが。

所詮《しょせん》僕は実の母や兄に『兄の代用品になれない息子』『使えない弟』扱いを受けている『無能の悪童王子』だし、何もしなくても既に最低評価だからな。切ない。

とはいえ、大人しくさえしていればラファエルに目を付けられなくて済むので、これからは空気のように振る舞い続けるつもりだ。

そういうことなので、実はラファエル本人は王位継承争いに興味がなく、とにかくカーディスが次期国王にさえならなければそれでいいらしい。

そうなると残る候補はハロルドかあるいは主人公しかいないわけだが、当然ながらハロルドが王様になったら、王国が滅亡してしまう。

なので『エンハザ』においてもラファエルは主人公を陰ながら支援していて、本編シナリオ中盤からは主人公を表立って支援していくのだ。

そうすれば主人公のことを忌み嫌っているマーガレットへの、強烈な嫌がらせになるし。

このためラファエルは『エンハザ』において敵として登場することはなく、戦闘シーンも一切ない……けど、ちゃんと能力値やスキルは設定されていて、公式サイトにはデータが掲載されている。

カーディスと同じ【デハウバルズの紋章】のほか、三つの属性の魔法スキルを使用できる【三精霊の祝福】という固有スキルを持っていた。なんだよそれ、チートじゃないか卑怯《ひきょう》だろ。

とまあ、王族の名に恥じないハイスペックな能力を持つラファエルもまた、押しも押されもせぬヒーローだということだ。カーディス含め、女性向けのガールズサイドも制作されるわけだよ。こちらは半年どころか三か月でサービス終了したが。

「……ラファエル。ここにはハロルドに祝福の言葉を伝えに来ただけか？」

「それ以外にありますか？　兄上」

じろり、と睨《にら》むカーディスに、ラファエルが飄々《ひょうひょう》とした様子で答える。

誰よりも兄だと思っていないラファエルがカーディスを『兄上』と呼ぶのを聞いて、背中に冷たいものを感じた。今すぐこの場から逃げ出したい。

「それで、お相手はあのシュヴァリエ公爵家の令嬢なんだって？」

「は、はあ……」

「いやあ、それはすごいね。僕にも早く婚約相手を決めてほしいよ」

なるほど、ラファエルは愚痴を言いに来たんだな。

確かに第二王子を飛び越えて、しかも王国最大の貴族の令嬢を『無能の悪童王子』であるハロルドにあてがったんだ。ラファエルからすれば面白《おもしろ》くないか。

それに、僕も憎きマーガレットの息子だから。

「フン……聞いているぞ。陛下やローズマリー妃殿下を通じてシュヴァリエ公爵に婚約を申し出たが、体よく断られてしまったとな」

「そうなんだよね。こんなことなら、あの時にもっと積極的に動いておくべきだったよ」

カーディスの最大限の皮肉に、ラファエルは苦笑してかぶりを振る。

今の話が本当だとするなら、シュヴァリエ家はエイバル王の要請を拒否したということだよな……。

なのに、どうして悪評高い僕との婚約は受け入れたんだ？　いくらゲームの設定上そうなっているとはいえ謎過ぎる。

「だけど兄上だって可能なら、シュヴァリエ家の令嬢を婚約者にしたいだろう？　今の婚約者と婚約破棄をしてでも」

「まあな……といっても、今さらではあるが」

……王位継承争いをしている二人にとっては、婚約者も大事な道具ということか。

それによって自分が国王になれるかどうかが左右されるんだから、よりよい婚約者が現れたら今の婚約者を捨ててでも、そっちに乗り換えるのも当然というわけだ。元々王侯貴族というものは、そういう生き物なのだから。

「む？」

「ハロルド？」

「申し訳ありません。体調がすぐれませんので、せっかくですがここで失礼します」

僕は席を立ってそう告げると、足早に食堂を出た。

前世の記憶を取り戻して立花晴の人格になった僕の常識は、この世界の常識とは違うことを理解している。

それでも僕は、女性を自分達の道具に使うことが当たり前だとしか考えない連中のようにはなりたくない。たとえそれが、当たり前のことなのだとしても。

とはいえ。

「……『エンハザ』では、ハロルドだって同じことをしたんだよな」

廊下の壁に拳《こぶし》を打ちつけ、僕はぽつり、と呟く。

ただカーディスに媚びを売りたい一心で。

そうすることで兄に役に立つ弟であるとアピールして。

母であるマーガレットに見てほしくて。

そしてアレクサンドラを……僕の最推しのヒロインを傷つけたんだ。

だからこそ。

「僕は……僕は、絶対にそんなことはしない……っ！」

前世の記憶を取り戻し、僕は自分の運命と戦うことを決めたんだ。

これは、自分がバッドエンドを回避して生き残るためだけじゃない。

一番好きなアレクサンドラの顔を、『エンハザ』で見たあのスチルのように曇らせないために。

二人の兄への怒りと、改めて婚約者のアレクサンドラを幸せにする決意を胸に秘め、僕は自分の部屋へと戻ろうとして。

「ハロルド兄上」

声をかけてきたのは、銀色の髪に灰色の瞳を持つ、優しげで端正な顔立ちながら精悍《せいかん》さも持ち合わせた少年。


――『エンゲージ・ハザード』の主人公、〝ウィルフレッド＝ウェル＝デハウバルズ〟。


ゲームにおけるウィルフレッドは、一言で言ってしまえばチーレムだ。

『エンハザ』の公式サイトによれば、彼の属性は『無属性』……つまり、何色にも染まっていない。

このことは、この世界においてウィルフレッドが見下される原因の一つでもある。

誰しもが恩恵を受けているはずの属性を持ち合わせていない、『神に見放された者』として。

だが、本当は無属性だからこそ何色にも染まることができ、全ての属性スキルを使用可能。オマケに通常であれば属性間で有利不利というものが存在する（火属性は水属性に弱く、木属性に強いなど）が、無属性に弱点は存在しない。ただ相手の属性に合わせ、有利な属性スキルを使用すればいいのだ。

加えてそのスキルもウィルフレッド専用のものはなく、武器スキルによる固有スキルのほか、ヒロインと『恋愛状態』になることでヒロインだけが持つ強力なスキルを使用可能になる。

もちろんスキル枠は他のキャラと同様に最大で八つしかないものの、戦術に応じていつでも入れ替えることが可能。

つまりウィルフレッドは無個性という名の最高の祝福《ギフト》を、生まれた時から持ち合わせているのだ。

ステータス？　主人公なんだから、上限なんてものは存在しない。

そんな主人公と、とうとう遭遇してしまった。

というか本来は離宮で暮らしているはずのウィルフレッドが、どうして王宮に？

「兄上が婚約されたと聞き、一言お祝いを言いたくて来ました」

「……本気か？」

ウィルフレッドの言葉に、僕は思わず耳を疑った。

僕……ハロルドは、この『エンゲージ・ハザード』という世界で誰よりもウィルフレッドを見下し、傷つけてきた。

どうしてかって？　ウィルフレッドは、ハロルドが唯一見下すことができる存在だからだ。

国王の愛人であり男爵令嬢の〝サマンサ＝オールポート〟との間に生まれた、『穢《けが》れた王子』と揶揄《やゆ》されるほど卑しい存在として扱われていたから。

主人公には何一つ勝つことができない、噛ませ犬以下の『無能の悪童王子』のハロルドが勝る、たった一つのものだから。

それだけを心の拠《よ》り所として、ウィルフレッドを執拗《しつよう》にいじめることで溜飲《りゅういん》を下げていたというわけだ。

それも『エンゲージ・ハザード』の本編が始まってしまえば、劣等感だけを募らせて破滅へと突き進むことになるのだが。

まあ今は僕のことはどうでもいい。それより、どうして主人公は憎いはずの僕にお祝いを？

……ひょっとしたら、ワンチャン主人公と和解するルートもあるのか？　それなら無駄に争う必要もないわけで、これから先の破滅フラグが立つ前に全てへし折ることができるから、最高の結果になる。

だから僕は、主人公に歩み寄ろうとするんだが。

「もちろんです。ハロルド兄上、ご婚約おめでとうございます」

「…………………………」

深々と頭を下げるウィルフレッドよりも、後ろに控えていた一人のメイドに目を奪われた。

そう……このメイドはマリオン＝シアラー。『エンハザ』のヒロインの一人であり、一か月前にモニカによって僕の専属メイドをクビになった女性。

あれからどうなったのかと思ったが、まさかウィルフレッドの専属メイドとして再就職していたとは。

……ああ、だからモニカに言われてメイド長に確認しに行った時、あれほど怒り狂っていたのか。

こう言っては何だが、ウィルフレッドもまた『穢れた王子』と蔑まれ、むしろ『無能の悪童王子』である僕よりも王国内での扱いは酷《ひど》い。シアラー家再興を目指す彼女からすれば、より絶望的な状況に追い込まれたことになるからな。

だというのに……どうしてマリオンは、僕の専属メイドに選ばれた時とは明らかに態度が違うんだ？

ウィルフレッドが『エンハザ』の主人公で、ヒロインであるマリオンが惹《ひ》かれるのは仕様だから当然という考えもできるが、どうにも腑《ふ》に落ちない。

「そうそう、マリオンのことについても兄上にお礼を言わなければ。おかげさまで彼女は、一か月前から俺《おれ》の専属メイドになってくれました」

「ハロルド殿下、どうぞよろしくお願いします」

背中を押されて一歩前に出ると、マリオンは恭しく一礼する。

表情こそ変わらないものの、その瞳には憎悪……ではなく、むしろ優越感と僕への侮蔑《ぶべつ》が込められているように見えた。

「全ては兄上が婚約し、マリオンを専属メイドから外してくださったからです。本当に感謝しています」

「ありがとうございます。おかげで私は、真の主にお仕えすることができました」

僕の訝《いぶか》しげな視線を無視し、二人は最大限の皮肉が込められた感謝を告げた。

ああ、なるほど。やっぱり僕に、主人公と手を取り合うという選択肢は残されていないみたいだ。あわよくばと思ったが、そう上手《うま》くはいかないか。チクショウ。

「では、失礼します」

「失礼いたします」

ウィルフレッドが嬉しそうに頬《ほお》を染めるマリオンの手を取り、この場から去っていく。

本編開始前から主人公がヒロインの好感度を上げている様子に『それってどうなの?』という感想が浮かんでくるが、そもそもチーレム主人公なのだからそれもありなのか?

いずれにせよ僕は、アレクサンドラと一緒に早々にこの『エンゲージ・ハザード』の物語からフェードアウトするから、知ったことじゃないが……。

ウィルフレッド達が去った廊下の先を一瞥《いちべつ》し、僕は踵《きびす》を返して自分の部屋へと戻った。

「かひゅ……かひゅ……と、ということで、マリオンはウィルフレッドの専属メイドになって……」

◇◆◇◆◇

息も絶え絶えで訓練場に転がる僕は、昨夜の顛末《てんまつ》についてアレクサンドラに報告した。

というか彼女は昨夜のカーディスとの夕食がどうだったたか、特訓中であることなどお構いなしに執拗に尋ねてくるのだ。特に、他に女性がいたのかどうかを。

そのことに関してはカーディスとラファエルしかいないことを告げると安堵《あんど》したものの、それならば婚約者として同席しても問題なかったのではないかと、アレクサンドラは訓練場の端で僕を応援してくれているモニカにジト目を送っている。当の本人は何食わぬ顔をしているが。

「……ですが、『穢れた王子』の分際でありながらハロルド殿下へのその態度、一応第四王子とはいえ許しがたいですね」

「あ、あー……」

「それにマリオンとかいうメイドも没落したシアラー伯爵家の人間の分際で、何を勘違いしているのでしょうか。これは一度、シュヴァリエ家から厳重に……」

「その……そういうのはいいから」

アレクサンドラが少し暴走気味だったので、ようやく呼吸が整った僕は冷静に止める。

やはりモニカが専属メイドに着任したあの日の出来事を内緒にしておいて正解だった。そうでなければ、きっと今頃《いまごろ》は王室を巻き込んでとんでもない事態に発展していた可能性大。

それはさておき、まだどうしても緊張したりしてしまうが、それでも今日の特訓を通じて少しは慣れたのか、彼女とも普通に会話ができているような気がする。

……会話せざるを得ない状況に追い込まれているとも言えるが。

「確かにこれ以上あの者達の話をしても仕方ありません。それより、私達の婚約を成就するためにも、ハロルド殿下には一日も早く強くなっていただくことが大切、なのですが……」

地面に座る僕を見下ろし、アレクサンドラが腕組みをして思案する。

これがゲームだったら課金ガチャで入手したヒロインカードや経験値カードを使用してすぐに完凸《かんとつ》するんだが、残念ながらこの世界にそんなものはない。

なら『エンハザ』のように戦闘パートを繰り返して経験値を集め、地道に強くなるしかないんだ。幸いハロルドは物理関連が最弱パラメータのため、必要経験値も少なくて済みそうだし。

「やはり効率的に強くなっていただくため、ハロルド殿下の専用武器を見つけましょう」

アレクサンドラの言っていることは多分、R以上のレア武器を手に入れるという意味ではなく、得意な武器を探そうということだろう。

そういうことであれば、『エンハザ』でのハロルドの専用武器は『サンライズ死神の鎌』

だったので、分類としては槍《やり》になるだろう。

だけど。

「実は武器に関して、決めているものがあるんだ」

「ハロルド殿下？」

そう……強くなるためにこの一か月、僕が考えに考え抜いて選んだ武器。

それは。

「僕の武器は、盾にしようと思う」

「盾、ですか……」

「う、うん」

どうして盾を選んだのか、そもそも盾は防具であって武器じゃないだろっていうツッコミもあるのは承知しているが、実は『エンハザ』において盾は武器カードとして存在する。

だから戦闘パートで物理攻撃を行う際は、キャラが盾を振り回すモーションをしていた。

とはいえ、盾の使用は基本的に魔法攻撃メインかつ防御力が低いキャラに限定されるが。そういう意味では、物理防御力が紙レベルのハロルドにはもってこいだ。攻撃手段はないけど。

……いや、盾を選択した一番の理由は、一か月前の面会でアレクサンドラの突きを防ぐことができたから。

何より最推しのヒロインである彼女が、この僕を褒めてくれたから。

それにマリオンとの立ち合いで、僕には剣の才能が皆無だということも分かったし。……い、いや、本音を言えばちょっとくらい、漫画やラノベの主人公みたいに最強武器を手にしたいとか考えたりしなくもなかったが。

いずれにせよ、僕の武器は盾で決まりだ。

「それは素晴らしい選択です。きっとハロルド殿下なら、まさに鉄壁と呼ばれるほどの盾術を身につけられることでしょう。……いえ、この私が必ず、あなた様を強くして差し上げます」

表情は硬く、抑揚のない声で誉めそやすアレクサンドラ。僕の実力は把握しているはずなのできっとお世辞だとは思うが、それでも少しは期待してくれているのだと信じたい。

「そういうことですので、休憩は終わり。今すぐ盾術の訓練に取りかかります」

「お、おおお、お手柔らかに……」

木剣を構えるアレクサンドラを見て、僕は初顔合わせでのことを思い出し、思わず震えた。

……この選択、間違ったかもしれない。

◇◆◇◆◇

「ぐふううう……あ、ありがとう……ござい……まし、た……（ガクッ）」

アレクサンドラと婚約を交わしてから、およそ三か月。

今日も拷問とも呼べる訓練を終え、僕は『エンハザ』でハロルドを倒した時と同じ断末魔とともに地面に崩れ落ちた。

「ハロルド殿下、かなり良くなりましたね。これなら並みの者では殿下に傷一つつけることもできないでしょう」

アレクサンドラが涼しい顔で僕を見下ろし、額の汗を拭う。

彼女は盾を専用武器に選んだ僕の意を汲《く》み取り、防御面を徹底的に鍛えてくれた。

まず最低限必要となる基礎体力を身につけるため、訓練場に放たれた魔獣から逃げ回る訓練に始まり、王宮の敷地内で最も高い塔を自力でよじ登り下から迫りくる魔獣から逃れる訓練、さらには池に放り込まれ水の魔獣から泳いで逃げる訓練。逃げてばかりだな。

それが終わると、今度は実践としてアレクサンドラの目にもとまらぬ剣の連撃を避け、躱《かわ》し、受け止め続けるだけの訓練。これがメッチャつらい。

だって彼女の動きはとてもじゃないが目で追えるような代物ではないし、一撃一撃が木製の盾を粉砕するほど強烈。ちょっと身体にかすっただけで肉片が抉《えぐ》られたと錯覚してしまうほどの痛みを伴う。

何より。

「だ、だけど僕は、君の攻撃の二割も防ぐことができないんだが……」

そう……僕のこの三か月の成果は、その程度のものでしかない。

おかげで最初と比べてすごく打たれ強くなったと実感できる。いや、実感したくなかった。

「ハロルド殿下、自信をお持ちください。二割とはいえ私の剣を防ぐことができる者など、シュヴァリエ公爵家においてもモニカしかおりません」

「えっへん」

「そ、そうなのか……」

アレクサンドラに引き合いに出され、見守っていたモニカがこれ見よがしに胸を張る。

十三歳男子にとって目のやり場に困るほど大きい胸だから、こうやって思わず目を奪われてしまうのは仕方のないこと……あいたっ⁉

「……ハロルド殿下、隙《すき》だらけです」

「め、面目ない……」

木剣で頭を叩《たた》かれてしまい、僕はすかさず謝る。

婚約者の目の前で専属メイドの胸に釘《くぎ》付けになるなんて、さすがに失礼にも程があるな。

「気がかりなのは、特訓に多くの時間を割いているのはよろしいのですが、その分座学がおろそかになってしまうのではないかと……」

「あー……そっちは心配いらない」

口元を手で覆《おお》うアレクサンドラに、僕は仰向《あおむ》けになって気の抜けた声で答える。

実際、前世の記憶を取り戻してから家庭教師の授業を受けてみたが、歴史以外は小学生程度のレベルのものばかりだった。

僕はまだ十三歳だから年齢に合わせて難しくしていくんだと思うが、いずれにせよ前世で大学生だった僕に解けない問題は何一つない。

一度、家庭教師の出した問題を全問正解してみせると、目を白黒させていたな……以前のハロルドが酷過ぎただけに。

「かしこまりました。では、今日の特訓はここまでといたしましょう。明日もどうぞよろしくお願いいたします」

「う、うん」

アレクサンドラはぺこり、とお辞儀をすると、着替えをするために訓練場を……って⁉

汗で貼《は》りついた訓練着が透けて、彼女の背中の肌色が露わになっているだと⁉

しかも、どう見ても訓練着の下にブラジャーを着けているようには見えない……。

「もし革の胸当てがなかったら……」

その事実に、僕は思わず戦慄《せんりつ》する。

そう……革の胸当てを外してしまったら、その時はアレクサンドラの二つのアレをシースルーで晒《さら》すことに……。

「ハロルド殿下、今夜は捗《はかど》りそうですね」

「なななな⁉」

いつの間にか背後にいたモニカが耳元でささやく。

しかも余計なことに、その大きな双丘を僕の背中に押しつけて。

こ、これ……僕の僕が収まりそうにない……っ。

「大丈夫、私は何も見ておりません」

「それ見てる人が言う台詞！」

わざとらしく顔を押さえている両手の指の隙間《すきま》から、僕の下半身を凝視するモニカ。

疲れ切った身体に鞭《むち》打ち、その視線から逃れるように僕は前かがみで訓練場を後にした。

◇◆◇◆◇

「ハロルド殿下、お嬢様。失礼いたします」

湯浴みと着替えを済ませ、庭園のテラスで向かい合わせに座る僕とアレクサンドラに、モニカがお茶を注《そそ》いでくれた。

なお、あの後ちゃんと捗ったために今の僕は賢者モード。モニカがいくら悪戯《いたずら》しようとも、耐え抜く自信は……いやないな。十三歳男子を舐めるな。

そんなことよりも、本題に入らないと。

「それで……専用の武器が決まった以上、僕に見合う盾を入手しないといけない」

「ハロルド殿下に見合う盾、ですか……」

「ああ」

もちろん、盾については目星がついている。

それは。

「〝災禍獣《さいかじゅう》キャスパリーグ〟が持つとされている『漆黒盾キャスパリーグ』。これこそが僕の盾に相応しい」

「「っ⁉」」

その名を出した瞬間、アレクサンドラとモニカが息を呑んだ。

「……お待ちください。災禍獣キャスパリーグと言えば、王都の西にあるモーン島に棲息《せいそく》するとされる伝説の魔獣。千人の兵を持ってしても倒せなかったと言われています」

「お嬢様のおっしゃるとおりです。失礼ながら今のハロルド殿下の実力では、なす術《すべ》もなく命を落とすことになるかと。ここは思い直すべきです」

ただでさえ表情の変化に乏しいアレクサンドラやふざけてばかりのモニカがそこまで険しい表情を見せると、本気で怖くなってしまう。

というか彼女達が全部語ってくれたから、目的の魔獣の居場所を尋ねる手間が省けた。

「それでも僕には『漆黒盾キャスパリーグ』しかない。あれだけが僕専用の盾となり得るんだ」

そう……闇属性のハロルドが使用でき、なおかつ最もレアリティが高い盾。それがＳＲ武器の『漆黒盾キャスパリーグ』なのだ。

そもそも『エンゲージ・ハザード』において最もレアリティの高い盾でもSSR止まりであり、しかも光属性。闇属性のものとなれば、『漆黒盾キャスパリーグ』一択になってしまう。

ちなみにこの盾、『エンハザ』では期間限定イベントで入手できる。

災禍獣キャスパリーグはイベントボスではあるが、中ボス扱い。さらにその上の魔獣〝ヘンウェン〟こそがイベントのメインとなるレイドボスだったため、強さは大したことがないことも当然ながら僕は知っていた。

何より、『漆黒盾キャスパリーグ』は僕のためにあると言っても過言ではない。

物理防御力と魔法防御力のプラス補正に加え、固有スキル【スナッチ】の使用が可能。

防御姿勢のまま闇の爪《つめ》による遠隔攻撃が可能な上、『エンハザ』に登場する一部のボスを除けば即死効果、ドロップアイテム強奪の効果までついてくるのだから。

しかも【スナッチ】は魔法スキルであり、威力もラファエルにも引けを取らない魔法攻撃力を誇るハロルドなら、自分自身を鍛えて魔法攻撃力をカンストさせればかなりの期待ができる。

「その……二人に協力してもらわなければ絶対に倒せないのも事実だし、無理をお願いすることになってしまうのは非常に心苦しいが……」

「私達のことはいいのです。ただ、あなた様のことが心配なのです」

身を乗り出し、アレクサンドラが訴える。

不謹慎なのかもしれないが、僕はこうやってアレクサンドラに心配してもらえて嬉しかった。

だからこそ、なおさら『漆黒盾キャスパリーグ』を手に入れるしかない。

『エンゲージ・ハザード』の本編が始まり、もし強制力が働いて否応なく『世界一の婚約者探し』に参加させられることになっても、この最推しのヒロインと婚約破棄をせずに守り抜くことができるように。

「……お嬢様、ハロルド殿下のご意思は固いようです。こうなれば私達が殿下をお守りするしかありません」

「そうですね……」

アレクサンドラとモニカが顔を見合わせ、力強く頷くと。

「ハロルド殿下、これだけはお約束ください。決して無理はしないこと。それと、戦闘の際は私達の指示に従うことを」

「！　わ、分かった！」

二人が了承してくれたことが嬉しくて、僕は思わず声を上ずらせてしまった。

すると。

「お嬢様、お嬢様、今ならハロルド殿下に何でもお願いできますよ」

「そ、そんな……それではまるで、弱みに付け込むみたいではないですか……」

……二人の会話が丸聞こえなんだが。

「あ、あの、今回のお礼に僕にできることであれば、その……何でも言ってほしい。善処するから」

「はう⁉」

気を遣ってそんな申し出をしたら、アレクサンドラが変な声を出した。

今回は無理を言ったことを充分理解している。少しでも二人に借りを返しておきたい。

「やりましたね、お嬢様。今こそこれまで溜《た》めに溜めたリビドーを解放する時です」

これはちょっと早まったかもしれない。何を要求されるか分からなくて、なんだか怖いぞ。

「コ、コホン……では」

咳払《せきばら》いをするアレクサンドラの言葉を待ち、僕は唾《つば》を飲み込む。

まともなものであってほしいと願うが、モニカが絡《から》んでいる以上絶対に碌なものじゃないことが容易に想像できる。怖い。メッチャ怖い。

「その……ひ……」

「ひ……？」

「膝枕《ひざまくら》、を……してくださいますか……？」

全然怖いお願いではなかったものの、その破壊力はすさまじい。

というか僕なんかの膝枕で本当にいいんだろうか……？

「そ、それくらいなら構わないが……」

「っ！　……ありがとうございます」

「ヒッ⁉」

これまで見たことがないほど無表情のアレクサンドラに、僕は逆に恐怖を感じて軽く悲鳴を漏らしてしまった。

や、やはりこれは、メッチャ怒っているのでは……。

「ハア……まあ、お嬢様にしては頑張ったほうでしょう。ハロルド殿下、どうかお嬢様の願いを聞き届けてくださいませ」

いつの間にかテラス席の床に毛布が敷かれており、モニカが僕にそこへ座るように促す。

いや、僕的には構わないが……い、いいのかな……。

「ハロルド殿下」

「わ、分かっている！」

モニカに急《せ》かされてしまい。僕は靴を脱いで毛布の上に正座した。

「ど、どうじょ……っ⁉」

「失礼します」

舌を噛んでしまい、慌てて口を塞《ふさ》ぐ僕の隣に来たアレクサンドラが、膝の上に頭を乗せる。

うおおお……彼女の髪からメッチャいい匂《にお》いがする……！

「ふ……ふふ……うふふふふふふふ……」

「ヒイイ⁉」

身体を小さく震わせ、笑い声を漏らすアレクサンドラ。

い、いや、『エンハザ』でもこんな壊れたような笑い声、聞いたことがない。やっぱり彼女、怒ってるんだよ！　……って⁉

ほんの僅《わず》かに見えた、彼女の瞳。

初めて面会した時と同じように、赤く染まっていた。

「お嬢様」

「っ⁉　そ、そうでした……」

モニカが声をかけると、アレクサンドラが両手で顔を覆う。

これ……やっぱり何かあるんじゃないだろうか……。

そう思いつつも僕は彼女に何も聞くことができず、二時間もの間膝枕をし続けていた。おかげで足、メッチャ痺《しび》れた。

◇◆◇◆◇

「あちらに見える島が、魔獣キャスパリーグが棲《す》むと言われている〝モーン島〟です」

王都から馬車で二週間かけてたどり着いた、デハウバルズ王国最西端の海岸。アレクサンドラは、ほんの数百メートル先に見える島を指差す。

なお、王宮には観光に行くと言って抜け出してきた。

そもそもエイパル王も母のマーガレットも僕に関心がない上、王宮の使用人達にとっては普段から横柄な僕がいなくなって清々していることもあり、意外にもあっさりと外出許可が下りた。いいのかそれで。仮にも僕、第三王子なんだが。

必然的に同行することになる専属メイドのモニカはともかく、アレクサンドラは婚約者として付き添っていることになっている。

モニカ曰く、実家のシュヴァリエ家とひと悶着《もんちゃく》あったらしいが、最終的には解決されたとのこと。僕のせいで実家と険悪になってしまい申し訳なく思うが、彼女がいなければ災禍獣キャスパリーグの討伐は不可能なので、聞かなかったことにしよう。

「ハロルド殿下、お嬢様。モーン島へ向かう船の手配ができました」

モニカが色々と手続きをしてくれたおかげで、すぐに島に渡れそうだ。

というか普段は冗談を言って揶揄《からか》ってくるが、メイドとしてはメッチャ優秀なんだよな……。

ただし。

「どうなさいました？　……ああ、なるほど。さてはお嬢様から大人な魅力に溢《あふ》れた私に乗り換えようというおつもりですね？　給金を上げてくださるのならやぶさかではありません」

「っ！　モニカ！」

このように、ちょっと気を抜くとすぐこれである。

災禍獣キャスパリーグと戦うというのに緊張感の欠片もないが、それはそれで頼もしいということにしておく。

「ほ、本当に島の奥へ行くつもりなんですかい……？」

「ああ」

心配そうな表情で尋ねる船頭に、僕は二つ返事で頷く。

この『エンゲージ・ハザード』の世界で生き抜くためにも……アレクサンドラを救うためにも、絶対に強くなる必要があるから。

そのためには、『漆黒盾キャスパリーグ』がどうしても必要だから。

それに今回の災禍獣キャスパリーグ討伐に当たり、全ての準備は整えてある。

災禍獣キャスパリーグの闇属性主体の攻撃スキルに対応できるように、僕はあえて光属性のSR武器『エヴァラックの盾』を持ってきた。

もちろん僕は闇属性なので能力値補正などの恩恵を一切受けることはできないが、キャスパリーグの攻撃を防ぐだけならこれで充分……のはず。防御に徹し、二人には攻撃に集中してもらえばきっと倒せる。

ちなみに『エヴァラックの盾』は王宮の宝物庫から勝手に拝借してきたので、ひょっとしたら今頃無くなっていることが判明して大騒ぎになっているかもしれない。うん、僕は何も知らないぞ。

アレクサンドラは小さな身体には似合わない重厚な金属の甲冑《かっちゅう》を身に纏《まと》い、シュヴァリエ公爵家に代々伝わるとされる『神滅竜剣バルムンク』と呼ばれる重厚な両手剣を携えていた。

『エンハザ』には登場していない武器だが、ひょっとしたらUR武器くらいのレアリティがあるんじゃないだろうか。伝説級の武器を持ち出していいのか？　いいんだろうな。

逆に少し心配なのはモニカだ。

だって彼女、いつもどおりのメイド服なのだから。魔獣と戦うというのに、いいのかそれで。

モニカ曰く、『クラシカルなメイド服こそ至高の戦闘服』だそうで、何故《なぜ》かアレクサンドラですらそれを否定しなかった。僕の常識はこの世界では通用しないみたいだ。

まあ、それは置いといて。

「さあ、行きましょう」

僕達は、キャスパリーグのいるモーン島へ足を一歩踏み入れると。

「ここから先は、ボクの縄張り！　一歩でも入ったら殺してやるニャ！」

……黒い子猫が、人の言葉をしゃべってメッチャ威嚇してくるな、おい。

というか、一歩目で魔獣とエンカウントって、どうなの？

しかも見た目こそキャスパリーグと同じではあるんだが……はは、まさかな。

「……アレクサンドラ、どうしようか」

「災禍獣キャスパリーグは、とても大きな獅子《しし》の姿をしていると言われています。それに魔獣とはいえこのような小さな猫に手をかけるのは、さすがに憚られます」

口調こそ素っ気ないが、サファイアの瞳をこれでもかと輝かせて子猫の魔獣を凝視するアレクサンドラ。

どうやらとても気に入ったらしく、お持ち帰りも辞さない様子だ。

「いけません。たとえ子猫とはいえ、これは魔獣。大きくなればお二人に害をなすことは目に見えています」

モニカがいつになく真剣な表情でたしなめる。

普段が普段なだけに、真面目《まじめ》なことを言われると違和感しかない……と思ったが、さっきから子猫の魔獣をちら見しているから、本心ではモニカもお持ち帰りしたくて仕方ないみたいだ。

「むう……モニカは頑固ですね」

「お嬢様はもう少し自重なさってください」

口を尖《とが》らせるアレクサンドラだがモニカに反論することができず、渋々諦めたようだ。

とはいえ、そんなモニカもメッチャ唇を噛みしめて耐えていた。もし僕が背中を押したら、ここぞとばかりに連れて帰るのでは。何かあったら全て僕のせいにして。

「コ、コラー！　ボクは強いんだニャ！　恐ろしいニャ！　もっとビビるニャ！」

前脚をブンブンと振り回し、必死にアピールする子猫の魔獣。何かをするたびにアレクサンドラとモニカの心をつかんで離さないのにはちょっと嫉妬《しっと》する。

「ハア……」

「わわわ⁉　ニャニャ、ニャにをするニャ！」

僕は子猫の魔獣を抱き上げて、ずい、と顔を寄せると。

「念のため聞くが……お前は災禍獣キャスパリーグなのか？」

そんなことを尋ねてみた。

「ハロルド殿下、お言葉ですがこんなに愛らしい子猫なのですよ？　さすがにそれはあり得ないかと」

「そうですよ。お嬢様がおっしゃられたように、言い伝えのキャスパリーグは獅子の姿をした大型魔獣です。このような子猫などでは……」

「フ、フン……よく見抜いたじゃニャいか」

「「っ⁉」」

どこか照れくさそうに鼻を鳴らして肯定する子猫……もとい災禍獣キャスパリーグ。

二人は信じられないようで、目を見開いている。

確かに身体こそ小さいが、見た目は間違いなくキャスパリーグだし疑いようがない。……僕も信じたくはなかったが。

でも、いくらなんでも『エンハザ』で見た災禍獣キャスパリーグとのギャップがすごすぎて、どうしたものかと頭を抱えたくなる。

悲しいかな『漆黒盾キャスパリーグ』を手に入れるためには、この子猫を討伐しないといけないわけで、そんなことをしたら絶対に二人に恨まれる。八方塞《はっぽうふさ》がりだ。

「だけど、どうしてそんな小さな身体をしているんだ？　獅子の姿というのは出まかせだとして、本来は巨大な猫の魔獣じゃないのか？」

「ニャニャ……お、お前にボクの何が分かるニャ！　災禍獣キャスパリーグは格好よくて、すごく強いんだニャ！　……だ、だけど……」

逆ギレしてまくし立てたかと思えば、キャスパリーグは顔をしかめてうつむいてしまった。

その様子から、何か事情があることを察する。

「それはどうでもいいとして、『漆黒盾キャスパリーグ』って知っているか？」

「ヒ、ヒドイニャ！　ボクがこんなに落ち込んでいるっていうのに、『どうでもいい』ってどういうことニャ！」

キャスパリーグはメッチャ文句を言ってくるが、どうでもいいものはどうでもいい。

僕にとって大切なのは『エンハザ』本編が始まって以降もアレクサンドラと婚約したままでひっそりと生きることであり、万が一シナリオに巻き込まれたとしても僕自身と彼女……後々面倒なのでモニカも入れておこう。とにかく、僕自身の命と僕の『大切なもの』を守り抜くことが最も重要なので、魔獣の悩みなんかに構っている暇はない。

「……ですが本当に、そのような惨《むご》いことをしなければならないのでしょうか」

「そうです。私はご主人様である殿下を、そのような冷たい御方に育てた覚えはありません」

キャスパリーグが子猫の魔獣だと分かった瞬間、二人が僕を責め立てる。ここに来る前は討伐に賛成してくれたというのに。あっという間にアウェーに変貌《へんぼう》した。

どうやってこの小さな猫の魔獣を討伐することを二人に受け入れてもらえるか、そして自分自身が受け入れることができるか頭を悩ませていると。

「……もしボクの言うことを聞いてくれるニャら、『漆黒盾キャスパリーグ』について教えてやらないこともないニャ」

コイツ……子猫の分際で、メッチャ悪い顔をしているな。

とはいえ『漆黒盾キャスパリーグ』を手に入れるためには、悔しいがコイツに教えてもらうか、もしくは討伐する……という選択肢はないんだよな。お願いだから二人とも、そんなに睨まないでほしい。

「ハア……それで、お前の『言うこと』っていうのは？」

「なあに、簡単ニャ。この災禍獣キャスパリーグ様の縄張りに居ついた不届き者を、八つ裂きにするだけニャ」

言っていることは物騒だが、見た目が子猫なだけに迫力の欠片もない。

まあでも、キャスパリーグはおどけた様子を見せつつも、黄金に輝くその瞳は……悲壮感を漂わせていた。

ということで。

「断る」

「なんでニャ⁉『漆黒盾キャスパリーグ』が欲しくニャいのか⁉」

「いや、欲しいのは山々なんだが……」

見た目はこんなだが、一応はデハウバルズ王国に言い伝えとして広まっているほど、災禍獣キャスパリーグという魔獣はこの世界で危険な存在。

……まあ、『エンハザ』では中ボス扱いなので、大したことはないと考えて討伐に挑んだのも事実ではあるが。

そうであるにもかかわらず、人間である僕達にまで助けを求めるということは、自分の手に負えない何者かが相手だということだ。下手をすれば、レイドボス級の強敵の恐れもある。

この『エンハザ』の世界で平穏無事にひっそりと生き抜くことを決めた僕が、そんな自殺行為をするわけがない。

それに……僕は二人を、危険な目に遭わせたくないんだ。

「ひょ、ひょっとして、不届き者がニンゲンだと思っているんじゃニャいか？　それなら安心するニャ！　ちゃんと魔獣だから倒しても問題ないニャ！」

乗り気じゃない僕を見て、キャスパリーグは必死に説得を試みる。

その敵が人間である可能性を僕達が危惧《きぐ》しているんじゃないかと、勘違いをして。

だけどコイツの口ぶりで、ますます危険な魔獣である可能性が高くなってしまったんだが。

「……ハロルド殿下。彼の言う『不届き者』がどのような者か、まずは確認してみてはいかがでしょうか」

「そうですね。こう申し上げてはなんですが、お嬢様と私であれば、それなりの魔獣であっても問題はないかと」

見た目の可愛《かわい》さにすっかり絆《ほだ》されてしまった二人は、キャスパリーグの肩を持つ。

……まあ、確認してヤバそうだったら、その時は逃げればいいか。

「ハア……僕達では手に負えないと思ったら、すぐに引き返す。それでいいな」

「っ！　か、構わないニャ！　だけど『漆黒盾キャスパリーグ』を渡すのは、その魔獣を倒した時だけニャ！」

溜息を吐く僕とは反対に、喜色満面《きしょくまんめん》のキャスパリーグ。

この反応や『漆黒盾キャスパリーグ』を成功報酬に切り替えたことから、その魔獣が厄介な相手だということが容易に想像できる。

「こっちだニャ！」

僕の手から離れて嬉しそうに先導する子猫の魔獣を見て、僕はもう一度溜息を吐いた。

◇◆◇◆◇

キャスパリーグの後に続いて歩くこと、およそ二時間。

モーン島はそれほど大きな島ではないので、もう間もなく島の中心に到着するだろう。

「その……大丈夫、なのか……?」

「ご心配くださりありがとうございます。ですが、これくらい造作もありません」

甲冑を纏っているため重いし暑くて大変だろうからと声をかけてみたものの、彼女は僕以上に涼しい表情をしており、足取りも軽い。

やはり『エンハザ』のヒロインだけあってハイスペックなんだな、と思いつつも、逆に自分のロースペックぶりが引き立ってしまい、ついつい落ち込みそうになる。

ま、まあ、これからゲームの知識を活かして強くなるつもりだから、今は自分の現状を甘んじて受け入れることにしよう。

「それで、魔獣がいるところまで、あとどれくらいかかりそう?」

「シッ！　アイツはもう、目と鼻の先にいるニャ」

キャスパリーグは器用に前脚を口元に当てて、僕達に静かにするように促す。

近づくだけでここまでの警戒を見せるキャスパリーグの様子から、二つのことが考えられる。

一つは、相手に気づかれてしまった場合、たちまちピンチに陥《おちい》ってしまうほど危険な魔獣であること。

もう一つは、静かにしていれば向こうに気づかれない……つまり、探知能力はさほどではないということ。

キャスパリーグが音を警戒しているところからも、これから対峙する魔獣はひょっとしたら目よりも耳のほうが優れているのかもしれない。

そして。

「……この先に、アイツがいるニャ」

草むらの陰で立ち止まり、キャスパリーグはこれまでの雰囲気とは打って変わって険しい表情を見せる。

それに……どこか震えているようにも見えた。

「どれ……」

僕は草むらをかき分け、その先を覗《のぞ》き込む……っ⁉

ああ……そもそもキャスパリーグがいる時点で、どうして僕は思い至らなかったんだろう。

雪のような白く美しい体表とは正反対の、醜く醜悪な、両目を縫い付けられ肥え太った雌豚の巨大な魔獣……いや、かつて神の使いだった聖獣の成れの果て。

——レイドボス、〝暴食獣ヘンウェン〟。

キャスパリーグの出現する『エンゲージ・ハザード』の期間限定イベントは、そもそも暴食獣ヘンウェンのために用意されたもの。

通常のRPGパートでキャスパリーグ討伐を周回しつつ、突然出現するレイドボスの暴食獣ヘンウェンをプレイヤー達が力を合わせて戦い、得られた討伐ポイントのランキングによってSSR武器の『畜殺刀《ちくさつ》ヘンウェン』を入手することができるのだ。

「これは……無理、じゃないか……?」

背中に冷たいものを感じ、僕はぽつり、と呟く。

『エンハザ』では討伐回数に応じてレイドボスのレベルが上昇する仕様となっているため、たとえ初心者でパーティーメンバーである主人公やヒロイン達が弱くても、最初のうちはソロプレイヤーのパーティーだけでも倒すことは可能。

だがここはゲームの世界であり、現実でもある。

なら目の前のヘンウェンが果たしてどのレベルの強さなのか、残念ながら想像がつかない。

もしこのヘンウェンが、僕が期間限定イベントにおいてソロで倒せた限界値、レベル二五七を超えていたら……。

「みんな、今すぐ……」

僕は慌てて振り返り、引き返そうと声をかけようとしたところで。

「母様……待っててね……っ」

「っ⁉　お、おい⁉」

語尾にいつもの『ニャ』を付け忘れるほど、キャスパリーグは憎悪と覚悟を秘めた表情で呟き、地面を蹴《け》って一気に飛び出した。

というかあの『ニャ』はキャラ付けだったのか。意外な事実かつ無駄な情報。

「ブゴ……？」

「今日こそ……今日こそボクが、オマエの息の音を止めてやる！　母様の仇《かたき》をこのボクが取るんだッッッ！」

威勢よくヘンウェンの前に躍り出るキャスパリーグ。

四本の足を震わせ、それでも小さな身体を奮い立たせて。

「……ハロルド殿下。このモニカ、今すぐこの場から退くことを具申します」

普段の揶揄う様子は鳴りを潜め、モニカが有無を言わさぬ低い声で静かに告げる。

実力者である彼女が、ヘンウェンの強さを冷静に分析した上での判断なのだろう。

つまり目の前のヘンウェンは、想像以上にレベルが高いということ。

少なくとも、足手まといの僕を守りながら戦うことができないくらいに。

「…………………………」

アレクサンドラもまた、サファイアの瞳で僕を見つめ、答えを待っている。

まるで、僕という人間を見定めているかのように。

「ボクには強い助っ人がいるんだ！　だから、絶対に負け……っ⁉」

「ブヒャアアアアアアアアッッッ！」

僕達がすぐ後ろに控えていると思ったんだろう。キャスパリーグは勝ち誇るかのように叫ぼうとしたところで、ヘンウェンが襲いかかる。

「ま、待て！　おいニンゲン！　敵はアイツだよ！　早く一緒に……あぐっ⁉」

「ブフ……ブフフ……」

キャスパリーグは慌てて後ろを振り返るが、肝心の僕達がいない。困惑の表情で戸惑っていたところに、キャスパリーグはヘンウェンの前脚で弾《はじ》き飛ばされ、地面に転がった。

いや、というか急ぎすぎだろ。喧嘩《けんか》を売るなら僕達がいるのを確認してからじゃないと。

などとツッコミを入れている余裕はない……んだが、モニカは身を乗り出そうとする僕の肩をつかみ、首を左右に振る。

つまり『キャスパリーグを見捨てろ』、と。

そんなやり取りをしている間にも、ヘンウェンは地面で呻くキャスパリーグを見て、雌豚らしく醜悪に嗤《わら》っている。

堕落した、醜い聖獣の成れの果ての分際で。

所詮はただのイベントボスの分際で。

さて……正直なところ、このままキャスパリーグを見捨てれば『漆黒盾キャスパリーグ』を入手できず、『エンハザ』本編を迎えるに当たってかなり厳しくなる。当然、僕が生き残るための育成プランも変更を余儀なくされるだろう。

とはいえ盾による防御主体の戦闘スタイルをから別のスタイルを選択し、なおかつもう一つのハロルド強化プランを達成できれば、必ずしも『漆黒盾キャスパリーグ』が必要かと言われれば、実はそうでもない。

なら、安全策を取って今回は諦めるのが得策か。

「ああああああアッッッ⁉」

「ブヒ……ブヒ……ブヒイイイイイイイイイイッッッ！」

全体重を乗せて踏みつけ、キャスパリーグの悲鳴に酔いしれてヘンウェンは歓喜の雄叫びを上げる。雌豚なのに雄叫びって、矛盾してるよな。

キャスパリーグの黄金の瞳には、苦しさ、つらさ、悔しさ、口惜しさ、憎しみ、恨み、悲しみ……様々な感情がないまぜになったような、そんな鈍い光が宿っていた。

母親の仇を討てないことへの、弱い自分に対する怒りの涙を零《こぼ》して。

まあ、そんなことは僕には関係ない。

全ては勝手に僕達を信用して、力もないくせにヘンウェンに挑んだアイツが馬鹿なんだ。

「母様……ごめん、なさい……っ」

ハロルドのように最初から自分自身に見切りをつけて長いものに巻かれておけば、こんな目に遭わずに済んだというのに。

だから。

——ガアンッッッ！

「ブヒ？」

「その薄汚い足をどけろ！　この豚野郎ッッッ！」

モニカの手を振りほどき、草むらを飛び出して『エヴァラックの盾』でヘンウェンを思いきり殴りつけ、僕は『無能の悪童王子』らしく汚らしい口調で大声を上げた。

だけど悲しいかな。僕の貧弱な物理攻撃力では、ヘンウェンには蚊に刺された程度だったみたいだ。チクショウ。

でも。

「ッ⁉　ブヒヒヒッッッ⁉」

僕に追随したアレクサンドラとモニカが二人同時に攻撃を仕掛けたことにより、ヘンウェンが苦痛で顔を歪め、キャスパリーグを踏みつけていた前脚を上げて後退した。

「……ハロルド殿下。あなた様のなされたことは、勇気ではなく無謀と言うのですよ？」

隣に立ち剣を構えるアレクサンドラが、冷たい視線を向ける。

彼女の言うとおり、僕のしたことは無謀で愚かな行為だと思う。大した実力もないのに。

でも僕は、『漆黒盾キャスパリーグ』がどうしても欲しいと思ってしまった……というのは建前《たてまえ》で、本当はこの小さな黒猫魔獣を、どうしても助けたくなってしまったんだ。

無力で悔しい思いをしたのは、僕……ハロルドも同じだったから。

ハア……きっとアレクサンドラも、こんな僕に心の中で呆《あき》れかえっているだろうな……。

ひょっとしたら無事に王都に帰れても、愛想を尽かした彼女に三年の期限を待たず婚約を解消されてしまうかもしれない。大ピンチだ。どうしよう……って。

「ふふ……」

アレクサンドラが、くすり、と微笑《ほほえ》んだ。

「あ、あの……」

「本当に、ハロルド殿下はどうしようもない御方です。どうしようもなく、不器用で優しい御方。でも……私はそんなあなた様を、とても好ましく思います」

彼女の予想だにしなかった言葉に、僕は思わず顔が熱くなる。

てっきり叱《しか》られるか幻滅されると思っていたのに、これでは不意打ちもいいところだ。

「ハア……このようなご主人様にこれからずっとお仕えするなんて、苦労が絶えなさそうです」

僕を挟んでアレクサンドラの反対に立つモニカが、白々しくこめかみを押さえかぶりを振る。

「これは王都に戻りましたら給金を倍にしていただきませんと」

「か、考えとく……」

モニ、モニカって、そんなにたくさん給金を貰《もら》ってないよな？　僕に割り当てられた予算で足りることを祈るばかりだ。

「あ……」

「キャスパリーグ、あの豚野郎を一緒に倒そう。あれが、お前のお母さんの仇なんだろう？」

「あああああああ……っ！」

傷だらけのキャスパリーグを抱きかかえ、にこり、と微笑むと、その黄金の瞳から大粒の涙が溢れ出す。

母親の命を奪われて今まで誰にも頼ることができず、歯を食いしばってチャンスを窺《うかが》っていた小さな黒猫魔獣は、器用に前脚でぐい、と涙を拭う。

「さあ、行くぞ！　ここからは僕達のターンだッッッ！」

「うん！」

僕はキャスパリーグを抱えたまま、『エヴァラックの盾』を構えて突撃した。

この中で一番実力が劣る僕がそんな真似をしたら、本当に自殺行為ではある。

だけど。

「ブヒャアアアアアアアアアッッッ！」

怒り狂うヘンウェンの前脚による攻撃を、僕は盾で防ぐ。

巨体の雌豚だけあって一撃一撃の威力はものすごく強いものの、その動きはアレクサンドラとは比べ物にならないくらい遅い。

たったの二割程度とはいえ、今の僕は彼女の剣撃を防御できるんだ。これなら気を抜かなければ防ぐことが可能。

その隙に。

「ッ⁉　プギュウウウウウウウッッッ⁉」

「遅い」

「本当ですね」

アレクサンドラとモニカが、最初の攻撃の十倍もの連撃をぶよぶよした巨体に叩き込み、ヘンウェンの身体から赤い鮮血が噴き出した。

「プギャアアアアアアアアッッッ！」

ならばと怒りに任せて突進するヘンウェンだが。

「させるかあああああああああッッッ！」

僕は二人とヘンウェンの間に割って入り、歯を食いしばって盾で受け止める。

でも。

「うわあああああああああァッッッ⁉」

残念ながら貧弱な僕の身体ではヘンウェンの巨体を受け止めることができず、思いきり弾き飛ばされてしまった。

それでも二人が突進を躱すだけの時間を稼げたので、何よりだ。

「ハロルド殿下！」

「ここは私が！」

モニカが牽制を繰り返す隙に、アレクサンドラが真っ青《まさお》な顔で僕の傍に駆け寄る。

僕は僕と僕の大切な人達を守ると決めたのに、こんなに心配ばかりかけて情けないぞ。

「う……うぐ……や、やっぱり『エヴァラックの盾』じゃ、捌《さば》き切るのは厳しいか……」

単純に防ぐだけなら、アレクサンドラとの特訓のおかげで大したことはない。

だが一撃の重みに耐えられるだけの体力もないため、少なくとも属性が違うこの盾では防ぎ切ることも不可能。

せめて同じ闇属性の『漆黒盾キャスパリーグ』があれば……。

「あ、あの……ニンゲン……」

「……僕はハロルド。『ニンゲン』なんて名前じゃない」

申し訳なさそうに僕の顔を舐めたキャスパリーグに、口の端を持ち上げて冗談交じりにツッコミを入れる。

まったく……人間の僕をこんな心境にさせるなんて、ちょっと魔獣としての自覚が足りないんじゃないだろうか。

キャスパリーグは置いといて、最推しのヒロインにこんな顔をさせるわけにはいかない。だから。

「なあ……『漆黒盾キャスパリーグ』は、どこにあるんだ？」

黄金の瞳で見つめるキャスパリーグに、僕は尋ねた。

少なくとも僕と同じ闇属性の盾があれば、その性能を最大限に発揮できる。

何より防御一辺倒の僕も攻撃参加が可能になり、ヘンウェンのヘイトを集めつつアレクサンドラとモニカの負担を軽減することも。

「で、でも、あれはボクに協力してくれた時の報酬で……」

「今さらだろ。この状況ではもう、僕達だってアイツを倒す以外の選択肢はないんだよ」

本当は、二人が牽制してくれている隙に逃げ出すことも可能だ。

もちろん、そんなことをするつもりは一切ない。

「く……っ」

「っ⁉　モニカに加勢してきます！」

やはり一対一では分が悪いらしく、アレクサンドラは剣を構えてヘンウェンへと向かった。

僕が盾役として参加しないと、このままではますます追い込まれてしまう……っ。

「キャスパリーグ！」

「わ、分かったよ！　……だけど、たとえどんな盾であっても、絶対に裏切らないで」

……物言いといいちょっとおどおどした様子といい気になる点が満載だが、今はこれに賭《か》けるしかない。

僕は強く頷き、『漆黒盾キャスパリーグ』を用意するのを待っていると。

「なっ⁉」

突然キャスパリーグの小さな身体が、漆黒の闇に包まれていく。

そして。

「…………………………」

闇が晴れて現れたのは……手のひらサイズの盾⁉

「い、いやいや⁉　これじゃスマホサイズじゃないか⁉」

目を見開いた僕は盾を指でつまみ、思わずツッコミを入れた。

た、確かに見た目は『漆黒盾キャスパリーグ』だが、これじゃヘンウェンの攻撃を防ぐなんて当り前だが絶対に無理だ！

すると。

「し、仕方ないじゃないか！」

「っ⁉　しゃべった⁉　……って、その声はキャスパリーグか⁉」

「そ、そうだよ！　悪い？」

「え……い、いや、そんなことはないが……」

この手のひらリイズの盾の正体であるキャスパリーグは、僕の視線とツッコミに耐えかねて涙声で逆ギレした。おかげで僕も戸惑ってしまい、つい遠慮してしまう。

「だ、だけど、さすがにこのサイズは……」

「……ボクは母様と違うんだ。まだ子供でマナも少ないから、これが精一杯なんだもん」

とうとう拗《す》ねて半ベソをかいてしまったキャスパリーグ。

なるほど……だから成功報酬ということにして、『漆黒盾キャスパリーグ』を出せと言われてもあんなに渋ったんだな。

だけど、その前に。

「……マナってなんだ？」

「へ……？」

俺は素朴な疑問をぶつけると、キャスパリーグは呆けた声を漏らした。

『エンハザ』における能力値はレベルのほかに、HPとSP、それに物理と魔法の攻撃力・防御力だけだ。マナなんてパラメータは存在しない。

「し、知らないの⁉　ニンゲンだって普段使うでしょ⁉」

「だから僕の名前はハロルドだって。とにかく、僕はマナなんて知らな……」

「ハロルド殿下！　マナとはこの世界に生きる者全てに宿る、力の根源！　その者だけが持つ力……『祝福《ギフト》』を行使するために絶対に必要なもの！　あなた様にも身に覚えがあるはずです！」

僕達の会話を耳聡《みみざと》く聞いていたアレクサンドラが会話に割り込み、ヘンウェンに一撃を加えつつ教えてくれた。

なるほど……おかげで色々と理解したぞ。

つまり『エンゲージ・ハザード』のＳＰこそがマナ、スキルは『祝福《ギフト》』ってことなんだなら。

「キャスパリーグ。そのマナは、人から受け取ることは可能か？」

「い、一応ボクは、ニンゲンからマナを奪うことができるけど……」

「そうか」

これはなんて好都合なんだ。

「で、でも！　母様と同じくらいの『漆黒盾キャスパリーグ』になろうと思ったら、ものすごくマナが必要なんだ！　ボクがお前からマナを奪ったら、マナ切れであっという間に倒れてしまうよ！」

「なんだ、僕の心配をしてくれるのか？」

「っ⁉　ち、違うもん！　どうしてボクが、ニンゲンなんかを……」

僕が揶揄うように尋ねると、照れてしまったのかキャスパリーグは即座に否定しつつも、言葉が尻すぼみになってしまう。

というか遭遇してからずっと思っていたが、魔獣のくせに人間みたいな奴だな。目の前のヘンウェンのような、本能だけで動く聖獣の成れの果てとは大違いだ。

だって、本来は敵である人間の僕のことを気遣って、そんな遠慮をするんだから。

僕は盾の姿となったキャスパリーグを見て、くすり、と笑うと。

「じゃあ、僕から好きなだけマナを奪い取ってくれ」

「ボクの話を聞いてた!?　そんなことしたら、マナ切れ……」

「っ!?　いいから早く！」

モニカがヘンウェンに追い詰められているところを見て焦《あせ》る僕は、語気を荒らげてキャスパリーグに指示をする。

「も、もう！　知らないからね！」

手のひらに乗る『漆黒盾キャスパリーグ』から、身体の中にある生命エネルギーのようなものを吸い取られるような、そんな不思議な感覚に襲われる。

どうやら無事、マナという名のＳＰは供給できているようだ。

「っ!?　豚の分際で……っ！」

「モニカ!?」

「ブヒイイイイィィィィアアアアアアアアッッッ！」

牽制を繰り返して時間を稼いでくれていたモニカが、とうとうヘンウェンに追い詰められて逃げ場を失い、覚悟を決めて武器であるマチェットの刃を向けて迎撃の構えを見せる。

アレクサンドラは何度も攻撃を放つが、傷を負わせることはできてもその巨体ゆえにびくともしない。

まだか……まだ……。

「ブヒェヒェエエエ……！」

「っ！　僕の『大切なもの』を、やらせてたまるかああああああああッッッ！」

僕は叫び、勝ち誇るように舌なめずりをしたヘンウェンへ向かって、全速力で駆け出した。

そして。

——ガキンッッッ！

「ブヒ？」

「っ⁉　ハロルド殿下⁉」

間一髪間に合った僕は、ヘンウェンが振り下ろした前脚を受け止める。

この鈍く輝く重厚な、黒鉄《くろがね》の『漆黒盾キャスパリーグ』で。

「モニカ！　大丈夫か！」

「は、はい！　ですが、その盾は……」

振り返ってモニカに怪我がないか確認し、無事であると知って安堵する。

でも、そんなに驚かなくても……って、驚くに決まっているか。あのスマホサイズの盾が、こんなにも立派な盾に変化したんだから。

「こ、これがボク……？」

おっと、モニカ以上にキャスパリーグ本人が一番驚いているぞ。

でも、これで色々と理解した。

『エンハザ』の裏設定として、主人公がキャスパリーグを倒して服従させることにより、キャスパリーグ本人が武器に変化《へんげ》していたんだな。

ヘンウェンがレイドボスなのも、このモーン島の縄張り争いを二匹の魔獣が繰り広げていたってことか。

で、キャスパリーグが主人公側につき、ヘンウェンはあえなく退治されることになった、と。

いや、もうちょっとそのへんのことについて、後日談のイベントみたいなのを用意しておくべきだったんじゃないか？　不親切過ぎる。

まあいい。とりあえず僕達がやることは、目の前のヘンウェンを討伐してキャスパリーグに母親の仇を取らせてやることだ。

「アレクサンドラ殿！　モニカ！　ヘンウェンの攻撃は全部僕達が受け止める！　その隙に、二人はあの豚を始末してくれ！」

「はい！」

「お任せください」

「ブヒイイイイイイイイッッッ！」

怒り狂った雌豚は、前脚に全体重を乗せて僕を踏み潰《つぶ》しにかかる。

だけど。

「ははは！　すごい！　すごいぞ！」

物理防御力最弱のハロルドなのに、ヘンウェンの攻撃にもびくともしない。

そもそも『エンハザ』において盾以外の全ての武器カードは、物理攻撃力又は魔法攻撃力あるいはその両方がキャラのステータスに加算される仕組みになっているのに対し、盾の武器カードは配分バランスこそ様々あるが物理防御力と魔法防御力のステータスに加算される。

しかもキャラと盾が同じ属性なら、その効果は二倍。

『漆黒盾キャスパリーグ』の物理防御力はカンストしたSSRのヒロインに匹敵し、二〇〇〇もの値があるから、今の僕がヘンウェンの攻撃だって受け止められるのは当たり前だ。

「ハアッッッ！」

「シッ！」

「ブヒャ⁉　プギイイイイッッッ⁉」

アレクサンドラとモニカが、目にも留まらぬ動きで次々と攻撃を仕掛け、ヘンウェンの巨体が赤い血に染まる。

いくら耐久力が高くても、これだけ攻撃を与えられ続けたらヘンウェンといえどひとたまりもないだろう。

「ピギュオオオオオオオオオオッッッ！」

たまりかねたヘンウェンが前脚を振り上げ、空に向かって吠《ほ》えた。

このモーション……まさか⁉

「アレクサンドラ殿！　モニカ！　早く僕の後ろに……っ⁉」

前脚を地面に叩きつけ、巨大なその鼻で大きく息を吸い込む。

この後に放たれるのはきっと、暴食獣ヘンウェンの最大火力を誇る攻撃スキル、【暴君《ぼうくん》の息吹《いぶき》】。ヘンウェンのＨＰが残り一／三以下になると放たれる全体攻撃だ。

つまり僕達は、そこまでこの雌豚魔獣のＨＰを削ったということ……なんだが。

「はは……僕、受け止められるかな……」

【暴君の息吹】を放とうとしているヘンウェンと対峙し、僕は不安な気持ちを吐露する。

でも、これを止めないことには僕だけでなく、後ろのアレクサンドラやモニカが傷つけられてしまうんだ。なら……やるしかない。

「ブオオオオオオオオオオアアアアアアアアアアアッッッ！」

悲鳴にも似た雄叫びとともに、その鼻から圧縮された空気の大砲が放たれた。

「っ⁉　ぐぐ……う……っ！」

　そのすさまじい威力に、『漆黒盾キャスパリーグ』で受け止めた僕は押し込まれる。このまだと盾ごと吹き飛ばされ、少なくないダメージを受けるのは必至だ。

「ハロルド殿下……」

……ああ、分かってる。ここで僕が、吹き飛ばされるわけにはいかないことを。

だから。

「あ……ああああああああああああああああああああああッッッ！」

「ッ⁉」

　僕は渾身《こんしん》の力を振り絞り『漆黒盾キャスパリーグ』の下側を地面に突き刺し、斜めに傾けた。

　それにより僕の身体が盾と地面に挟まれて圧《お》し潰されそうになるが、それでも真正面から受け止めるよりもかなり軽減される。

　そして。

「プ……プギ……ッ」

「は、はは……どうだ、耐え抜いてみせた、ぞ……」

　まさか防がれるとは思っていなかったヘンウェンは、あからさまに狼狽《うろた》えた様子を見せた。

　とはいえ僕のほうも体力の限界。膝をつき、盾を支える両腕が震える。

「……ハロルド殿下、お見事でした。あとはどうか、このアレクサンドラにお任せください。

私の婚約者にこのような真似をした不届きな雌豚を、血に染めてご覧に入れます」

「あ……」

僕の前に立ち、身長と変わらない長さの大きな剣を構えるアレクサンドラ。

その瞳は初めて出逢った時の、あの立ち合いで見せた血塗られた赤に輝いていた。

「ふふ……うふふ……うふふふふ！　さあ、躾《しつ》けて差し上げます！」

アレクサンドラが、僕の視界から一瞬で消える。

気づけば。

「プギャアアアアアアアアアアアオオオオオオオオオオオオオッッッ⁉」

ヘンウェンの巨体の左胸から左肩、左腕にかけて全て抉り取られていた。

僕の木盾を粉砕した、あの一撃で。

「プ……プ、ギ……」

あれほど耳障りだった声を満足に発することもできず、ヘンウェンは醜い身体を震わせる。

どう見ても致命傷を負って瀕死《ひんし》の状態であるにもかかわらず、それでもなお立ったままでいるヘンウェンの姿に、僕は驚きを隠せない。

するると。

「あっ！」

その巨体を大きく反転させ、ヘンウェンは一目散に逃げ出そうとする。

だが、左の前脚を失い、いつ倒れてもおかしくない状態では、逃げることなんて不可能だ。

その証拠に……僕達の歩く速度よりも、ヘンウェンは遅い。

「キャスパリーグ……今こそ、お前のお母さんの仇を討つ時だ」

僕は限界を迎えた身体を奮い立たせて強引に立ち上がり、キャスパリーグに告げる。

「う、うん！　……けど、どうやって？」

「あるだろう。お前の中に眠る、お前だけの力が」

「ボクだけの……力……」

キャスパリーグはそう呟き、沈黙する。

「ピ……ピギュウ……ッ」

今も必死に僕達から逃れようと、一歩、また一歩と巨体を揺らして進むヘンウェン。

このまま放っておいても息絶えるだろうが、僕達はそれを許すつもりはない。

貴様はこの島でたくさんのものを奪った。なら、次は貴様が奪われる番だ。


「【スナッチ】！」

キャスパリーグは、自分だけの力……『漆黒盾キャスパリーグ』の固有スキルの名を唱えた。

「ッ⁉」

黒鉄《くろがね》の盾から災禍獣キャスパリーグを象徴する巨大な漆黒の爪がヘンウェンへと襲いかかり、そのだらしない身体を抉る。

「プ……ゲ……」

ヘンウェンは空を仰《あお》いで一瞬硬直したかと思うと、身体を痙攣《けいれん》させ地響きを立てて地面に崩れ落ちた。

『漆黒盾キャスパリーグ』の固有スキル【スナッチ】は、攻撃対象の全てを奪う。

命を含め、その全てを。

「ふう……終わったな」

僕は『漆黒盾キャスパリーグ』を手放し、そのまま倒れ込んで大きく息を吐いた。

最初はどうなるかと思ったが、なんとかなるものだな……って。

「ハロルド殿下、お見事でした」

駆け寄ってきたアレクサンドラが僕を抱き起こし、誇りに満ちた笑顔で称えてくれた。

そのすぐ後ろには、何故かドヤ顔のモニカがサムズアップしている。

「まさか、僕は大したことはしていない。ヘンウェンを倒せたのは、全てはアレクサンドラ殿とモニカ、そして……コイツの力だから」

黒鉄の盾の姿から元の子猫に戻ったキャスパリーグを見て、僕はゆっくりと頷く。

そうだ。最後の【スナッチ】を含め僕が戦い抜くことができたのは、この小さな魔獣が見せてくれた勇気のおかげなんだ。

「あ……そ、その……力を貸してくれて、ありがとうございました！　おかげでボク……ボク……母様の仇を討つことができました……っ！」

僕達に向かって深々とお辞儀をしたキャスパリーグは、天を仰いで大粒の涙を零す。

そんな小さな子猫の魔獣を見つめ、僕達は頬を緩めた。

◇◆◇◆◇

「よし……これで」

ヘンウェンを討伐した僕達は、キャスパリーグの母親の墓を作ってやることにした。

残念ながら遺体は既にヘンウェンに食べられてしまったらしく、かといってこの雌豚魔獣を代わりに土に埋めるのもどうかと思うので、本当に形だけではあるが。

このため、せめてもの意趣返しということで、倒した時に現れたＳＳＲ武器『蓄殺刀ヘンウェン』を墓標にしてやった。

持ち帰ったところで、使えない僕には宝の持ち腐れだしな。

「母様……ボク、やりました」

墓の前に座り、どこか寂しげな表情で報告をするキャスパリーグ。

もはや語尾に『ニャ』と付ける最初のキャラ設定は微塵《みじん》も感じられない。あれは何だったのだろうか。

「さて……感傷に浸っているところ悪いが、約束は覚えているよな」

そう……僕達は王都からはるばるここまで、決して遊びに来たわけじゃない。ましてや想定外だった、暴食獣ヘンウェンというレイドボスの討伐まで。

これらは全て、『漆黒盾キャスパリーグ』を手に入れるため。

だというのに。

「や、約束ってニャんだったかニャー？」

「ここにきてとぼけるのか。それに今さらそのキャラ付け、必要なくない？」

白々しい表情のキャスパリーグに、僕は冷静にツッコミを入れさせてもらった。

あれだけ大変な思いをしたんだ。今さら無しになんて、できるわけがない。

「大体お前は僕のマナがなかったら、あの姿を維持できないんだぞ？　またヘンウェンみたいな魔獣が現れたら、今度こそ太刀打ちできないだろ」

「むううう……」

器用に口を尖らせ、キャスパリーグは唸る。

実はヘンウェンを倒した後、このよわよわ子猫魔獣は盛大に調子に乗ってくれたのだ。

『ボクは災禍獣キャスパリーグ！　ボクに敵《かな》う奴なんていニャいのだ！　ニャハハハハハ！』

僕のＳＰのおかげで『エンハザ』に登場する災禍獣キャスパリーグと同じ姿になることができたが、悲しいかな常にＳＰを吸収し続けないと維持できなかった。

要するに、供給元である僕とほんの少しでも触れていなければ、ＳＰの供給が途絶えて元の子猫又はスマホリイズの盾に戻ってしまうというわけだ。

あの時のコイツの落胆ぶりは、憐《あわ》れな道化師にしか見えなかった。

「それでどうする？　お前がこの島から離れたくないと言うのなら、僕はこれ以上強要しない。たとえお前が約束を破って、他の魔獣に蹂躙《じゅうりん》される運命を迎えることになるのだとしてもだ」

「むうううう……」

フフフ……これでもかと不安を煽ってやったよ。

どうだ？　僕達がいなくなって、果たしてやっていけると思うか？　思わないよな。あとモニカ、そんな軽蔑《けいべつ》を湛えた瞳で僕を見ないでほしい。

もちろん本音では、一緒に来てもらわないとメッチャ困る。

そうじゃないと、僕がバッドエンドの結末を迎える可能性が跳ね上がってしまうんだから。

とはいえコイツと一緒にヘンウェンと戦ったことで、ちょっとだけキャスパリーグの扱い方を理解した。

多分、次の一押しで確実についてくることになるだろう。

それは。

「ハア……せっかく最高の相棒が見つかったと思ったのにな……」

「「っ⁉」」

溜息を吐いてそう告げた瞬間、キャスパリーグの黄金の瞳が見開いた。

フフフフ……母親を失って独りぼっちになってしまったところに、ここまで期待され求められなんかしたら、悪い気はしないだろう？

だけど、どうしてアレクサンドラとモニカまで目を見開いているんだろうか？

「ほ、本当にボクのこと、そう思っているの……？」

「そうだが？」

「で、でも！　ボクはマナがなければ、何にも役に立たない……」

「それこそ何を言ってるんだ。マナなら僕の中にいくらでもあるじゃないか」

そう……僕には『エンハザ』登場キャラの中で最もSPを持つ者だ。

属性が違うせいでスキルが一切使えないというのに運営は一体何を考えているのかと首を傾げたが、言うまでもなくネタだったんだろう。今回に限ってはまさに怪我の功名だ。

「それに、僕だってお前以外の武器なんてまともに扱えない。なら僕達は、一緒にいるからこそ強くなれるってことだろ？」

「っ！」

よし、食いついた。

これでもう、コイツは僕達と一緒に行くと自ら言い出すに違いない。

「し、しょうがないなあ……ハロルドは、ボクがいないと何もできないもんね。ほんのちょっとだけ、手伝ってあげるよ。その……あ、相棒」

ははは、メッチャ照れてるし。

というか、扱いやすくもあるけど可愛いなコイツ。これがあの禍々《まがまが》しかった災禍獣キャスパリーグの正体だなんて、他の『エンハザ』プレイヤーが知ったら目を丸くするんじゃないか？

「これからよろしくな、相棒」

「うん！　よろしくね！　相棒！」

僕とキャスパリーグはお互いに拳と前脚を突き出し、こつん、と合わせた。

ここまではよかったんだが……。

「……ハロルド様の婚約者は、この私なのですが」

何故かアレクサンドラは僕とキャスパリーグが仲良さげにしていることが気に入らないらしく、思いきり拗ねてしまった。おかげで王都に着くまで機嫌を直してもらえない。どうしてこうなった。

でも、『エンハザ』では一度も見せることがなかった、猫の魔獣に嫉妬する彼女が最高に可愛すぎて、炊き立ての白米を何杯もおかわりしたくなったことは僕だけの秘密だ。

この世界に、お米は存在しないけどな。

幕間 『大切なもの』

■モニカ＝アシュトン視点

「ふふ……うふふふふ……見ましたかモニカ。ハロルド殿下のあの雄姿を」

モーン島でのヘンウェンとの討伐並びに災禍獣《さいかじゅう》キャスパリーグをハロルド殿下が相棒として迎え入れ、一週間後の夜。

王都へと帰る途中の宿でお嬢様が口の端を吊《つ》り上げ、興奮した様子でお茶を口に含みます。

お嬢様はこの一週間、ずっとあの時の話題を延々と私に語ってくださいますが、正直聞き飽きました。

最愛の婚約者がご活躍なさったのですから殊《こと》の外《ほか》お喜びなのも理解できますが、少しは部下の私を労《ねぎら》うべきではないでしょうか。

「それに、最後こそ【竜の寵愛《ちょうあい》】を発動させて暴食獣ヘンウェンを苦労の末倒したように見せかけましたが、本当はあの程度の魔獣、お嬢様なら瞬殺でしたよね？」

「あら、それを言うならモニカだって」

そう……私達の実力であれば、あのような薄汚い白豚魔獣など、ものの数にも入りません。それでも強敵だと装ったのは、全《すべ》てハロルド殿下の才能を開花させ、成長を促すため。

「やはりお嬢様の目に狂いはありませんでしたね。ヘンウェンの放った最後の一撃を、ハロルド殿下は見事に防ぎ切りましたので」

「ええ！　ええ！　まだまだ成長を始めたばかりのハロルド殿下が、格上のヘンウェン相手にあのように見事に立ち回ってご覧になられたのです！　ああ……！　ハロルド殿下……！」

「こほん……お嬢様、また瞳《ひとみ》が赤くなっておりますよ」

「あ……いけませんね。ハロルド殿下の雄姿をこの目に焼きつけてからというもの、ますます抑えることができなくなってしまいます」

深呼吸をし、お嬢様の瞳が赤から青へと戻りましたものの、どうせすぐ赤く染まってしまうことでしょう。

もうこの際【竜の寵愛】が発動してしまうのは致し方ないとして、お願いですから暴走することだけはやめていただきたいですね。

「そんなことよりも、ハロルド殿下が颯爽《さっそう》と前に出てあなたを庇《かば》うために魔獣の攻撃を防いだ時は、少しときめいたのではないですか？」

「はあ……」

意味深に尋ねるお嬢様に、私はあえて曖昧《あいまい》な返事に留《とど》めます。

ここでお嬢様のお言葉に同意しようものなら、それこそ暴走してしまうことは目に見えておりますので。

……まあ、本音を申し上げれば、先日のハロルド殿下の戦いぶりを見て、私も見直したどころの騒ぎではないことは間違いありません。

お嬢様と私は事もなげに語っておりますが、あの暴食獣ヘンウェンは本来ならたった三人で手に負えるようなものではありません。王国軍の千人隊を動員して対処すべきものです。

それでも災禍獣キャスパリーグのために立ち向かい、私達の助けがあったとはいえ見事に渡り合ってみせたハロルド殿下。

お嬢様がここまでご執心なのも、頷けるというものですね。

「うふふふふふ……今頃《いまごろ》ハロルド殿下は、キャスパリーグさんと一緒に眠っていらっしゃるのでしょうか……！」

あ、これはいけません。ただ寝姿を想像しているだけであれば問題なかったはずなのに、気づけばキャスパリーグさんへの嫉妬《しっと》で暴発寸前です。

初めてキャスパリーグさんにお逢《あ》いした時にはあれほど可愛《かわい》いと誉めそやしたのに、ハロルド殿下が相棒と認められたことで一気に嫉妬の対象へと格上げされてしまいました。

「……お嬢様。もしキャスパリーグさんに何かあれば、きっとハロルド殿下はお許しにならないと思います。そんなことになれば、七年間の想《おも》いは全て水の泡ですよ？」

「っ⁉　わわ、分かっています！」

どうやらお嬢様は、本気で分かっていなかったようです。

とはいえお嬢様は初めてお逢いした日からこの七年間、ずっとハロルド殿下に懸想《けそう》されておられましたからね。

お話を伺ったところによると、お嬢様は王宮でハロルド殿下に救われ、その時に竜の刺繍《ししゅう》入りのハンカチをいただいたのだとか。

このデハウバルズ王国は、竜とともにあり、竜の寵愛を受けて興した国。

竜の寵愛を受けた一族こそが、今の王家であるデハウバルズ家。

そして……デハウバルズ家を寵愛した竜こそが、シュヴァリエ家。

デハウバルズ王国が建国されてからおよそ三百年が経《た》った今、その事実を知るのは当事者である王家のほんの一握りの者とシュヴァリエ家を除けば、代々シュヴァリエ家に仕える我がアシュトン家を入れても数えるほどしかありません。

と申しましても、真の竜はシュヴァリエ家でもお嬢様ただお一人なのですが。

もうお分かりかと思いますが、真の竜であるお嬢様が竜の刺繍入りのハンカチをプレゼントされたということは、ハロルド殿下が竜の寵愛を求めたということ。

そしてハンカチを受け取ったお嬢様は、それを受け入れたということにほかありません。

この時に、二人が番《つがい》となることは決まっていたのです。

ただし、あくまでもお嬢様の心の中でのみ、ではありますが。

もちろんハロルド殿下がその事実を知っているはずもなく、ハンカチを贈ったことにそんな意図は一切《いっさい》なかったと思います。

実際ハロルド殿下のお傍《そば》でお仕えするようになって観察しておりますが、そもそもハンカチのことすら覚えておられない様子。

……まあ、お嬢様はそれでよいと思っていらっしゃるようですが。

いずれにせよ二人だけの婚約では意味を成しませんので、お嬢様はハンカチを受け取ったその日から、ハロルド殿下への想いを募らせつつ血の滲《にじ》むような努力をなされました。

いずれハロルド殿下の妻となるために必要な礼儀作法や教養はもちろんのこと、真の竜としての強さを求めて。

その結果、今ではシュヴァリエ家においてご当主であらせられる〝クレイグ＝オブ＝シュヴァリエ〟閣下……お館様をはじめ、次期当主である〝セドリック〟様もお嬢様の足元にも及ばなくなってしまいました。

だからこそシュヴァリエ家で最も強い者のみ持つことが許される宝剣『神滅竜剣バルムンク』が、お嬢様の手にあるのですから。

何故《なぜ》お嬢様が、そこまで強さを求められたのか……ですか？

第一に愛するハロルド殿下をお守りするため、ということはもちろんございますが、その想いを成就するために、どうしても必要だったのです。

こう申し上げては身も蓋《ふた》もありませんが、シュヴァリエ家では強者こそが正義であり、その頂点に立つ者こそがシュヴァリエ家の絶対的な主。

そう……誰《だれ》にも文句を言わせずにハロルド殿下の番となるために、お嬢様はその地位を求めたのです。

ですのでお嬢様が勝手に婚約をしてしまったことに対して、お館様も次期当主であらせられるセドリック様も、お嬢様を何一つ咎《とが》めることができません。

ただしその座を勝ち取るまでに……いいえ、正しくは【竜の寵愛】を制御できるようなるまでに、六年も費やしてしまわれたのですが。

「……ただ、ハロルド様の真の実力を知った不届きな者達の毒牙《どくが》にかからないか、それだけが気がかりです」

「そのためにお嬢様は、この私をハロルド殿下のお傍に置いたのでは？」

ハロルド殿下は『無能の悪童《あくどう》王子』と呼ばれ、多くの者達から蔑《さげす》まれ、疎《うと》まれておりました。

そのような殿下がお嬢様との婚約を経て心を入れ替え、『漆黒盾キャスパリーグ』の恩恵があるとはいえ、その勇気をもって魔獣ヘンウェンと渡り合う。この話が広まれば、周囲の評価が百八十度変わるのは間違いありません。

とはいえ、ハロルド殿下は今回のヘンウェン討伐について誰かに話すつもりもない様子。とりあえずハロルド殿下の評価は現状のままでしょう。

……まあ、いずれハロルド殿下が周囲に認められるのは時間の問題でしょうが。

ただし、そうなればお嬢様が危惧《きぐ》なさっているとおり、殿下を利用しようなどという者が現れてもおかしくありません。それどころか、殿下を恐れて危害を加えようとする輩《やから》も。

ならばこのモニカ＝アシュトン、命に代えても……などというのは、ハロルド殿下に対して失礼ですね。私自身の命を含め、守り抜いてみせましょう。

お嬢様だけでなく、この私も『大切なもの』とおっしゃって身を挺《てい》して守ってくださった、殿下のために。

「モニカ……お願いね」

「お任せください」

私は胸に手を当て、恭しく一礼した。

第二章　主人公と噛ませ犬

「はふう……相棒は、こんなに美味《おい》しいものを食べているのかあ……」

用意された魚料理を食べ終え、ご満悦のキャスパリーグ……今は〝キャス〟と呼んでいる。

何でも、『相棒なんだから、お互い愛称で呼び合うのは当然だよね！』とのことで、キャスの要望に応《こた》えることにした。

僕の愛称？　僕は前世の名前である〝ハル〟って呼ばせている。

なんだかんだで、この名前には馴染《なじ》みがあるから。

ただ、そのことがお気に召さなかった……というか、誰《だれ》よりも一番先に僕のことを愛称で呼びたかったらしいアレクサンドラ……もとい〝サンドラ〟が、思いっきり拗《す》ねてしまったんだ。

いやもう、その時のサンドラの可愛《かわい》さときたら思い出すだけで胸が苦しくなるんだが、それは僕だけの特権なので誰にも（特に男には）教えるわけにはいかない。

とにかくそういうわけで、僕と彼女もお互いに〝ハル〟、〝サンドラ〟の愛称で呼び合うことになったのだ。女子とそんなことをするなんて、前世を含めて初めてだ。

「キャス、美味《うま》いか？」

「うん！」

聞いたところによると、魔獣はマナを主食としているらしい。

ただ、そのマナの摂取方法は様々で、キャスみたいに自然や大地から吸収する魔獣もいれば、直接口に……つまり、マナを保有する生き物を捕食する者もいるとのこと。

もちろんその生き物には、人間も含まれる。

そういう意味では、被害が出る前にヘンウェンを討伐できたのは不幸中の幸いだった。

モーン島にヘンウェンが捕食できる生き物は狩り尽くされてしまってほとんどいないし、対岸にある人間の街を襲うことは目に見えていたから。

などと考えていると。

「ハロルド殿下」

「ん？　モニカ、どうした？」

やって来たモニカが、どこか困ったような様子を見せる。

僕やサンドラを揶揄《からか》いはするものの、あまり感情を表に出さない彼女にしては珍しい。

「実は……」

モニカが言うには、僕達が不在にしていたこの一か月の間に、パーティーの招待状が連日届いていたらしい。

しかも、たった一人の人物から。

「えーと、差出人は？」

「……マーシャル公爵家です」

さて困ったぞ。

マーシャル公爵家といえば、先々代国王の弟が臣籍に降って興した貴族家だ。

サンドラの実家であるシュヴァリエ公爵家には及ばないものの、ルーツをたどれば元王族。断るといった失礼な真似《まね》はできない。いや、招待状を一か月も放ったらかしにしているんだから、充分失礼か。どうしよう。

何より……マーシャル公爵家の長女フレデリカは『エンゲージ・ハザード』のヒロインの一人であり、第一王子カーディスの婚約者でもある。

そんなマーシャル家のパーティーになんて出席したら、カーディスと顔を合わせることになってしまうじゃないか。是非ともお断りしたい。

「いかがなさいますか？」

「……このまま返事をしない、というのは駄目だろうか」

「さすがにそれは難しいかと」

「だよな……」

いや、断ったら断ったで角が立つし、のこのこ顔を出したらカーディスに遭遇。宙ぶらりんにするのが最善策なのに、それも許されない。詰んだ。

とはいえ、これも身から出た錆《さび》なんだよな……。

ハロルドはカーディスの実の弟だし、全力で媚《こ》びを売っていたから、向こうが気を遣ってくれているということは分かる。実際ハロルドは、これまでもマーシャル家のパーティーには必ず出席していた。

だが僕は以前のハロルドじゃない。カーディスの腰巾着《こしぎんちゃく》なんて続けるつもりはないどころか、全力で距離を置きたいのだから。

「それに、いくらハロルド殿下が以前から懇意にされていたからとはいえ、このように執拗《しつよう》に招待状を送られるのには、何か理由があると思われます。保留のままにするほうが、むしろ危険かと」

「うーん……」

さて、どうするか。

行きたくないのはやまやまだが、マーシャル家が招待状を送ってきた理由も知りたい。

「もうすぐお嬢様がいらっしゃいますので、その時にご相談されてはいかがですか？」

「そうするか」

僕じゃアイデアが浮かばなくても、サンドラなら良い答えをくれるかもしれない。

ということで。

「マーシャル家のパーティー、ですか」

「ぐふう……う、うん……」

「ニャハハ、頑張れー」

訓練場で僕は、サンドラに早速相談してみた。

当然ながら今は訓練の真っ最中であり、ちょうど彼女の横薙《な》ぎの一撃をどてっ腹に受けて地面に転がっているところである。呑気《のんき》に応援しているキャスが憎い。

ちなみにモーン島への行き帰りの道中及びヘンウェン討伐を経て、僕は最初の頃《ころ》と違いサンドラとそれなりに普通の会話ができるようになった。前世では十九年間女性とまともに会話したことがない、この僕がだ。すごくないか？

やっぱり人間、死ぬ気になれば何でもできるのだと、身をもって知ったとも。

「実は私も、ハル様と同じく招待を受けておりまして、どうやら婚約した私達に会いたいようです。その……しょ、将来の弟妹《ていまい》に」

「ぐふっ⁉　……あ、あー、そういうことか……」

なるほど。フレデリカにとってはこれから王宮で一緒に生活する身内になるわけだから、人となりを見たいってところなんだな。

でも『無能の悪童《あくどう》王子』と呼ばれている僕に会っても、何のメリットもないと思うが。

「サ、サンドラ殿はどう……」

「私のことは、ただ〝サンドラ〟とお呼びください。『殿』などという敬称は不要です」

「も、申し訳ない。それで、サンドラはどうしたらいいと思う?」

「もちろん、出席したほうがよろしいかと。私もフレデリカ様がどのような御方か、直接お会いして確認したいですし」

そういうことなら、答えは決まった。

だがそれ以上に、今越えるべきハードルが目の前にある。

そう……婚約者としてサンドラをエスコートしなければならないこと。そのためには、彼女を誘わなければならないのだ。

普通に会話ができるようになったのだから、誘うくらい楽勝? まさか。それとこれとは話が別だろ。

こうやって話しているだけでも奇跡に近いのに、貴族社会でパーティーに誘うというのはデートに誘うも同義。そんなもの、この僕にできると思うか?

でも。

「…………………」

……さっきからサンドラが、僕のほうをちらちらと見てる。

これって、『早く誘え』という意味で合ってるよな……?

僕は不安になり、確認の意味を込めて相棒を見ると。

「ふあああ……眠いニャ」

駄目だアイツ、使い物にならん。

い、いや、僕の考えは間違っていないはず。むしろここで誘わなかったら、そのほうが嫌われてしまうんじゃないだろうか。

サンドラを見ては目を逸《そ》らし、それを四回ほど繰り返した僕は意を決して彼女の前に立つ。

「あ、あの！」

「はい」

「そ、その……マーシャル家のパーティー、一緒に行く……？　というか、行ってもいい……みたい、な……」

ああああ！　どうして僕はこんな誘い方しかできない！

せっかく普通に会話ができると思っていたのにこれじゃ台無しだし、全然改善されてないだろ！　……って⁉

「行きます。是非ともご一緒させてください。ええ、それはもう」

サンドラは僕の手を握りしめ、ずい、と綺麗《きれい》な顔を近づける。いや、近すぎる。

「そうと決まれば、色々と準備をなさいませんと。今日のところはこれで失礼いたします」

「え、ええー……」

優雅にカーテシーをすると、サンドラは訓練場を後にした。

僕？　一人置き去りにされてしまったが何か？

◇◆◇◆◇

「モニカ、おかしなところはない……？」

鏡に映る自分の姿を見て、着付けをしてくれたモニカに尋ねる。

今日はマーシャル公爵家のパーティーに、サンドラをエスコートして出席するんだ。婚約者に恥をかかせるわけにはいかない。

「ご安心ください。このモニカ＝アシュトン、必ずやハロルド殿下こそが本日のパーティーの主役になると自負しております」

親指を突き立てて自信満々に告げるモニカに、僕は不安で一杯なんだが。

「ま、まあいい。君がそう言うなら信じるとしよう」

「殿下、それは失礼ではないでしょうか」

どうも僕の言い方が悪かったらしく、モニカがぷい、と顔を背《そむ》けてしまった。

帰ったら謝るとするか。

「それじゃ、行ってくる」

「ニャ⁉　ボ、ボクは一緒じゃないの⁉」

おっと。キャスの奴、一緒に連れていってもらえると勘違いしていたようだ。

「いや、動物はパーティーに連れて行ったら駄目だから」

「ボクは動物じゃないもん！」

「魔獣でも無理」

「むううううううううう！」

あーあ、キャスまで拗ねてしまったぞ。面倒くさい。

僕は一人と一匹に留守番をお願いし、馬車に乗ってシュヴァリエ公爵家のタウンハウスへと向かう。

夕暮れの王都はまだ賑《にぎ》わっており、人混みも多い。

「こ、これ、本当に大丈夫だろうか。キモチワルイって言われたりしないよな……？」

上着に忍ばせてある今日のために用意したものに触れ、僕は不安でいっぱいになる。モニカは大丈夫だと太鼓判を押してくれたが、そもそも彼女はよく僕を揶揄うので信用……はしているな。

確かにそういうところはあるが、いつだってモニカは僕のために手助けしてくれていることを知っているから。

僕が一喜一憂を繰り返していると、馬車はあっという間にシュヴァリエ家のタウンハウスに到着してしまった。

だけど。

「ハル様、お迎えくださりありがとうございます」

瞳《ひとみ》と同じ青のドレスに身を包むサンドラは、僕の想像していた姿なんかよりも何倍……いや、何百倍も綺麗だった。

そのせいで、さっきから心臓の音がうるさい。

「ハル様、いかがでしょうか……？」

「死ぬほど可愛い」

「ふあああああ⁉」

え？　僕は今、なんて言った？

緊張しすぎていて、サンドラに何を言ったか覚えていない。

明らかに反応がおかしいので、何かやらかしてしまったみたいだ。どうしよう。

「そ、その……ハル様、手を……」

「う、うん……」

初手からやらかしポイントを積み上げてしまったんだ。これ以上失敗するわけにはいかない。

差し出された小さな手を取ると、昨夜モニカからレクチャーを受けたとおりサンドラを馬車にエスコートした。

さ、さあ、今こそ用意したものを渡す時だ。

今日の会場へ向け動き出した馬車の中、僕は懐《ふところ》に忍ばせてあったものを取り出すと。

「あ、あの！　その……こ、今夜の記念に……」

正面に座る彼女に、とっておきのプレゼントを渡す。

「ハル様、開けてもよろしいですか？」

「も、もちろんでしゅ⁉」

舌を噛《か》んでしまった僕はさておき、サンドラは頬《ほお》を赤らめながらプレゼントの包装を丁寧に開いて蓋《ふた》を開けると。

「綺麗……」

彼女の瞳の色と同じ宝石をあしらった髪飾りを見つめ、言葉とは裏腹に表情をこわばらせた。

や、やっぱり気に入らず、僕はまたもやらかしポイントを貯めてしまったのだろうか……？

ところが。

「こんな素晴らしい髪飾りをくださり、本当にありがとうございます。その……似合いますでしょうか……？」

早速髪飾りをつけ、サンドラが瞳を潤ませて尋ねる。

これは……気に入ってくれた、ってことでいいんだよな？　そうであってくれ。

「に、似合ってる！　本当に！」

僕は前のめりになり、全力で褒めた。

自分のプレゼントが成功したんだと言い聞かせたい思いと、素直な気持ちを織り交ぜて。

「今日のパーティーが、ますます楽しみになりました。これならハル様の隣にいても、釣り合いそうです」

いやいや、釣り合わないのは僕のほうなんだが。でも、喜んでくれたようでよかった。

プレゼントを選ぶにあたって、モニカから『センスがない』だの『ちょっとキモチワルイ』だの言われながらアドバイスをもらった甲斐《かい》があった。給金アップは任せてくれ。

それにしても……。

「ふふ……」

車窓に映る自分の姿を見つめ、髪飾りを触ってどこか不気味さを漂わせる微笑《ほほえ》みを浮かべるサンドラ。

その表情はともかく、思えば彼女は最初の面会で僕の願いを聞き入れてくれたばかりか、強くなるための特訓を買って出てくれたり、『漆黒盾キャスパリーグ』を手に入れるために一緒にモーン島まで行ってくれて、危険だと言うのに暴食獣へンウェンと戦ってくれて。

今はこうして、僕のプレゼントを嬉《うれ》しそうに受け取ってくれた。

知ってのとおり、僕は『無能の悪童王子』。評判は最悪だ。

だというのに、どうして彼女はここまで僕なんかのために尽くしてくれるのだろうか。

もちろん、婚約者だから……というのもあると思う。

でも、それだけでは済まないほど、僕は彼女からたくさんのものを貰《もら》っている。

『どうして君は、こんなにここまでしてくれるんだ？』

『本当の君は、こんな僕のことをどう思ってくれているんだ？』

その答えを知りたいが、今の僕にはそれを聞く勇気がない。

「ハル様、到着したみたいです」

「あ……そ、そうだな」

いけない。彼女がいるのに物思いにふけってしまうなんて。またやらかしポイントを貯めてしまったぞ。

僕は慌てて馬車から飛び降りると。

「ど、どうぞ」

「ありがとうございます」

彼女の剣たこでごつごつとした小さな手を取って、馬車から降ろす。

その時、僕は。

「サンドラ……僕、もっと頑張るから。頑張って、頑張って、婚約の日の約束どおり、きっと君に相応《ふさわ》しい男になってみせるから」

隣にいるサンドラにも聞こえないほど小さな声で、決意を言葉にした……んだが。

「はい……私は、い、い、いつまでもお待ちしております」

んぐ……！　ま、まさかサンドラに聞こえてしまったなんて……！

だけど彼女はあの初対面の時とは違い、『エンハザ』本編が始まる三年後ではなく、『いつまでも』と言ってくれた。

もちろん僕は『いつまでも』でもなく、『三年後』よりももっと早く、彼女に相応しい男になるつもりだ。

その時こそ、僕は……。

「やはりマーシャル家のパーティーだけあって、とても招待客が多いですね」

「ああ、そうだな」

マーシャル家の侍従に案内されてホールにやって来ると、サンドラがそう耳打ちする。

パッと見る限り、有力な貴族はほとんど出席しているようだ。いないのはサンドラの父親であるシュヴァリエ公爵くらいだが、それもサンドラが招待を受けて出席しているのだから、それでいいのか。

すると。

「？　あれは？」

「何やら騒がしいですね……」

会場の奥のほうで、まるで取り囲むかのように遠巻きに眺めている貴族達。

彼等の口からは、『何故《なぜ》あの御方が……』『さすがにこの場に不釣り合いでは……？』など、少なくとも歓迎ムードではないみたいだ。

最初は『無能の悪童王子』である僕のことかと思ったが、むしろ誰も僕に気づいていない。

つまりこれは僕に向けられたものではないのだが、そうすると一体……っ!?

貴族達の隙間《すきま》から見えた、赤のドレスを着た見覚えのある令嬢と、その隣にいる髪の色と同じ白銀のタキシードを着た少年。

間違いない。あれは主人公のウィルフレッドだ。

なるほど……いつもマーシャル家のパーティーに出席した時に貴族達が真っ先に嫌悪感を示した視線を送ってくるのは僕のはずなのに、今日はそういったものをあまり感じなかったから不思議だったが、これで納得した。

要は僕の代わりに、ウィルフレッドが貴族達の侮蔑《ぶべつ》の視線を一身に受けていたってことか。

「……ハル様、いかがなさいますか？」

同じくウィルフレッドに気づいたサンドラが、上目遣《うわめづか》いで尋ねる。

ああもう、カーディスにすら会いたくなかったというのに、なんで主人公にまで遭遇しないといけないんだ。

そもそも『穢《けが》れた王子』と揶揄《やゆ》されているウィルフレッドを、マーシャル家はどうして招待したんだろうか。

「ひょっとして、『強制力』……」

そう呟《つぶや》いた僕は、それを打ち消すようにかぶりを振る。

『強制力』というのは異世界転生もののラノベあるあるで、ストーリーが破綻《はたん》しないようにとキャラクター……つまり僕の言動や行動の数々が制限されたり、元のストーリーに繋《つな》がるようにご都合主義的なことが起こるといったものだが……いやいや、まさかな。

だって僕は前世の記憶を思い出して以降、最悪の未来を変えるためにここまでハロルドではあり得ない行動をしてきたが、特に制限を受けた覚えはない。

とはいえ、ストーリーの辻褄《つじつま》合わせをするために、本来の『エンハザ』にはないイレギュラーな展開が起こり得る可能性は無きにしも非ず、か……。

つまりそれは、僕とウィルフレッドが敵対する構図に仕立て上げるという、そんな『エンゲージ・ハザード』側の思惑があるということだろう。そんなもの願い下げなんだが。

「……いずれにせよ、こちらから相手にしてやる必要はない。もし絡《から》んできたとしても、最低限の社交辞令に留《とど》めておこう。もちろんこれは僕の話であって、君はあの男と挨拶《あいさつ》すら交わさなくていいから」

「かしこまりました」

僕がそう告げると、サンドラは静かに頷《うなず》いた。

彼女だってわざわざ『穢れた王子』と関《かか》わり合いになったら、父親であるシュヴァリエ公爵から叱責《しっせき》を受けることになるだろうし。

もちろん、ウィルフレッドの境遇については可哀想《かわいそう》だと思う。

国王と愛人の間に生まれたウィルフレッドが、本人の意思に関係なく王位継承権を得てしまったのだから、周囲も色々と思うところがあるのも当然だ。

それに、ウィルフレッドの実の母親であるサマンサがとにかく酷《ひど》い女で、エイバル王の寵愛《ちょうあい》を受けていることをいいことに、王宮内でも好き放題。もう少し弁《わきま》えていれば、ここまで波風を立てることもなかっただろうに。

そう……サマンサこそがエイバル王におねだりしてウィルフレッドに王位継承権を与えた張本人だ。

結果的にその王位継承権を持っているからこそ、ウィルフレッドに王への道が開かれ、『エンハザ』の主人公として活躍することができるのだが。

するると。

「カーディス第一王子殿下、フレデリカ様のご入場です！」

会場内のバルコニーの扉から、今日の主役であるフレデリカ＝オブ＝マーシャルが入場する。

エスコートするのは、もちろん婚約者のカーディスだ。

「へえ……」

だけど、フレデリカも『エンハザ』のヒロインの一人だけあって綺麗だな。

シャンデリアの光の反射で紫にも見える艶《つや》やかな黒髪に、琥珀《こはく》色の瞳。

僕よりも二つ年上だが、発育のよい身体《からだ》はスタイル抜群だ……って。

「……ハル様は、あのような女性がお好みなのですか？」

「っ⁉　ちち、違う！　違うから！」

フレデリカと自分の胸を交互に見た後、ハイライトの消えたサファイアの瞳を僕に向けるサンドラに全力で否定した。

というか怖い。メッチャ怖い。下手をしたらメッタ刺しされそうなくらい怖い。

「そ、そもそも婚約者の君がいるのに、他の女性に目移りすることなどない！」

「本当でしょうか。殿方は大きな胸を大層好まれますから」

「ほ、本当だから！」

サンドラはなおも疑いの視線を向けてくるが、こればかりははっきりと答えないと。

何より僕は、胸に貴賤《きせん》はない派だから。巨乳も好きだが、慎ましいおっぱいも大好きなのだ。

「……今回だけはハル様を信じますが、あまり令嬢方を見つめたりしないでくださいませ」

「は、はい……」

彼女の言うとおり、婚約者が隣にいるのに他の女性を見るというのは駄目だ。たとえそれが『エンハザ』のヒロインだとしても、サンドラと一緒の時は耐えるんだ、僕……って⁉

「本日は、ようこそお越しくださいました」

わざわざ僕達の背後から声をかけてきたのは、ちょうど噂《うわさ》をしていたフレデリカ。

先程のような失敗は絶対にしないと警戒しつつも、どうして彼女は一人なんだ？　今夜の主

役であり婚約者を放ったらかしにして、カーディスはどうした。

「そ、その、本日はお招きいただき、ありがとうございます。こちらは……」

「アレクサンドラ様、よく来てくださいました」

「こちらこそ、お招きいただきありがとうございます」

僕が紹介の紹介を遮《さえぎ》るようにフレデリカは笑顔で挨拶をし、サンドラは無表情のままカーテシーをする。

初見でサンドラのことが分かったということは、元々知り合いなのかもしれない。

まあ、お互い公爵家同士だし、サンドラに招待状も送っているんだ。面識があってもおかしくはないだろう。

だがフレデリカは、どうして僕のほうを見ようとしない。声をかけたのもサンドラに対してのみだし。どうして僕を招待したのか、根掘り葉掘り聞きたいところだ。

「そういえばお二人は、婚約をなさったとか」

そう考えていた矢先に、フレデリカは僕を一瞥《いちべつ》してからサンドラに尋ねる。

別に嫌われることには慣れているし、話を振られたところでまともな会話ができる自信もないので好都合ではあるものの、なんだか嫌だ。

「おかげさまで、こんなにも素敵な御方と婚約することができました。ですので……先程から招待客であるハル様に対しそのような無礼な態度を見せられると、つい意地悪をしたくなってしまいます」

「っ⁉」

にたああ、と口の端を吊《つ》り上げ、サンドラがフレデリカを睨《にら》む。

まさに蛇に睨まれた蛙《かえる》といった様子で、フレデリカは額から大量の汗を流し始めた。

「お、お客様へのご挨拶がまだでしたので、これで失礼しますね」

フレデリカは慌ててカーテシーをすると、足早に僕達の前から離れていった。

「その……ありがとう……」

「？　何のことでしょうか？」

「い、いや……」

僕の感謝の意味が本当に分からないみたいで、サンドラは首を傾《かし》げる。

『社交辞令とはいえ、僕のことを褒めてくれてありがとう』とか、『僕のために怒ってくれてありがとう』とかはっきりと言葉にできればいいんだが、あいにくそれはそれで伝えづらい。

サンドラは僕が婚約者だからこんな態度を見せてくれただけに過ぎないし、『無能の悪童王子』である僕を誉めそやすなんてことはあり得ないことも分かっているから。むしろそんなことをわざわざ告げられても、サンドラとしても困るだけだろう。

それより。

「その……一応は招待してくれたフレデリカ嬢への挨拶を済ませたわけなので、そろそろ会場を後に……」

「確かにフレデリカ様へのご挨拶は終わりましたが、用事があるわけでもないのに来て早々に帰ってしまうのは失礼に当たります」

「だ、だよな。僕もそう思っていた」

サンドラに冷ややかな視線を向けられ、僕は慌てて言い直し相槌《あいづち》を打つ。

「はい。他の皆様にも私達が婚約者であると認識していただくためにも、もう少しここにいましょう」

そういうことらしいので、僕はサンドラの手を取って会場内を歩くことにした。

こうすれば僕の婚約者がサンドラなのだと認知してもらえるものの、逆に僕の悪名のせいで陰口を叩《たた》かれないかと心配してしまう……のだが。

「ふふ……うふふ……」

僅《わず》かに見せた、サンドラの微笑み。

口の端を吊り上げ、どこか不気味に思えてしまうその表情は、『エンハザ』でヒロイン達に嫌がらせをしてほくそ笑む彼女そのままだった。

でも……僕には何故か、サンドラがとても喜んでくれているように思えたんだ。

その時。

「ハロルド兄上」

僕とサンドラの二人の時間を邪魔するように、ウィルフレッドが話しかけてきた。

ドレス姿のマリオンを侍《はべ》らせ、自信に満ちた表情で。

「……何の用だ？」

「いえ、お見かけしたものですから、挨拶をしたまでですよ」

「そうか。なら僕に構っていないで、パーティーを楽しむがいい」

前回わざわざ僕に婚約祝いを告げに来た時に、僕とウィルフレッドが相容れることはないと分かった。なら主人公に関わっても引き立て役にしかならないため、取り合う必要もない。

何よりコミュ症の僕が、まともに会話なんてできないし。

「じゃあな」

「待ってください。どうして俺《おれ》がマーシャル家のパーティーに招待されているか、気になったりはしませんか？」

その場を去ろうとした僕を、どこか勝ち誇った表情で引き留め、含みのある言い方をするウィルフレッド。

きっと自慢話か、あるいはマウントを取りにきているのか。いずれにせよ、ハロルドへの仕返しをしたくて仕方がないといった様子だな。

でも。

「いや、別に興味はないが」

僕は真顔でそう答えると、ウィルフレッド……というよりマリオンが険しい表情を見せた。

確かに気にはなるものの、そこまで知りたいと思わないし興味もない。どうせ僕にとってあまりいい話ではないだろうし。

それに。

「………………………」

サンドラの態度が、ウィルフレッドが現れてからあからさまに変わったから。

元々表情の変化が乏しい彼女だし、これがどのような感情を表しているのかは分かりかねるが、きっと彼女は『エンゲージ・ハザード』のようにウィルフレッドのことが好きなんだろう。

……やはり主人公と『無能の悪童王子』では、最初から勝負にならないのかな。

『エンハザ』でのサンドラのあのスチルを思い出し、僕はくじけそうになる……って、そうじゃないだろ！

前世の記憶を取り戻し、僕は誓ったじゃないか！　あの最低なバッドエンドを回避するために生まれ変わり、最推しのヒロインであるサンドラも一緒に救ってみせるって！

元々ウィルフレッドは主人公で、サンドラはヒロインなんだ！　今は彼女がこんな姿を見せても当然じゃないか！

落ち込んだりするのは、僕が『無能の悪童王子』と呼ばれなくなるくらいに生まれ変わってからでいい！

だから！

「サンドラ、行こう」

「はい」

ウィルフレッドの隣を通りすぎてすぐにその場を離れると、僕はサンドラの小さな手を引き、無言で歩く。

気持ちを新たに、この大切なヒロインとの平穏で幸せな未来を手に入れるための誓いを胸に秘めて。

◇◆◇◆◇

「ハル様、申し訳ありません。少々お色直しをしてまいります」

「あ、ああ、うん」

僕の手を離し、お辞儀をして会場を出るサンドラ。

独りぼっちとなった僕は、当然ながら話し相手となる者などこの場にいない。

それに周囲を見回してみても、僕やサンドラと同年代の子息令嬢の姿も見受けられないので、やはりこの場において僕達はイレギュラーな存在なのだと嫌でも気づかされてしまう。

「……考えるまでもなく、ウィルフレッドがここにいることも関係しているんだろうな」

先程のウィルフレッドとのやり取りで、アイツは僕に何か言いたそうにしていた。きっとそれこそが、僕達がここに呼ばれた理由なんだと思う。

あの男に聞けば手っ取り早いのかもしれないが、今さら『やっぱり教えて』なんて言えないし、そういうことならいずれ種明かしがあるだろう。

これ以上考えるのをやめ、僕は壁の花になってサンドラの帰りを待っていると。

「ハロルド」

「あ……」

よりによってウィルフレッドに次いで会いたくない『エンハザ』キャラ、カーディスに捕まってしまった。

一応は僕も実の弟ではあるし、シュヴァリエ家を利用したい彼からすれば、形式的にはいえ声をかけてくるのも当然なのは分かる。分かるが遠慮したい。

ただ、過去にカーディスから声をかけられたことは一度もないと記憶している。いつもはハロルドが鬱陶《うっとう》しいくらいカーディスにまとわりつき、ひたすら媚びを売っていたから、ということもあるが、要はカーディスにとってハロルドとはその程度の存在なのだろう。

「どうだ、楽しんでいるか？」

「え、ええ……」

にこやかに尋ねられ、僕は曖昧《あいまい》に返事をする。

サンドラと二人だけなら緊張しつつも楽しいと思えただろうが、残念ながらカーディスと二人だけのこの状況に楽しめる要素は何一つない。

とはいえ、サンドラが戻ってくるまで手持ち無沙汰《ぶさた》でもあるし、せっかくなので気になっていることを一つ尋ねてみるとしようか。

「そ、そういえば兄上、どうしてアイツ……ウィルフレッドが今夜のパーティーに出席しているか、ご存知だったりしますか？」

僕は嫌悪感を露わにした表情を無理やりつくり、尋ねてみる。

カーディスはフレデリカの婚約者でもあるし、ひょっとしたらアイツを招待した理由について聞いているかもしれない。

「ハハハ、驚いたか？」

「？　え、ええ……」

含みのある笑いに、僕は僅かに眉根《まゆね》を寄せる。

少なくとも今の口振りだと、ウィルフレッドの件はカーディスが関わっているようだ。

「実はな……国王陛下から依頼を受け、ウィルフレッドを私の派閥に組み入れることにした」

「っ⁉」

どういうことだ⁉

なんでエイバル王が、カーディスとラファエルの王位継承争いにウィルフレッドを介入させ

ようとしてくるんだよ⁉

「陛下はウィルフレッドの境遇を気にされておられてな。王宮に居場所もなく、かといって母上の手前、表立ってウィルフレッドに手を差し伸べてやることもできない」

「…………………」

「そこで母上の息子であり、第一王子の私に白羽の矢が立った。私の庇護《ひご》下に置けば、母上や王宮関係者、それに貴族達もそう簡単に手出しもできないだろうということでな」

あまりのことに、頭が追いつかない。

つまりエイバル王は、以前からウィルフレッドのことを気にかけていたということだが、それならもっと早く手を打つこともできただろう。なのに、どうしてこのタイミングで……？

『エンハザ』でも本編開始前にそんなことがあったなんて設定もないし、ハロルドとのやり取りの中でこの件に関連した描写がゲーム内にあってもおかしくないのに、そんなものは一切《いっさい》なかった。

というか、今すぐ『エンハザ』運営に抗議のメールを送りつけてやりたい。

「そのため今日のパーティーにウィルフレッドを招待し、私の派閥の一員であることを皆に知らしめることにしたのだ。ただ」

「……ただ？」

「いつもなら私の婚約者の実家であるマーシャル家の招待にはすぐに返事をしていたお前が、

今回に限って一か月以上も返事を寄越さなかったから、ウィルフレッドが参加することを見越して拒否しているのかと思ったぞ」

そう言うと、カーディスは苦笑する。

ハア……だからあんなに執拗に、招待状が送られてきたのか。

僕とウィルフレッドを、この場で引き合わせるために。

「そういうことだから、これからは以前のような真似はするな。それとお前も兄として、不憫《ふびん》な弟のことをもう少し気にかけてやれ」

カーディスが僕の肩に手を置き、そっと耳打ちした。

まるで、僕に命令するかのように。

だが、今回のことはいい機会かもしれないな。そもそも僕は、ゲームのシナリオからフェードアウトするつもりだったのだから。

「ではな。お前もアレクサンドラ嬢と楽しむがいい」

カーディスは手をヒラヒラさせ、この場から離れる。

「大変お待たせいたしました……って、ハル様？」

「…………………」

戻ってきたサンドラを見ることもなく、僕はただ茫然《ぼうぜん》としていた。

エイバル王がカーディスにそんな指示をしたのは、おそらく裏で愛人でありウィルフレッドの母親であるサマンサが頼んだのだろう。

だけど、サマンサはウィルフレッドに対して母親としての愛情を示したことなんて一度もないし、『エンハザ』でもウィルフレッドは母の愛に飢えていたという描写もあった。

なのに、どうしてそんなことを？　……いや、この考え自体が間違っている？

「ハル様！」

「っ!?　ひゃい!?」

思いきり背伸びをしたサンドラに耳元で叫ばれ、僕は思わず変な声を出して飛び上がった。

「ハル様は、何を考えておられたのですか？　……私がお声がけしても、心ここにあらずのようでしたし」

いけない、サンドラがメッチャ怒っている。その視線だけで人を殺せそう。

「ご、ごめん。実は……」

僕は先程聞かされた、ウィルフレッドがカーディスの派閥に加わったこと、僕もあの男を気にかけるようにと指示……いや、命令されたことを。

「……陛下は、何をお考えなのでしょうか」

「分からない。カーディス兄上にとっても『穢れた王子』を派閥に加えることにはリスクがあることは分かっているはず。なのに兄上は、どこか楽しげだった」

そう……カーディスの反応は、エイバル王からいきなり託されたにもかかわらず、ウィルフレッドに対して嫌悪感を示していなかった。

つまり、ウィルフレッドのことを少なからず歓迎しているということ。

とはいえ、それはカーディスがウィルフレッドを受け入れるに当たって、エイバル王から何かしらの便宜を図ってもらう約束を取りつけているからなのだろう。

確かに『エンハザ』では主人公といずれ和解することになるが、それまではウィルフレッドに対して良くは思っていなかったことは間違いない。それはゲームでも、立花晴《たちばなはる》という人格が存在するこの世界でも。

「……ハル様は、ウィルフレッド殿下とはどうお付き合いなさるおつもりですか？」

サンドラが、下から覗《のぞ》き込むように僕の顔色を窺《うかが》う。ただ、彼女の青色の瞳に浮かんでいる感情……これは怒り？　いや、僕を試しているようにも見える。

なら。

「どうもしない」

「え……？」

「カーディス兄上がウィルフレッドに目をかけようが、僕の知ったことじゃない。だから、僕がウィルフレッドと関わり合いになることなど永遠にない」

自分でも驚くほど冷たい声で、サンドラに言い放つ。

分かっている。これは嫉妬《しっと》だ。

ヒロインのサンドラが主人公であるウィルフレッドが好きなことは『エンハザ』で充分理解しているし、こんなことを尋ねたのだって、きっとアイツとの接点が欲しいからだろう。

……存在自体がマイナス評価の『無能の悪童王子』だというのに、こんな不甲斐《ふがい》ない真似をしたから余計に嫌われるかもしれないな。

僕は天井《てんじょう》を見上げ、自嘲《じちょう》気味に笑うと。

「そう、ですか……」

何故かサンドラは安堵《あんど》の表情を浮かべ、胸を撫《な》で下ろす。それどころか、むしろ機嫌が良くなったような気が……。

これはどういうことだろうか。

いくら人気投票が圧倒的最下位とはいえ、『エンハザ』において間違いなくサンドラはヒロインの一人だし、ちゃんと主人公と『恋愛状態』になることもできる。

ならウィルフレッドに対して、少なからず好感を持っていてもおかしくはない……本当にそうか？

そもそも僕は、思い違いをしているんじゃないだろうか。

思い返せば、『エンハザ』で主人公がヒロインと『恋愛状態』になるためには、ヒロインが抱えている問題や悩みに真摯《しんし》に寄り添い、時には無茶なことをしてでも解決してきたからこそ、晴れて結ばれて『恋愛状態』になることができたんだ。

なら、主人公に成り代わって僕がサンドラに寄り添い、問題を解決することができれば……

などと考えてみたものの、そういえばサンドラと『恋愛状態』になる条件は、ハロルドがクーデターを起こして主人公に断罪されることだった。本当に詰んだ。

するど。

「ハル様、少し夜風に当たりに行きませんか……？」

サンドラからの、突然の誘い。

透き通るような白い頬をほんのりと赤らめ、彼女は目を伏せる。

よく見ると、どこか思いつめたような表情をしているようにも感じた。

「う、うん」

彼女の意図はよく分からないが、少なくとも気まぐれで誘ったわけではなさそうだ。

僕は頷き、彼女の小さな手を取る。

「じゃあ、行こうか」

「はい」

僕の手に触れるサンドラの手はかなり汗ばんでいて、どことなく動きがぎこちない。

僕？　僕は緊張でサンドラ以上に手汗どころか背中まで汗をかいているし、さっきから手と足が自分のものじゃないかと思えるほど上手《うま》く動かせない……………………あ。

ひょっとして彼女も、僕と同じように緊張しているということなのだろうか。

「気持ちいい……」

バルコニーに出てくるなり、僕の一歩前にいるサンドラは風で揺れる長い髪を耳にかけ、目を細めて呟いた。

確かに緊張で汗もすごかったので、火照《ほて》った身体を冷やしてくれる風が心地よい。

でも、それ以上に僕は、サンドラの横顔に心を奪われていた。

綺麗で、美しくて、それでいてどこか懐かしくて……。

きっと前世で穴が開くほど『エンゲージ・ハザード』のヒロインとしてのアレクサンドラ＝オブ＝シュヴァリエを見てきたからだと思うんだが、それだけではないような気がする。

そう……僕はどこかで、そのサファイアのような青い瞳を見たような気が……って。

「サ、サンドラ⁉」

サンドラが前に立ち、僕の顔を覗き込む。

吐息がかかるほどお互いの顔が近くて、僕は緊張で頭が混乱して、何も考えられなくなってしまった。

だからだろう。

「そ、その……君は、ウィルフレッドと何かある、のか……？」

心のたがが外れ、聞きたくても聞けなかった言葉が僕の口から零《こぼ》れてしまったのは。

「ウィルフレッド殿下と何かあるか、ですか……」

サンドラが僕から少し離れ、目を伏せる。

ああ……やっぱりそうなんだ。

彼女の心の中にいるのは僕ではなく、ウィルフレッドだった。

所詮《しょせん》僕は、噛ませ犬以下の『無能の悪童王子』でしかなかったんだ。

なのに。

「……私にとってあの男は百回八つ裂きにしても足りないほど、この世界で憎むべき屑《くず》です」

『エンゲージ・ハザード』でも見たことのない、サンドラの怒りと憎しみに満ちた表情。

……いや、一度だけあった。


――主人公によって断罪されたハロルドの前で見せた、あの時の表情。


だが、僕は余計に分からなくなった。

『エンハザ』ではそれほどまでに憎んだハロルドが断罪されたことにより、晴れて主人公と『恋愛状態』になったサンドラ。

ヒロイン達への嫌がらせも、全《すべ》ては主人公の気を引くため。

彼女の想《おも》いの全てはウィルフレッドに向けられていたはずなのに、どうして……。

「ハル様は七年前のあの日のことを、覚えていらっしゃいますか……？」

「『七年前のあの日』……って？」

質問の意味が理解できず、僕は思わず聞き返す。

「ふふ……覚えていらっしゃらないのも無理はありません。ですが私は、あの日救われたのです。身も心も、魂も、尊厳も」

そう言うと、サンドラは僕の手を握った。

ごつごつとした、その小さな手で。

「どうかお聞きくださいませ。幼くて力もなく、ただ怯《おび》えて震えるだけだったこの私が生まれ変わることができた、あの日の奇跡を」

※※※※※

今から七年前……私がまだ六歳の頃。

当時の私はシュヴァリエ家の者とは思えないほど身体も弱く、外出もせずにいつも領地にある本邸の自室から、外の景色を眺めるだけの日々を過ごしておりました。

同年代の友人もおらず、本を読んでは想いを馳《は》せる……物語のように世界中を冒険してみたり、王子様と素敵な恋をしてみたり……ふふ、想うだけなので、私はどこへでも行けました。

そんなある日のこと。

険しい表情のお父様から、王宮へ訪れなければならなくなったと告げられました。

モニカに事情を確認してもらうと、国王陛下が私を王子殿下の婚約者候補に選ばれ、顔合わせに参加するようにとのことです。

お父様は、私が病弱であることもあり、陛下に強く断りを入れたそうなのですが、『顔合わせをして気に入らなければ断っても構わない』と強く懇願されてしまい、渋々お受けになられたとのこと。

そのことを知った私は、恥ずかしながら胸が躍りました。

王子殿下との顔合わせはともかく、私にとって初めての王都なのですから。

ですが。

「本当に、この格好でいいの……？」

「はい。お館様からのご指示です」

どういうわけか、用意された衣装はいつものドレスではなく、男の子が着るようなブラウスにキュロット。

婚約者候補として王子殿下とお会いするというのに、本当にこれでいいのかと首を傾げてしまいました。

後に理解しましたが、お父様は万が一にも王子殿下達に見初められないようにと、あえて男の子の格好をさせたようです。

お父様もなかなか意地悪なことをなさったものだと思いますが、そのおかげでこうしてハル様と婚約できたのですから、今思えば感謝しかありません。

そして、馬車による移動を一週間かけ、お父様に連れられて王宮へとやって来ました。

「わあああ……！」

ここまでの旅もとても楽しく思い出深かったですが、初めて訪れた王宮のきらびやかさに、私は目を奪われました。

もっと他のところも見てみたい。

そんな欲が出てしまった私は悪戯心《いたずらごころ》が芽生えてしまい、お父様の目を盗んで一人で王宮内を歩いたのです。

この時の気分は、まさに物語に登場する冒険者の気分でした。

ですが、そんな楽しい冒険の旅は、すぐに終わってしまいます。

どこまでも続く赤い廊下と、その先に広がる暗闇《くらやみ》。

周囲に知っている者は誰もおらず、急に不安に襲われたことを、今でも鮮明に覚えています。

そんな時でした。

「あれ？　こんなところに、どうして男の子が？」

現れたのは白銀の髪と灰色の瞳を持つ、一人の男の子。

男の子は屈託《くったく》のない笑顔を見せて、膝《ひざ》を抱えて一歩も動けなくなった私に優しげに声をかけてきたのです。

「そ、その……」

「ああ、迷子になったんだね。だったら俺が案内してあげるよ」

心細くなったという事実を伝えるのが恥ずかしくなり躊躇《ちゅうちょ》していると、男の子はそんなことを言って手を差し出してくれました。

その手を取ろうかと思いましたが、あの時の私は強がって、あえて自分で立ち上がりました。

「ふうん……ところで、君の名前は？」

「あ……そ、その、〝アレックス〟です」

私は咄嗟《とっさ》に、男の子らしい名前を告げました。

今日の王子殿下達との顔合わせをするまでは、男の子だと偽ることになっておりましたので。

「そっか」

男の子は興味をなくしたように、ぷい、と背中を向けてしまいます。

先ほどまでと違う反応に、少々戸惑っていると。

「ハロルド」

「え……？」

「俺の名前はハロルド。ハロルド＝ウェル＝デハウバルズ。この国の第三王子さ」

その男の子は勢いよく振り返り、どこか愉快そうに笑顔を浮かべて名乗りました。

「ウーン……なかなか見つからないなあ……」

「………………………………」

男の子……ハロルド殿下が『君を父君のところに連れていってあげるよ』と案内を買ってでてから、三十分は過ぎたでしょうか。

お父様と合流できないばかりか、むしろ最初の場所からどんどん遠ざかっているような気がします。

◇◆◇◆◇

「ほ、本当に、この先にお父様が……？」

「間違いないね。貴族達は父上……国王陛下との謁見《えっけん》をこの先の部屋でする。だからこの近くにいるはずなんだけど……」

そう言ってハロルド殿下は私の手を引き、またさらに廊下の奥へと進みます。

ただ、周囲はますます人の気配がなくなり、どことなく殺風景に感じました。

「この扉のさらに奥の部屋で間違いない！」

「本当？」

「ああ！」

何かを見つけたかのように、ハロルド殿下は嬉しそうに教えてくれました。

この不安な気持ちから、ようやく解放される。

私は嬉しくなり、扉に手をかけます。

「お父様！　申し訳ありません！」

謝罪の言葉とは裏腹に、私の声はとても弾んでいました。

おそらく叱《しか》られるでしょうけど、自業自得ですので甘んじて受け入れることにします。

その時。

「え……？」

突然、後ろの扉が閉まりました。

「ハロルド殿下⁉　ハロルド殿下⁉」

「ハハハハハ！　馬鹿《ばか》な奴！」

扉の向こうから聞こえる、ハロルド殿下の嗤《わら》い声。

そう……私は、この時になってようやく気づきました。

ハロルド殿下が……あの白銀の髪の男の子が、私を騙《だま》したということに。

彼がどうしてこんなことをしたのか、私には理解できませんでした。

「この間抜け！　愚か者！　ようく聞け！　俺の名はハロルド！　ハロルド＝ウェル＝デハウバルズだ！　恨むのならこのハロルドを恨むんだな！」

散々馬鹿にするような言葉を投げかけ、最後に改めて自分の名前を名乗ると、嗤い声と足音が、どんどん遠ざかっていきます。

「お願い！　開けて！　開けてえええええ！」

必死に叫びますが、誰も返事をしてくれません。

よく見ると部屋の中はとても埃《ほこり》っぽく、長い間使われていないことがすぐに分かりました。

「お願い！　お願いだからあああ……っ！」

こんなところに閉じ込められて、不安で、どうして勝手に一人で探検なんてしたんだろうと後悔して。

最後に残された言葉どおり、私はあの男……ハロルド＝ウェル＝デハウバルズを恨みました。

それと同時に今まで抱いていた物語の中の王子様の印象が、あっという間に色あせます。

本物の王子は私にこんな酷いことをする、最低の男なのだと。

「う……ううう……っ」

不安と焦燥に駆られていたこともありますが、何より悔しくて、口惜《くや》しくて、私は拳《こぶし》を握りしめて涙を零していました。

その時です。

「あれ？　あそこ……」

「っ⁉」

窓の外から聞こえる、男の子の声。

私はすぐに窓の傍《そば》へと駆け寄りますが、六歳の私では窓まで手が届かず、かといって踏み台になりそうなものも部屋にはありません。

「お願い！　助けて！」

私にできることは、大声で助けを呼ぶことだけ。

男の子の声が聞こえたのですから、私の声だって向こうに聞こえるはず。そう信じて。

ですが……男の子の声は、それっきり聞こえることはありませんでした。

「あ……ああああ……っ」

希望が潰《つい》え、私はその場で膝から崩れ落ちてしまいます。

誰もいない……誰も来ないこの部屋で、私は独りぼっちで死ぬかもしれない。

そんな恐怖が押し寄せ、身体の震えが止まらなくなりました。

でも。

「ねえ……誰かいるの？」

そんな私の恐怖を吹き飛ばすように、男の子の声が扉の向こうから聞こえてきたのです。

私は勢いよく顔を上げ、扉に向かって駆け出しました。

まるで、縋《すが》るように。

「閉じ込められてしまったの！　お願い！　助けて！」

扉の向こうにいる男の子に向かって、私は必死に叫びます。

「っ⁉ 分かった！　ちょっと待ってて！」

扉のノブがガチャガチャと動いたかと思うと、すぐに止まってしまいます。

鍵《かぎ》がかかっていることに気づいたのでしょう。

すると。

——ガキンッッッ！

ものすごく大きな金属音とともに、扉が少し揺れました。

——ガキンッッッ！　ガキンッッッ！　ガキンッッッ！

何度も続く、金属を叩く音。

そして。

「だ、大丈夫⁉」

勢いよく開け放たれた扉の向こうから、黒髪の男の子が飛び込んできました。

その後ろには、大人用の大きな剣と金属製の錠前が転がっています。

「うわあああああああん！　怖かった……怖かったよお……っ！」

「わわっ⁉」

私は助かった喜びと今までの恐怖への反動で、思いきり男の子に抱きつき泣き叫びました。

「ごめんね？　僕がもっと早く気づいて、助けに来れればよかったのに……」

「うわあああああああああああああん！」

男の子は泣き喚く私の身体を抱きしめ、優しく背中を撫でてくれました。

その声はとても心地よくて、温かくて、さっきまでの不安を全て吹き飛ばしてくれて……。

彼は私が泣き止《や》むまで、ずっと慰めてくれました。

◇◆◇◆◇

「落ち着いた？」

「グス……うん」

しばらくして、落ち着きを取り戻した私の顔を覗き込む男の子に、私は頷きます。

男の子の灰色の瞳はどこまでも澄みとても綺麗で、思わず吸い込まれそうになりました。

同じ灰色の瞳なのに、あんな酷いことをしたあの最低な男の子……ハロルド王子とは大違い。

「あ、ほら。顔が涙でくしゃくしゃになっちゃっているよ」

「ん……っ」

男の子はハンカチを取り出して、優しく涙を拭《ぬぐ》ってくださいました。

少しだけくすぐったくもありましたが、私への気遣いへの嬉しさと、ハンカチの香りで心がポカポカと温かくなります。

「それで……何があったのか、教えてくれる？」

「…………………………うん」

私はここまでの出来事を、一生懸命説明しました。

王子殿下にお会いするために、お父様と一緒にこの王宮にやって来たこと。

勝手に抜け出して急に不安になった時、現れた男の子がお父様のところに連れて行ってあげると言って、私をここまで連れてきたこと。

この部屋にお父様がいると騙して、男の子は私をここに閉じ込めたこと。

「……その男の子は、第三王子のハロルド＝ウェル＝デハウバルズって名乗ったの」

「え、ええー……」

あの男の子の名前を聞いた瞬間、黒髪の男の子は驚いたというか、すごく微妙な顔をされておりました。

腐ってもこの国の第三王子ですし、王宮にいるこの男の子も知っていて当然かもしれませんが、この反応は少し意外です。

「知っているの……？」

「えーと……知っているというか、何というか……」

男の子は困った表情を浮かべ、私に向き直ると。

「その……僕の名前はハロルド。ハロルド＝ウェル＝デハウバルズ、なんだけど……」

「ええええええええ⁉」

申し訳なさそうに名乗る男の子に、私は驚きの声を上げました。

ですが、私が驚いてしまうのも仕方ありません。だって、ハロルドを名乗る男の子が二人もいることになるのですから。

その時。

「え……？」

扉の傍にあった大きな棚が、私達のほうへと倒れてきたのです。

「キャアアアアアアアアアアアアアアアアッッッ⁉」

咄嗟に頭を抱えてうずくまり、私は悲鳴を上げました。

ですが、このままでは潰《つぶ》されてしまうだけ。大怪我《けが》をしてしまうことは間違いありません。

すぐに私の背中に衝撃が襲いかかります。

そう、思ったのに。

「え……？　痛く、ない……」

何かがのしかかっている感触はありますが、ただそれだけ。

私は訳が分からず、ゆっくりと振り返ってみると。

「は、はは……大丈、夫……？」

「あ……ああ……ああああ……っ」

そこには四つん這《ば》いになって小さな身体で棚を受け止め、頭から血を流している男の子の笑顔がありました。

痛いはずなのに。重くて苦しいはずなのに。

男の子は私を不安にさせまいと、必死に笑っていたのです。

だというのに私の視界の端に見えたのは、部屋の入口の向こう側で嘲笑を浮かべている、ハロルドと名乗った……いえ、ハロルド殿下を騙《かた》った白銀の髪の不届き者。

棚が倒れたのも、おそらくはあの者の仕業なのでしょう。

そして。

「！　アレクサンドラ！」

現れたお父様が、勢いよく部屋に飛び込んできました。

普段は笑顔でいつも目を細めておられるお父様が、こんなにも顔を青くして目を見開いておられるのは初めてです。

「お父様！　早く……早くこの御方を助けてえええええ……っ！」

「わ、分かった……って、ハロルド殿下⁉」

お父様はすぐに棚をどかし、ハロルド殿下と私を救い出してくださりました。

ですがハロルド殿下の顔色はとても悪く、呼吸も荒い。

だというのに。

「そ、それじゃ、僕はもう行くよ」

「っ⁉　何をおっしゃっているのですか！」

立ち上がり、よろめきながら部屋から出て行くハロルド殿下。

傷の手当てもしていない彼を引き留めようと、私は手を伸ばす……のですが。

「お、お父様⁉」

「……行かせてあげるんだ」

私の手を握りしめ、悲痛な表情でかぶりを振るお父様。

何故止めるのか理解できず、私はその手を振りほどこうとするのですが、お父様は離してはくださいません。

結局、私は立ち去るハロルド殿下を見つめることしかできませんでした。

――たった一つ残された、竜の刺繍《ししゅう》入りのハンカチを握りしめて。

※※※※※

「……その後、私は知りました。ハル様の王宮内でのお立場を。どうしてお父様が、伸ばした私の手を止めたことを」

「…………………………」

サンドラの言葉に、僕は唇を噛む。

確かに僕は、七年前のあの日に一人の男の子と出逢《であ》った。

誰も使っていないはずの部屋の窓から僅かに見えた、綺麗なプラチナブロンドの髪。

最初はひょっとして幽霊でもいるのかと、興味本位であの部屋へ向かったことを覚えている。

でも、鍵のかかった扉の向こうから聞こえてきたのは、男の子の悲痛な声。

近くに飾ってあった甲冑《かっちゅう》の剣を取り、無理やり鍵を壊して中に入ると、とても綺麗な青い瞳の男の子がいたんだ。

……そうか。あの時の男の子が、サンドラだったんだな。

「ハル様は王族のみに伝えられる力……【デハウバルズの紋章】をお持ちではなく、誰からも認められない存在。そう……誰も本当のハル様のことを、見ようとしなかった。本当のハル様はこんなにも強く、優しく、才能に溢《あふ》れている素晴らしい御方だというのに」

「…………………」

「許せなかった。悔しかった。だから私は、強さを求めた。あの日救ってくださった……『竜の寵愛』を求めてくださった、ハル様のお傍にいるために」

「あ……」

彼女の言う『竜の寵愛』とは何なのかは分からない。『エンゲージ・ハザード』でも、そんなワードは一度も出てこなかったし。

だけど、これだけは分かる。

サンドラはあの日のことを今もずっと大切にしていてくれて、僕の境遇を知って助けようとしてくれたことを。

彼女だけが、僕を見てくれたことを。

「ハル様……私はあの日、あなた様に救われました。そして私は、あなた様のお傍にいるための強さを……資格を手に入れたのです」

「ああ……ああああ……っ」

そう、か……サンドラは、僕のために……僕なんかのために、今ここにいる。

僕が『無能の悪童王子』と呼ばれている、本当の意味を知った上で……っ。

「ハル様は『無能の悪童王子』などではありません。私を……この私を救ってくださった、かけがえのない御方。私はあなた様の婚約者となれて、本当に幸せです」

「ああああああああああああああ……っ！」

気づけば僕は、涙を流していた。

膝から崩れ落ち、まるで小さな子供のように叫び、煌々《こうこう》と輝く月を見上げて。

そんな僕を……最推しの婚約者は、優しく抱きしめてくれた。

……僕は何をやらかしているんだ。

◇◆◇◆◇

幸いここはバルコニーだから誰も見ていないとはいえ、サンドラの前で思いきり号泣し醜態を晒《さら》してしまうなんて。

こ、これは挽回《ばんかい》不可能なくらいやらかしポイントを貯めてしまったんじゃないだろうか……。

「そ、その……これは懐かしいというか、そういうので……いやいや、そうじゃなくて」

何とかして必死に取り繕うとするが、上手い言い訳もできずしどろもどろになってしまう。

だ、だけどこんなの反則だろ。まさかあの日の男の子が男装していたサンドラだったなんて、分かるわけがないじゃないか……って。

「ふふっ」

サンドラは口元に手を当て、くすり、と微笑んだ。

それは『エンゲージ・ハザード』でも見せたことのない、ヒロイン達に嫌がらせをしてほくそ笑むのとは違う、花が咲いたような可愛らしい笑顔。

僕は思わず見惚《みほ》れてしまい、やらかしポイントがどうとか、どうやって言い訳しようとか、そんなどうでもいいことが一瞬にして頭の中から消え去っていた。

「そういうことですからハル様、私にとってウィルフレッド＝ウェル＝デハウバルズは……あの屑は、憎むべき敵。この私を利用してあなた様を陥《おとしい》れようとした、この世界にいてはならない存在です」

打って変わり、サンドラは険しい表情で告げる。

そうだった。忘れていたが、ウィルフレッドがしたことは六歳の子供だったとはいえ到底許されない行為。

だが。

「その……分からないんだが、どうしてウィルフレッドは、君にそんなことをしたんだろうか」

「決まっております。全てはハル様を陥れるため」

サンドラはそう答えるが、僕はどうしても腑《ふ》に落ちない。

こう言っては何だが、当時の僕はウィルフレッドと険悪などではなかった。というか、そもそもあの男と接点なんてなかったんだ。

何せウィルフレッドをいじめるようになったのは、十歳の頃なのだから。

「……いずれにせよ、そういうことならなおさらアイツとは関わり合いにならないほうがいいな。碌《ろく》なことにはならないだろうし」

「そうですね。『穢れた王子』ごとき羽虫、ハル様がお相手になさる必要などありません。ただ……もしあの屑を葬る時は、どうかその役目をこの私に」

「は、はは、考えとく……」

胸に手を当て、三日月のように口の端を吊り上げるサンドラに、僕は引きつった笑みを見せる。彼女が『氷結の悪女』だということをすっかり忘れてた。

そういえば『エンハザ』のヒロイン達への嫌がらせの中には、一歩間違えば命を落としかねないようなものまであったな。敵に回したら恐怖でしかない。

「そ、そろそろ中に戻ろう。風邪を引くといけないから」

「はい」

サンドラの小さな手を取り、僕達は会場へと戻る。

その途中。

「……ありがとう」

僕は聞こえないほどの声で、小さく感謝の言葉を告げた。

ほんの少し強く握り返した彼女の手が、とても温かかった。

◇◆◇◆◇

「……さすがにもう、義理は果たしたと思うんだが」

「いえ、まだ帰るには早いかと」

パーティーが始まってからおよそ二時間。僕はサンドラにお伺いを立てるが、彼女はまだいるべきだと主張する。正直ここからおさらばしたい。

それにしてもサンドラだってウィルフレッドと同じ空間にいたくないはずなのに、どうしてここまで頑《かたく》なに残ろうとするのか。

理解に苦しみ、僕は首を捻《ひね》る…………………………あ。

「……よ、よければこの後、王宮に寄ってみる？　ほ、ほら、留守番をしているモニカとキャスも、今日のことをサンドラから聞きたいだろうし」

とまあ、二人をダシにしてそんなことを提案してみる。

先程の話で、実はサンドラが『エンハザ』とは違い僕のことを嫌いじゃなかったことを知り、ひょっとしたら僕と一緒にいたいからごねているのだと、そう思ったのだ。

もちろんこれは、僕の都合のいい解釈なのかもしれないが。

「そういうことでしたら、すぐに戻りましょう。ええ、それはもう一刻も早く」

「うおっ⁉」

予想外の食いつきに、僕は一瞬たじろぐ。だけど、やっぱりそういうことだったのか。

あの日のことを聞いた後だと、婚約をしてからの彼女の態度などについて色々と納得したし、その行動原理も理解できた。

ただし、その分僕がいかにやらかしていたのかも浮き彫りになったが。この数か月を振り返るだけで軽く死ねる。

「さあ、行きましょう」

「ま、待って⁉ せめて主催者に帰ることを伝えないと……」

「そんな暇はありません。時間は有限ですので」

サンドラに引きずられながら、僕達は会場を後にしようとして。

「……ふうん」

カーディスとウィルフレッドが、フレデリカとマリオンを交えて楽しそうに談笑する姿が視界に入った。

エイバル王の依頼とはいえ、ウィルフレッドに笑顔を見せるカーディスに違和感を覚える。

何故なら、今までカーディスとウィルフレッドが会話している姿なんて見たことがなく、せいぜい冷たい視線を送る程度だったのだから……って。

「サ、サンドラ⁉」

「ハル様。パーティーでの役目を終えて解放されたのですから、そのような顔をなさらないでくださいませ」

サンドラに人差し指を僕の眉間《みけん》をぐにぐにと押しつけられ、僕は思わず戸惑ってしまう。

そ、そんなに僕は、酷い顔をしていたのだろうか……。

「それはもう、あの眉を鬼の形相で睨みつけておられましたよ？　周囲の貴族達が、ハル様が何か問題を起こすのではないかと冷や冷やさせるほどに」

　周囲を見回してみると、サンドラの言うとおり確かに不安そうな表情でこちらを見ている者がちらほらといる。

「ですが……ハル様は私の話をお聞きになって、それで怒ってくださったのですよね？」

「ち、違うし……」

　おずおずと顔を覗き込むサンドラに、僕はぷい、と顔を背けた。

　図星を突かれ、まともに彼女の顔が見れない。

　あの日に僕の名を騙りサンドラを苦しめたのがウィルフレッドだと分かった以上、許せるはずがない。

　不安に圧《お》し潰され泣きじゃくっていた、彼女のあの姿を知っているから余計に。

「ご安心ください。今の私は強くなりました。あなた様に『竜の寵愛』を差し上げるために」

　胸に手を当て、『氷結の悪女』とは程遠い熱を帯びた瞳で僕を見つめるサンドラ。

　さっきも『竜の寵愛』って言葉が出てきたが、それって何なんだ？　メッチャ気になる。

「そういうことですので、あのような屑に構っていないでまいりましょう」

「おわっ⁉」

　再びサンドラに手を引かれ、今度こそ僕達は会場を後に……って。

「アレクサンドラ、もう帰ってしまうのか」

プラチナブロンドの髪と、糸目の優しげな顔をした男が声をかけてきた。

えーと……誰だ？　ひょっとしてサンドラがこの会場で一番可愛いから言い寄ってきたのか？　婚約者の僕がいるのに？

しかも『アレクサンドラ』などと馴《な》れ馴《な》れしい……。

「お兄様」

なるほど、お兄様だったか……って⁉　何をのんびりしているんだ！　ちゃんとご挨拶しないと！

「は、はじめまして。サンドラのこ、婚約者の、ハロルドでしゅ⁉」

どうして僕は、肝心な時に舌を噛んでしまうのだろうか。

「……お初にお目にかかります、ハロルド殿下。アレクサンドラの兄の〝セドリック〟と申します」

前言撤回。糸目を見開いて笑顔を作るその表情は、普通の強面《こわおもて》な連中よりも遥《はる》かに怖い。

というか握手するのはいいが、もう少し握る力を緩めてはもらえないだろうか。痛い。

「お兄様、今日はどうしてこちらに？」

「俺もカーディス殿下から招待を受けてね。最初は出席するつもりはなかったが、聞けばお前もハロルド殿下と出席するというじゃないか。だからこうして、顔を出したというわけだ」

僕に見せる表情とは打って変わり、セドリックは糸目をさらに細めてもはや目を瞑《つむ》っているとしか思えない。

まあ、このセドリックがシスコンであることは最初から知っているんだけどな。

『エンハザ』のアレクサンドラルートにおいて、セドリックは主人公とサンドラの恋路をこれでもかと邪魔をしてくる。時には部下を使って主人公を襲撃したり、時には王立学院内で主人公の悪評を流したり。

とにかくはた迷惑なこのシスコン兄貴は、色々な意味で厄介な存在なのだ。

「そうでしたか。では」

「え⁉　ちょっ⁉」

サンドラはぺこり、とお辞儀をしたかと思うと、僕を引きずってセドリックの前から立ち去ろうとする。

「ま、待つんだ！　せっかく久しぶりに会ったというのに、それはないだろう！」

「ですが私にはお兄様にご用はありません。これ以上私の貴重な時間を奪わないでください」

お、おお……サンドラ、実の兄に対して辛辣《しんらつ》……。

「そんなことはないだろう？　例えばほら、俺にお願いがあったりするんじゃないか？　こう見えて俺は、シュヴァリエ家の次期当主なんだぞ？」

サンドラの前に立って必死に引き留めにかかるセドリック。その姿は憐《あわ》れに思えるが、なんだか含みのある言い方だな。

「私の願いは、早くお兄様にこの場から消えていただくことですが」

「待て待て！　そうじゃなくて、第三王子のハロルド殿下とシュヴァリエ家の長女であるアレクサンドラが婚約をしたということは、二人の存在は王位継承争いにおいて少なからず影響を与えるということだ」

セドリックが何を言いたいのか分かった。

つまり僕が王宮内で上手く立ち回るためには、シュヴァリエ家の後ろ盾が必要。それらは全て次期当主であるセドリックの胸先三寸だと言いたいわけだな。

だけど、そんなことを今ここで言う必要があるのか？　そもそも僕は、シュヴァリエ家の力を借りないといけない状況では……って。

「まさかとは思うが、カーディス兄上からラファエル兄上、あるいはその両方がセドリック殿に接触してきた、ということなのか……？」

「……そ、そういうことです」

僕の独り言を聞いたセドリックが、不機嫌そうに頷く。やっぱりそういうことらしい。

「王立学院ではカーディス殿下と同じクラスなのでね。この前も『王家とシュヴァリエ家は親戚同士になるのだから、これからも私を盛り立ててくれ』と笑顔で言われたよ」

なるほど。カーディスもなかなか厚顔無恥だな。

いくら僕とサンドラが婚約しているとはいえ、どうしてカーディスの支援をすることが既定路線だと思っているのだろうか。

「シュヴァリエ家としては王位継承争いに関与するつもりは一切ないが、それでも最愛の妹の頼みであれば、この俺も一肌脱ごうじゃないか」

「結構です。……と言いたいところですが、いかがなさいますか？」

サンドラは僕を見つめ、尋ねる。

カーディスのことはともかく、これから先僕達が『エンハザ』の世界で生き残るためにも、シュヴァリエ家の力は借りたい。

そう考えると、セドリックを味方に引き入れるのが得策だな。

「その……僕としては、セドリックには力をお借りしたい、です」

そう言うと、僕はセドリックに深々と頭を下げた。

ただでさえ傲慢《ごうまん》で悪評高いハロルドが、パーティー会場で公爵子息にこんな真似をする姿は、さぞや周囲から奇異の目で見られていることだろう。

でもシュヴァリエ家の支援を得ることができて、いずれ訪れる僕とサンドラのバッドエンドを回避することができるのなら、こんな頭なんていくらでも下げてやる。

以前のハロルドのちっぽけなプライドは、前世の記憶を取り戻した時に消え去ったんだよ。

「お兄様」

「……分かりました。このセドリック、ハロルド殿下のお力になりましょう」

逡巡《しゅんじゅん》するセドリックだったが、サンドラの有無を言わさぬ声に促され、渋々といった様子で僕の手を取った。

だが。

「ただし、条件があります」

「条件……？」

「こう申し上げては何ですが、ハロルド殿下は『無能の悪童王子』と呼ばれ、世間の評判は最悪。それらは全て、身から出た錆です」

「……お兄様、私のハル様を侮辱なさるというのですか？」

「「っ⁉」」

サンドラの瞳が血塗られた赤に染まり、低い声で告げた。

こ、これは、あの手合わせの時やヘンウェン討伐で見せたものと同じ……。

見るとセドリックは額から滝のような汗を流し、肩を小刻みに震わせている。

彼もサンドラの兄だから、彼女の実力は把握しているはず。だからこそ、一歩間違えればただでは済まないことを理解しているのかもしれない。それくらい、サンドラの放つプレッシャーはすさまじかった。

「ま、待つんだ！　俺が言いたいのはそういうことではなく、ただ示してほしいだけだ！　ハロルド殿下が、大切な妹であるアレクサンドラを預けるに足る男なのかを！」

ここまで言われれば、セドリックが何を求めているのか理解した。

きっとこれは『エンゲージ・ハザード』のアレクサンドラルートにおける、セドリックとの決闘イベントだ。

これまでのシナリオ進行においてシスコン兄貴による主人公への執拗な嫌がらせの数々が全て回避されてしまい、業を煮やして決闘を申し込む。

彼との一対一の戦闘に勝利すれば、ようやくサンドラとの交際を認められるというわけだ。

だが待ってほしい。僕は強くなるためにサンドラとの特訓を始め、相棒である『漆黒盾キャスパリーグ』も手に入れた。

とはいえ、前世の記憶を取り戻してからまだ三か月程度なんだ。果たしてセドリックと一対一で勝負して、勝利することができるのだろうか。

「ハル様、お兄様など相手にする必要はありません。そもそもシュヴァリエ家の支援が必要であれば、全てこの私がご用意いたします」

「お、俺は次期当主なんだが……」

真紅の瞳のままそう告げるサンドラに、セドリックは何とも情けない声を出す。

『エンハザ』のイベントで、主人公ウィルフレッドとセドリックとの決闘を積極的に勧めていたあのサンドラとは大違いだ。

それはきっと、僕ではセドリックに敵《かな》わない。そう思っているからだろう。

実際セドリックは『エンハザ』におけるイベントボスという扱いであり、能力値もヒロインと遜色《そんしょく》ない。一対一でまともにやり合えば、おそらく僕は負ける。

でも。


「……分かった」

「ハル様……？」

「セドリック殿、僕がサンドラに相応しい男だと示せばいいのですね？」

セドリックを見つめ、僕は念を押すように尋ねる。

彼に認めさせるためには、『エンハザ』のように一対一のバトルをするしかない。

「ええ。是非とも俺に示してください。剣を交えて」

ほら、やっぱり。

「といってもハロルド殿下にも準備が必要でしょう。今から一か月後、シュヴァリエ家のタウンハウスでいかがですか」

「それで構いません」

「ハル様！　お兄様……っ⁉」

二人の間に割って入り止めようとするサンドラを、僕は制止する。

こればかりはたとえ彼女であっても引き下がるつもりはない。

「一か月後、楽しみにしております」

セドリックは恭しく一礼し、踵《きびす》を返してこの場を離れた。

「……はっきりと申し上げます。今のハル様では、お兄様に勝利することはほぼ不可能です」

「そうだろうな」

「なら、どうしてお受けになられたのです。お兄様の戯言《たわごと》など、捨て置けば……」

「そういうわけにはいかない」

そう……僕はここで、引き下がるわけにはいかないんだ。

『エンハザ』の主人公に成り代わり、サンドラと結ばれてバッドエンドを回避するために。

最低の結末を打ち破ったその先を、二人で見たいから。

「本当に……ハル様は馬鹿です」

「分かってる」

手を握り、目を伏せて告げるサンドラ。

たとえほとんど勝ち目はないのだとしても、それでも勝利してみせる。その想いを込め、僕はサンドラの小さな手を握り返した。

◇◆◇◆◇

「ぜえ……ぜえ……あ、ありがとう、ござい、まし……た……」

マーシャル公爵家のパーティーから二週間が経《た》ち、今日も僕はサンドラとの特訓を終えて地面に転がっている。

セドリックとの決闘まであと二週間を切っているんだ。少しでも強くなって、勝利する確率を上げないと。

「……モニカ、あなたはどう思うかしら？」

「どうとは？」

「これからハル様が大人に成長すれば変わってくるかもしれませんが、少なくとも現時点ではこれ以上の成長は見込めないと思うの」

「私もそう思います」

うぐう……僕の傍で、二人が現実的で容赦ない会話をしているぞ。

つまり僕の物理関連の能力は、これでカンストしたみたいだ。意外と早かったな。

まあでも、そもそもハロルドの物理攻撃力と物理防御力の上限は全キャラ中最低だから、必要な獲得経験値も少ないいんだろう。嬉しいのか悲しいのか分からなくなってくる。

「これからは、技術面に特化して訓練内容を考えたほうがよさそうですね」

「はい。ハロルド殿下はご自身がお持ちの力を使わずに、お嬢様の攻撃の三割も防いでおられるのです。正直底が知れません。さらに磨けば、きっと歴史に名を遺《のこ》す御方になられるかと」

モニカの思わぬ評価に驚くが、それはさすがに買いかぶりが過ぎる。

それに僕は、スキルを使わないんじゃなくて使えないのだから。

だけど、そうか……能力値がカンストしたのなら、僕はいよいよ次のステップに進むことができる。

「そ、その……これからの訓練で、僕からも提案というか、お願いがあるんだが」

僕は生まれたての小鹿のように足をプルプルとさせ、盾を杖《つえ》替わりにしてゆっくりと立ち上がった。

「お願い、ですか……？」

「ああ。サンドラとの手合わせの際には、キャス……というか、『漆黒盾キャスパリーグ』を使わせてほしい」

物理関連の能力値がカンストした以上、次に鍛えるのは魔法関連。

以前にサンドフやモニカから教えてもらったが、魔法関連の能力を鍛えるためには『マナ』……つまりSPを使用しなければならない。

魔法スキルどころか、僕自身が闇《やみ》属性かつ固有スキルが全て光属性のため、スキルそのものが一切使用できない。

だから僕は、『漆黒盾キャスパリーグ』を使うしかないんだ。

もちろんサンドラとの手合わせでは、唯一の固有スキル【スナッチ】を使うつもりはない。

そんなことをしなくても、キャスにSPを与え続けていれば、それだけで鍛えることができるのだから。

「キャス、僕の特訓に付き合ってくれるか？」

「もちろん！　なんたってボクは、ハルの相棒だもんね！」

僕の肩に飛び乗り、キャスが頬ずりをする。

モニカのお世話のおかげで黒く輝く毛並みとなり、肌触りがメッチャ気持ちいい。

「かしこまりました。確かにそのほうが、盾の使用にも慣れますのでちょうどいいかと」

サンドラの了解も得たし、明日から頑張ろう！　……って。

「ふふ……うふふふふ……ご安心ください。この私が、必ずハル様を強くして差し上げます」

「そ、その……お手柔らかに……」

にたあ、と口の端を吊り上げるサンドラを見て、僕は戦慄《せんりつ》した。

おかげで僕のやる気は、あっという間に霧散してしまったとも。

◇◆◇◆◇

「お嬢様、そろそろお時間です」

「ハア……もうですか」

夕方になり、モニカに耳打ちをされたサンドラが深く溜息《ためいき》を吐《つ》いた。

名残惜しいが、残念ながら彼女が屋敷に帰る時間だ。

「じゃあ、玄関まで送る」

「ありがとうございます」

サンドラの手を取り、王宮の玄関へと向かう。

僕の特訓のために毎日王宮に来てくれるサンドラだが、玄関へと向かう時は少し目を伏せているということに、最近気づいた。どうやら彼女は、僕とのしばしの別れを名残惜しんでくれているようだ。

もちろん僕も名残惜しいが。

「……もう我慢の限界です。これは、早急に対策を講じないと……っ」

そんなことを呟き、唇を噛むサンドラ。

一体何をしでかすつもりだろうか……。

「それじゃ、また明日」

「はい。明日も必ず、絶対に、何があってもお伺いしますので」

「あ、ああ、うん」

馬車に乗り込む直前、ずい、と詰め寄ってサンドラが告げる。身体は小さいが圧がすごい。

思わずたじろいでしまうが、よくよく考えれば僕もサンドラに慣れたものだな。今じゃこうして会話も普通にできるし。

前世の僕ならこんなに可愛い女子が至近距離にいたら、絶対にキョドってる。そのせいで前世では女子から『キモい』って言われたし。心が痛い。

車窓から僕を見つめるサンドラを連れて、馬車はゆっくりと遠ざかって行った。

「ふう……それじゃ、部屋に戻ろう」

「はい」

「うん！」

僕は深く息を吐き、モニカと肩に乗るキャスにそう告げて振り返ると。

「ハロルド兄上」

よりによって、ウィルフレッドと出くわしてしまった。

当たり前だが傍にはマリオンがいる。唯一の専属メイドなんだから、連れ回して当然か。

まあそれは、専属メイドがモニカしかいない僕も同じだが。

「ひょっとして、義姉上《あねうえ》はもうお帰りになられたのですか⁉」

「オマエには関係ない」

いい、あの日のサンドラを悲しませたウィルフレッドと、交わす言葉なんて何一つない。

僕は吐き捨てるようにそう告げると、一瞥もくれずに二人の横を通り過ぎる。

だけど。

「待ってください。俺とハロルド兄上は、同じカーディス兄上の派閥じゃないですか。それに、これまで色々ありましたが俺達は兄弟です。これからはわだかまりを捨てて、カーディス兄上を次の国王にするために、一緒に……」

「好きにすればいいだろう。僕に構うな」

派閥に入れてもらい舞い上がっているのか知らないが、そもそも僕はカーディスとも距離を置くつもりなんだ。

そういうことは、僕を除いて勝手にやってくれ。

ウィルフレッドを振り切るように、僕は早足でその場を立ち去ろうとしたのに。

「俺は、カーディス兄上に右腕として認められた」

振り返ると、ウィルフレッドは勝ち誇るような笑みを浮かべていた。

ああ……なるほど。

どうしてコイツが、僕にこんなにもしつこく絡んでくるのか理解したよ。

「そうか、それはよかったな。興味ないが」

「聞きましたよ？　これまでずっと、『カーディス兄上の右腕は俺だ』と、自慢げに言いふらしていたそうじゃないですか」

「…………………」

「ですが、カーディス兄上はあなたを『右腕だと思ったことは一度もない』そうです」

ほら、思ったとおりだ。

コイツは腰巾着で才能の欠片もない『無能の悪童王子』よりも、ただ愛人の息子というだけで不当な評価を受けている『穢れた王子』のほうが遥かに優秀なのだと、マウントを取りにわざわざここに来たってわけだ。暇なのか？　暇なんだろうな。

それはともかく、モニカとキャスは少し落ち着こうか。

キャスは僕の肩でメッチャ毛を逆立てているし、モニカもモニカで気配を完全に消している。今すぐにでもウィルフレッド達を暗殺しそうで、逆に怖い。

「でも安心してください。これからは俺が派閥をまとめてカーディス兄上を盛り立てていきますから、ハロルド兄上は第三王子としていてくれるだけでいい……」

「いや。僕はカーディス兄上の派閥から抜ける」

「「「っ!?」」」

言葉を遮ってそう告げると、ウィルフレッドだけでなく後ろに控えていたマリオン、果てはモニカまでも目を見開いた。何も分からないキャスだけがオロオロしている。何これ可愛い。

僕はバッドエンド回避のために主人公やライバルキャラに関わりたくないのだから、この選択肢も当然だろう。

「……そんなことが許されるとでも？」

「フン。カーディス兄上が言うのなら分かるが、関係のないオマエになんでそんなことを言う資格がある」

鋭い視線を向けるウィルフレッドに対し、僕は鼻を鳴らした。

それにしてもコイツ、主人公だよな？　幼い頃にサンドラにした悪事といい、鬱陶しく絡んできたりと、これじゃウィルフレッドに以前のハロルドが乗り移ったみたいじゃないか。

「ありますよ。さっきも言いましたが、俺はカーディス兄上の右腕になったんです。第三王子のあなたにそんなことをされたら、他の者達に示しがつきません。足を引っ張るような真似はやめてください」

「大丈夫か？　オマエも知ってのとおり、僕は『無能の悪童王子』なんだ。なら示しがつかないなんて今さらだろ。それどころか派閥の連中は、厄介払いができてむしろ喜ぶんじゃないか？」

さすがの僕も、ここまでくるとウィルフレッドの思惑を理解した。

コイツは派閥内で確固たる地位を築くために、比較対象の僕がいなくなっては困るんだな。

たとえ名目上に過ぎないとはいえ、第三王子であるハロルドが派閥のナンバー2であったことは事実。『穢れた王子』と呼ばれ蔑《さげす》まれているウィルフレッドと比べれば、少なくとも王族としての地位は上だ。

そうなるとウィルフレッドは、自分がハロルド以上に有用なのだと派閥の連中に示さなければならない。

もちろんエイバル王の要請に応じてカーディスがアイツを派閥に迎え入れたというのはある

が、そのことはおそらく秘密にされるだろう。カーディスの後ろ盾があるにしろ、他の連中に認めてもらうためにはそれなりにハードルが高い。

　噛ませ犬の僕がいれば、実力を示すのは簡単。当てが外れて残念だったな。

「もういいだろ？　僕は行くぞ」

　吐き捨てるようにそう告げると、僕は今度こそこの場から去った。

「……『無能の悪童王子』のくせに」

　フン、聞こえてるぞ。もう少し上手く本性を隠せ。

「……ハロルド殿下。私にウィルフレッド殿下……いえ、ウィルフレッド暗殺のご指示を」

「よし、一旦《いったん》落ち着こうか」

　専属メイドとして僕に仕えてから初めて見せる、モニカの険しい表情。

　僕のためにこんなにも怒ってくれるのは嬉しいが、あんな奴《やつ》に彼女が手を汚す価値はない。

　とはいえ『エンゲージ・ハザード』のようにあの男は明確に僕を噛ませ犬なのだと認識した。

　それを踏まえると、今後衝突は必至だろう。

　何より……あの日サンドラを苦しめた、アイツを許せそうにない。

　だから。

「この世界が、ゲームと同じ結果になると思うなよ」

　僕は振り返り、そう呟いた。

■鑑定術
■合成術
■錬金術
お？【鑑定術】…【合成術】…
【錬金術】!?
私がどハマりしてたRPG「エリゼの工房」みたいにアイテムをクラフトする能力かな
エリゼの工房
私も真似して自作ポーションを調合してたっけ
…冷蔵庫の液体全部混ぜて怒られたなぁ
あの頃の夢が叶うってこと？
ワクワク うん いいかも【錬金術】
決めた！

女神様！私はこのスキルがいいです！
錬金術師なら戦わなくて済むし
エリゼみたいにアイテムを調合してポーション作るんだ
そして可愛いお店を開いて平和で豊かに暮らす…ふふふ
…本当にそのスキルで良いのですね？
ハイ！

錬金術？いいえ、
アイテム合成です！
合成スキルでゴミの山から
超アイテムを無限錬成！
［漫画］水見悠助
［原作］十一屋翠
キャラクター原案　赤井てら
試し読み
14P

さて 話を戻しましょうか
間山香呼
あなたを『転生』させてあげましょう
転生…ですか？
前世の記憶を持った状態で『異世界』で蘇るのです
異世界？
なんで？元の世界に生き返るのはダメなんですか？
残念ながらできないのです

◇◆◇◆◇

「わあい！　ハル、楽しみだね！」

何も分かっていないキャスは、車窓から王都の景色を眺めて嬉しそうに相槌を求めている。

今日はマーシャル家のパーティーの日からちょうど一か月。つまり、サンドラの兄セドリックとの決闘の日だ。

僕？　平静を装っているが、さっきから落ち着かなくて貧乏ゆすりがすごい。

「お嬢様もハロルド殿下をお迎えするために、それはもう張り切っておられましたから、きっと美味しいお菓子もたくさん用意しておられると思いますよ？」

「ほんと？　やったあ！」

いいなあキャスは。僕が勝とうが負けようが、関係ないもんな。

「ハロルド殿下、そんなに心配されなくても大丈夫かと。この一か月、お嬢様との特訓をお傍で拝見しておりましたが、あのお嬢様の攻撃をあそこまで防がれたのは殿下だけです」

「……悪いが信用できない」

「こんなにハロルド殿下を応援している部下に、そのお言葉は酷いのではないでしょうか」

モニカはジト目を向けて抗議するが、本当に強くなった実感がないのだからしょうがない。

だってあれだぞ？　この一か月間死に物狂いでサンドラの特訓を受けたのに、結局は彼女の攻撃を四割程度しか防ぐことができなかったんだからな。

「ハア……分かりました。ハロルド殿下がセドリック様に勝利したあかつきには、このモニカ＝アシュトン、とっておきのご褒美をご用意いたします。これで文句ありませんよね？」

「嫌な予感しかしないから却下」

「酷いです」

そんなくだらないやり取りを繰り返していると、立ち並ぶ邸宅の中でもひときわ大きな屋敷の門をくぐった。

ここがサンドラの暮らすシュヴァリエ家のタウンハウスだ。

「ハル様、お待ちしておりました」

馬車から降りる僕を、サンドラが優雅にカーテシーをして出迎える。

セドリックの姿がないところを見ると、彼は僕を歓迎するつもりはないらしい。

それもそうか。セドリックにとって僕は溺愛《できあい》する妹を奪う敵。むしろ敷居を跨《また》がせてくれただけでもかなり譲歩したと言える。

その分、この後の決闘で鬱憤《うっぷん》を晴らすつもりだろうが。

「では、どうぞこちらへ」

サンドラに案内され、僕達は屋敷の中へ入る。

王宮以外の建物の中に入るのが初めてのキャスは、さっきからきょろきょろと周囲を見回していた。

「ハロルド殿下、お待ちしておりました」

部屋に通されると、既に動きやすい訓練着を身に纏《まと》うセドリックがにこやかな笑顔の仮面を貼《は》りつけ、握手を求めてきた。

「こちらこそ、本日はどうぞよろしくお願いします」

僕はあえて手を握らず、胸に手を当ててお辞儀をする。

フフフ、分かっているぞ。僕が握手をした瞬間、思いきり握り潰すつもりだろう？　その証拠に、不機嫌を隠せずに糸目が開いているじゃないか。

「では、早速手合わせを……」

「お兄様、ハル様は到着されたばかりです。さすがにそれはどうかと」

「う……そ、そうだな」

サンドラに睨まれ、セドリックは言葉を詰まらせる。

ひょっとしたらこれも、確実に勝利するための策略なのかもしれない。いや、姑息《こそく》だな。

ということで。

「えへへ。ハル、美味しいね！」

僕の膝の上で、器用にお菓子を頬張《ほおば》るキャス。望みが叶《かな》いご機嫌なようで何よりだ。

「キャスさん、こちらのマカロンも美味しいですよ？」

「いえいえ、このマドレーヌこそ至高です」

僕の両脇《わき》に座るサンドラとモニカは、そんなキャスにせっせと餌付《えづ》けをしていた。キャスが可愛いのは分かるが、おかげでさっきから僕の膝の上がお菓子の食べかすに塗《まみ》れていることに気づいてほしい。

「コホン……そういえば、今日の試合の条件などを決めておりませんでした」

白々しくセドリックは咳払《せきばら》いをし、話を切り出した。

この時点で何を要求されるのかある程度理解できるが、とりあえずは大人しく話を聞こう。

「この試合は、ハロルド殿下がサンドラに相応しい……」

「お兄様。私は『サンドラ』と呼ぶことを許可した覚えはありませんが」

「そそ、そうだったな！」

どさくさに紛れて愛称で呼ぼうとしたセドリックだが、サンドラに睨まれ慌てて取り繕った。

実の兄なのにこの扱い、少しだけ不憫に思う。

「とにかく、今日の試合はアレクサンドラに相応しい御方であるかどうかを見定めるためのもの。そのため殿下には、やはり覚悟とアレクサンドラへの想いを見せていただきたい」

「……というと？」

「ハロルド殿下が勝利した時は二人の婚約を祝福し、シュヴァリエ家の次期当主として全力で支援を約束しましょう。ただし……俺が勝利した時は、殿下自ら国王陛下に婚約解消を願い出てもらいます」

やっぱりこんなことだろうと思った。

シスコン兄貴が、僕とサンドラの婚約を認めているはずがないのだから。

「お兄様、いくらハル様の勝利が約束されているとはいえ、それはあまりにも姑息というもの。そのような条件をつけるのであれば、私がハル様に代わってお相手して差し上げてもよろしいのですよ？」

「っ⁉　ま、待て！　それでは意味がないだろう⁉」

サンドラの雰囲気が豹変《ひょうへん》しセドリックは慌てるが、それでも提示した条件を取り下げるつもりはないようだ。

きっと彼は、この条件を呑《の》まない限り僕のことを永遠に認めるつもりはないだろう。シスコンとは拗《こじ》らせるとこんなにも面倒な生き物なのか。

だけど。

「分かりました」

「ハル様……よろしいのですか？」

「サンドラ。僕は勝つためにこの一か月の特訓に耐え、ここにいるんだ。どんな条件を提示されたとしても、僕は絶対に負けない」

などと強気なことを言ってみたが、心の中では今にも逃げ出したい。

僕は『エンハザ』最弱の噛ませ犬キャラ、ハロルド＝ウェル＝デハウバルズなのだから、そもそもヒロインと同等の強さを誇るセドリックに普通なら勝ち目がないことも分かっている。

でも……それでも、やるしかないんだ。

「……いいでしょう。では、まいりましょうか」

僕の勝利宣言が気に入らなかったのか、セドリックは憮然《ぶぜん》とした表情で席を立つ。

そんな彼の後に続き、向かったのはシュヴァリエ邸の中庭にある訓練場へと向かう。

その途中。

「ふふ……やはりハル様、ですね」

口の端を吊り上げ、サンドラがそう呟く。

まるでこうなることが、最初から分かっていたかのように。

なら、その期待を裏切るわけにはいかないな。

僕は覚悟と決意を込めて拳を握りしめ、訓練場へと足を踏み入れた。

「先程も申し上げたとおり、俺はハロルド殿下の覚悟と想いを知りたい。なのでこの試合は、真剣によるものとしましょう」

そう言うと、セドリックは傍に控えていたメイドから一振りの刀を受け取る。

あれは……セドリックの専用武器、『紅蓮百花《ぐれんひゃっか》コテイトウ』か。

残念ながら彼はイベントボス扱いのため、ヒロインやライバルキャラよりも専用武器のレアリティは一段劣りＳＳＲ。

とはいえ、それでも物理攻撃力の上昇効果は武器の中でも上位に位置する。

オマケに固有スキルの【紅蓮乱舞《ぐれんらんぶ》】は、一ターンで五回の連撃を加えることができるという優れもの。厄介な武器であることには変わりない。

どうやらセドリックは本気で僕に勝つつもりどころか、下手をすれば僕を殺しかねないな。

何せ犯罪級のシスコン兄貴だから。

それでも。

「ええ、そのつもりでしたよ」

僕は澄ました表情で、あえてそう言い放ってみせる。

僕がビビると思っていたんだろうが、そもそも『エンハザ』で主人公と決闘する時も同じ要求を突きつけていたから驚くはずがない。

「キャス……僕と一緒に闘ってくれるか？」

「もちろん！　ボクはハルの相棒だからね！」

広げた僕の左手に飛び乗り、キャスは『漆黒盾キャスパリーグ』に変身する。

「ハロルド殿下。まさかとは思いますが、その……盾だけで闘うつもりですか？」

「ああ」

怪訝《けげん》な表情で尋ねるセドリックに、僕は力強く頷く。

この『エンゲージ・ハザード』で生き抜くために選んだ、僕だけのたった一つの武器。これ以外の武器を使用するなんて、僕にはもう考えられない。

「盾を選んだのはハロルド殿下。言っておきますが、手加減は一切いたしませんよ？」

「それで構わない。僕は、僕の相棒とともに勝利をつかむ」

気づけば僕は敬語を使うことを忘れ、今まさに始まろうとしているセドリックとの闘いに集中していた。

そうだ、僕は勝つ。

勝ってセドリックに僕とサンドラの婚約を強引《ごういん》に認めさせてやる。

「では……始め！」

審判を務めるモニカの合図と同時に、セドリックが地面を蹴《け》って一気に距離を詰める。

このスピード、セドリックの固有スキル【身体強化】を使っているな。

だけど。

「っ⁉」

「そう簡単にやらせない」

セドリックの放った一撃を、僕は冷静に受け止めた。

『漆黒盾キャスパリーグ』の恩恵もさることながら、セドリックが【身体強化】スキルを使ってもなお対応できるのは、サンドラとの特訓の成果のおかげ。

スピード、一撃の威力、いずれもサンドラには遠く及ばない。

というか。

「サンドラ！」

僕は思わず、訓練場の端で見守ってくれている彼女を見る。

『エンハザ』におけるセドリックの実力を知っているからこそ、こうも簡単に彼の攻撃を受け止めることができたことに僕は驚きを隠せないでいた。

サンドラは微笑みを湛《たた》え頷く。

そうか……君は最初から、こうなることが分かっていたんだな。

でも、逆に分からなくなったこともある。

僕は『エンハザ』でも物理関連の能力値は最低。一方でセドリックは、『エンハザ』に登場するヒロインと同程度の強さを誇る。

だというのに、僕は彼と互角に渡り合うことができた。全キャラの能力を知っている僕にとって、この結果は驚きだ。

……ひょっとしたら、ゲームにはない別の強さがあるのかもしれない。

「……なるほど。これは考えを改めたほうがよさそうだ」

「っ！　来る！」

セドリックが振り下ろした『紅蓮百花コテイトウ』が、五つの刃《やいば》に変わる。

な、なるほど。【紅蓮乱舞】はゲームだと効果音だけが五回鳴る演出のみだが、実際にはこんなモーションになるのか。

「ク……ッ！」

それでも僕は、セドリックの五連撃を全て捌《さば》き切った……んだが。

「っ⁉　攻撃が止まない⁉」

「ははははははははははははは！　どうした！　どうした！」

狂気に満ちた表情のセドリックが攻撃の手を緩めず、僕は防戦一方になる。

ああ、そうか。『エンハザ』でも【紅蓮乱舞】に使用回数の制限や使用後のデバフといったものはない。なら、ＳＰが続く限り何度でも使用可能なのか。

でも。

「チッ！」

僕に全て防御されてしまい、セドリックは一気に飛び退《の》いた。

本当は今の攻撃で仕留めるつもりだったんだろうが、僕が【紅蓮乱舞】を防御してしまったことを踏まえてＳＰ温存に走ったか。

となると。

「…………………」

セドリックは腰を低く落とし、『紅蓮百花コテイトウ』を下段に構える。

無駄な攻撃を控え、次の一撃に懸けるつもりか。

「……まさかハロルド殿下が、ここまでやるとは思いませんでしたよ」

こうやってわざわざ話しかけてきたのも、そのための準備だろう。

すると。

「ハル、今なら攻撃のチャンスだよ。【スナッチ】で一気にやっつけちゃえば……」

「いや、この勝負で【スナッチ】は使わない」

「っ⁉　どうしてさ！」

僕の言葉を受け、キャスは思わず叫ぶ。

そうだな。キャスからすればこんなことは無意味だし、納得できるわけがないよな。

それでも。

「これは、僕の意地なんだ。【スナッチ】を使わずに、相手の攻撃を全て受け切った上で勝利してみせる」

セドリックはどうしようもないシスコンだが、それでも潔く敗北を受け入れることができるキャラだということを、僕は知っている。

『エンハザ』のアレクサンドラルートで主人公に敗れた時も、たとえどのような勝ち方であったとしても、最終的に勝利した主人公を讃《たた》えた。

だが、それだけでは僕自身が納得できない。

セドリックに【スナッチ】を使用せずに完全勝利して、僕は示すんだ。

――この僕こそが、サンドラの隣に立つ資格があるのだと。


「一緒に闘ってくれているキャスには悪いと思うが……」

「ニャハ、しょうがないね。相棒の我儘《わがまま》に付き合うのも、ボクの役目だもん」

「キャス……」

はは……やっぱり僕の相棒は最高だ。

なら、目の前にいる未来の兄に、見せてやるさ。

僕と相棒の、定められた運命に立ち向かうための強さを。

「うおおおおおおおおおおおおおおおおおッッッ！」

セドリックは地面を蹴り、飛び上がって振りかぶる。

もう一つの必殺スキル……【紅蓮乱舞】の五連撃の威力をただの一撃に秘めた、【紅蓮両断《ぐれんりょうだん》】を放つために。

「さあ来い！　その技、僕と相棒で防いでみせるッッッ！」

炎を纏った強烈な一撃が、上に構えた『漆黒盾キャスパリーグ』へと叩き落とされる。

その威力は、あの暴食獣ヘンウェンの【暴君《ぼうくん》の息吹《いぶき》】よりも重い。

だが。

「ば……馬鹿、な……っ」

僕は一度も膝を折ることもなく、見事に【紅蓮両断】を受け切ってみせた。

毎日の特訓で、たとえ四割とはいえあのサンドラの攻撃に耐えている。それに比べれば、セドリックの攻撃は軽い。

加えて【紅蓮両断】は威力に特化しているためにモーションも大きく、攻撃の軌道も上段から振り下ろすだけ。僕が防げないはずがないんだ。

「ここだあああああああああああああああああッッッ！」

『紅蓮百花コテイトウ』を弾《はじ》き飛ばし、セドリックの上半身ががら空きとなった。

「ハル様！　今です！」

「ハロルド殿下、決めてしまいましょう」

「ハル！　やっちゃえ！」

最推しのヒロインでたった一人の婚約者と、揶揄ってばかりだけど憎めない優秀な専属メイド、そしてかけがえのない相棒の声援を受け、僕は『漆黒盾キャスパリーグ』を思いきり横薙ぎに振るった。

そして。

「く……そ……っ」

――この勝負、僕の勝ちだ。

◇◆◇◆◇

「ハロルド殿下。申し上げておきますが、俺は元々シュヴァリエ家の中でも武よりも内政においてこそ才能を発揮しております。ですので今回の結果は決して俺の実力の全てではないことを、ご承知おきください」

ええー……セドリック、メッチャ早口で言い訳するじゃないか。

というか、最初に僕に決闘を申し込んだのはあなたですよね？

「お兄様、見苦しいですよ。素直にハル様の実力をお認めになられてはいかがですか？」

「う、うう……」

サンドラに冷ややかな視線を向けられ、セドリックは唸《うな》る。

だが、仮に内政面で勝負したとしたら、それこそ僕の圧勝になると思うが。

何故なら僕には前世で大学生だった頃の知識があるんだ。しかも経済学部だし。ラノベあるあるの内政チートで無双する未来しか見えない。

ただし、僕の内政チートの出番はバッドエンドを回避してからだ。それまでは何が起こるか分からないので、大人しくしておくに限る。

「ハア……分かったよ。負けを認める」

大きく溜息を吐いたセドリックは、両手を上げて苦虫を噛み潰した表情でかぶりを振った。

往生際は悪いがそれでもこうやって受け入れる姿は、まさしく『エンハザ』のシスコン兄貴、セドリック＝オブ＝シュヴァリエその人だ。

「ですが殿下。負け惜しみというわけではありませんが、最後の一撃は非情に軽いものでした。残念ながら生死のやり取りをする戦場では通用しないでしょう。やはり盾だけではなく、剣などの武器を持つことにしたほうが……」

「必要ありません。だって僕には、剣も、弓も、魔法だって備わっているから」

「……それは私を見くびって、盾しか使われなかったということですか？」

セドリックが糸目を開き、青い瞳で僕を睨む。

ひょっとしたら彼は、僕が見下したと誤解したのかもしれない。

「違います。僕は剣も弓も、魔法だって使えない」

「？　では、どういうことですか？」

はは、分からないよな。

でも……僕は手にしたんだ。

サンドラと婚約して、モニカが僕の専属メイドになって、キャスが相棒になったおかげで。

「……僕の剣はサンドラです。弓はモニカ、魔法はキャス。僕に剣や弓の才能がなくても、魔法が使えなくでも、全然構わない」

僕はサンドラ、モニカ、キャスを見てにこり、と微笑むと。

「なら、僕は守るだけです。剣を、弓を、魔法を……いや、『大切なもの』を」

「『大切なもの』を守る、ですか……」

セドリックは視線を落とし、ぽつり、と呟く。

そうだ。僕は『大切なもの』を守り抜くだけ。そのために、僕は盾を選んだのだから。

「ハロルド殿下」

勢いよく顔を上げ、セドリックが僕を見つめた。

その表情に、先程まであった僕に対する嫌悪感は見受けられない。

「？　は、はい」

「アレクサンドラを……妹を、よろしくお願いします」

深々と頭を下げるセドリック。

その姿は間違いなく、大切な妹の幸せを願う一人の兄だった。

「はい……僕は絶対に、サンドラを幸せにしてみせます。ですから、これからどうぞよろしくお願いします。義兄上《あにうえ》」

僕も負けじと、深々と頭を下げる。

――この『エンゲージ・ハザード』という世界を生き抜き、最推しのヒロインも救ってみせると誓って。

幕間　妹溺愛系公爵子息の憂鬱

■セドリック＝オブ＝シュヴァリエ視点

「であるからして……」

ハロルド殿下との試合から一夜明け、王立学院の教室。

今日もいつもどおりのつまらない授業をそっちのけで、俺《おれ》は腕組みしながら悶々《もんもん》としていた。

もちろん、最愛の妹とその婚約者であるハロルド殿下のことについて。

アレクサンドラが父上の印章を勝手に持ち出してあの『無能の悪童《あくどう》王子』と婚約をしたと知った時には卒倒したが、既に後の祭り。王家との契約である以上、覆すこともできない。

それに父上もアレクサンドラを咎《とが》めようとしたらしいが、逆に【竜の寵愛《ちょうあい》】が発動して返り討ちに遭ったというから、とてもじゃないが手に負えない。

シュヴァリエ家は王国で最も規模が大きく最も地位の高い貴族家。アレクサンドラと釣り合いの取れる相手となると王族くらいしかないので、結果的に王家に婚約を打診したことは間違いじゃない。間違いじゃないんだが……。

「よりによってハロルド殿下だとは……」

この国の貴族で『無能の悪童王子』のことを知らない者はいない。

常に傲慢《ごうまん》かつ尊大な振る舞いを見せ、目上の者には卑屈に媚《こ》び諂《へつら》い、下の者はどこまでも見下す。当の本人は、その二つ名のとおり才能の欠片《かけら》も持ち合わせていない。

だが。

「結局、それらは全《すべ》て偽りだったがね」

先日のハロルド殿下との試合を思い出し、俺は無意識に口の端を持ち上げる。

あの闘いの中で、彼は確かに見せてくれた。

アレクサンドラの婚約者として隣に立つという、覚悟と想《おも》いを。

「ハア……これでも俺は、王立学院でもそこそこ強い部類に入るんだけどな……」

別に自慢するわけではないが、先日の実技試験においてもカーディス殿下と引き分けるほどの実力がある。

だがそれでも、俺はハロルド殿下に負けたのだ。それも、彼は本当の実力を隠したままで。

もちろん俺だって、今さら王家との婚約を破棄できるとも考えていない。試合にかこつけて、精々《せいぜい》胸を貸してやる程度の軽い憂さ晴らしのつもりだった。

そんな気持ちは、最初の一撃を見事に防がれてしまった時点で、あっという間に霧散してしまったがね。

そこからは俺の持つ二つの祝福《ギフト》、【紅蓮乱舞《ぐれんらんぶ》】と【紅蓮両断《ぐれんりょうだん》】まで使ったにもかかわらずそれすらも通用しなかった。

この世界では誰《だれ》しもが神から祝福《ギフト》を与えられ、自分の中にあるマナを代償として祝福《ギフト》を使用できる。

祝福《ギフト》の能力には個人差があり、それは才能が大きく影響する。もちろんこれだけで人の価値が決まるものではないが、それでも人々はこの祝福《ギフト》の優劣によって世界のヒエラルキーを生み出していることも事実だ。

だからこそハロルド殿下は、『無能の悪童王子』と呼ばれているのだから。

そう……デハウバルズの王族は代々、【デハウバルズの紋章】をはじめとした優れた祝福《ギフト》を授《さず》かる。第一王子のカーディス殿下と第二王子のラファエル殿下はおろか、『穢《けが》れた王子』と呼ばれる第四王子のウィルフレッド殿下すらも。

だがハロルド殿下には、【デハウバルズの紋章】がないのだ。

それだけではない。【デハウバルズの紋章】だけでなく、これまで一度もハロルド殿下が祝福《ギフト》を使用したところを見た者がいない。

「……いずれにせよ、俺がハロルド殿下に敗北したことは事実。祝福《ギフト》があるかないかに関係なく、な」

今さらそんなことを考えても仕方がない。結果は結果として受け入れ、アレクサンドラとハロルド殿下の婚約を……祝福なんてできるか！

まあいい。これからはこの俺が兄としてハロルド殿下を見定めてやる。少しでもアレクサンドラに相応《ふさわ》しくないと分かったら、その時はシュヴァリエ家の全てをもって、二人の仲を……って。

「セドリック、どうしたのだ？」

いつの間にかクラスメイトでもあるカーディス殿下が、不思議そうな顔で声をかけてきた。

どうやら、既に授業が終わっていたようだ。

「ああいえ、少し考え事をしていたもので……」

「そうか」

……ん？　カーディス殿下はどうして俺の傍《そば》から離れない？

それによく見ると、俺の顔色を窺《うかが》っているようにも見える。

「カーディス殿下こそ、どうなさったのですか？　何か俺にご用が……」

「あ、ああ、実は……」

隣の席に腰かけ、カーディス殿下が訥々《とつとつ》と語り始める。

国王陛下からの要請を受け、あの『穢れた王子』と呼ばれるウィルフレッド殿下を自身の派閥の領袖《りょうしゅう》として迎え入れたこと。

そのことが原因で、ハロルド殿下が派閥から離脱することを。

「……何を考えているのか分からんが、あいつはウィルフレッドにそう伝えたそうだ。きっとよからぬ連中が、馬鹿《ばか》で単純なハロルドをそそのかしたのだろう」

「ですが誰かがそそのかしたというより、むしろウィルフレッド殿下がカーディス殿下の派閥に入ったことを問題視しているのではないでしょうか」

「む……ひょっとして、既に先日の話を聞いていたのか？」

「ええ、妹から」

俺が頷《うなず》くと、カーディスは苦虫を噛《か》み潰《つぶ》したような表情を浮かべる。

やはり彼にとっても、このことはバツが悪いようだ。

「だがウィルフレッドのことは国王陛下から要請されたのだ。これぱかりは仕方あるまい」

「本当にそうでしょうか」

「…………………………」

やはりウィルフレッド殿下を派閥に入れたのは、頼まれたからというような単純な理由でなさそうだ。

その証拠に、俺が少し指摘しただけでカーディス殿下は押し黙ってしまった。

「いずれにせよカーディス殿下は、ハロルド殿下とウィルフレッド殿下の、いずれかを選ばなければなりません」

先日の試合の後、俺は久々のアレクサンドラとの二人きりの夕食の場で聞かされた。

ハロルド殿下とウィルフレッド殿下、そしてアレクサンドラの因縁について。

だから二人が『穢れた王子』を拒絶することも理解できるし、そんな彼を受け入れたカーディス殿下と袂《たもと》を分かったのも仕方のないことだと思う。

「……分かった、もういい」

カーディス殿下は立ち上がり踵《きびす》を返すと、従者を引き連れて教室から出て行った。

「ふう……」

迷っている様子だったが、あの様子だとウィルフレッド殿下を選ぶようだ。それだけ国王陛下から提示された条件がよかったのだろう。

同じ母親を持つ弟を捨て、『穢れた王子』を抱え込んでも、次の国王の座に執着するか。

「……どちらにしても、俺のやるべきことは決まっている」

そもそもシュヴァリエ家の真の当主はアレクサンドラ。『竜の眷属《けんぞく》』に過ぎない俺は、最愛の妹の決定に従うのみ。

それに、先日の試合でハロルド殿下の人となりを知り、加えてアレクサンドラとカーディス殿下の話で、置かれている境遇や因縁についても理解した。

このセドリック＝オブ＝シュヴァリエ、先日のパーティーの場での約束どおり、これからはハロルド殿下の力になると誓おう。

だが。

「だからといって、俺はまだ二人のことを認めていないからな！」

第三章 腹黒聖女とくっころ女聖騎士

「ハル様、こちらの魚のソテーも美味《おい》しいですよ」

サンドラの兄君であるセドリックとの決闘の次の日。

午前の特訓を終え、僕はサンドラと昼食を楽しんでいた。楽しい、んだが……。

「……自分で食べられるから」

「もちろん存じ上げております。ですが、このように婚約者同士スキンシップを図ることはとても大切だと思います。そうよね、モニカ」

「否定はいたしませんが、ハロルド殿下は少々お困りのご様子。ここはこのモニカが、お嬢様に代わって食事のお手伝いを……」

「駄目に決まっているでしょう⁉」

とまあ、隣に座りフィッシュスプーンで綺麗《きれい》に切り分けた魚を食べさせようとしてくれるサンドラを、何故《なぜ》か邪魔をして逆に食べさせようとしてくるモニカ。

今日も仲良さげで何よりだが、二人がそんなやり取りをしてる間、僕は料理に口をつけることができずにいるんだが。お願いだから自分で食べさせてほしい。

「はふう……今日もお腹《なか》いっぱい……」

キャスはいいな……自由に食べることができて。

猫可愛《ねこかわい》がりな二人がキャスに嫌われたくないからと、メッチャ気を遣っているからな。というか王子の僕よりも丁重に扱われている魔獣って一体。

そんな二人と一匹を、遠い目をして見つめていると。

「あ、あの……し、失礼いたします……」

一人のメイドが、どこか怯《おび》えた様子で食堂入ってきた。

前世の記憶を取り戻してからは以前のような振る舞いはするまいと気を遣ってはいるものの、そう簡単に『無能の悪童《あくどう》王子』という評価が覆るはずもなく、今もこうして使用人達からは畏怖《いふ》と侮蔑《ぶべつ》の対象となっている……はずなんだが、様子がおかしくないか？

「どうした？」

「あ……そ、その、カーディス殿下が王立学院からお戻りになられ、ハロルド殿下をお呼びするようにと……」

なるほど、派閥を抜ける件だな。馬鹿《ばか》なことを言い出した僕を叱責《しっせき》するつもりなんだろう。

こうなることは最初から分かっていたし、覚悟もしていた。

「分かった、すぐに会うとしよう。だから兄上に……は、伝えなくていい。どこにいるかだけ教えてくれ」

「っ⁉　は、はい！」

カーディスへの伝言を頼もうかとも思ったが、メイドの表情が凍り付いたのを見て、僕はできる限り優しく告げた……つもりだ。

メイドは目を見開くと、表情を明るくさせて勢いよく頷《うなず》いた。怖がらせずに済んで何より。

だが、なるほど……カーディスはかなりご立腹の様子。

少なくとも、ただ僕を呼びに行かせただけのメイドが、ここまで怯えるくらいには。

僕はナプキンをテーブルに置き、立ち上がる……って。

「サンドラ？」

「カーディス殿下とお会いになるのであれば、婚約者のこの私も同席します。それに、殿下の目的はむしろシュヴァリエ家にあると思いますので」

同じく席を立ったサンドラが、表情を変えずに淡々と答えた。

確かにカーディスはシュヴァリエ家の支援を狙《ねら》っているからこそ、僕の派閥離脱を受けての呼び出しではあるが、だからといって彼女が同席する必要はない。

本当は、一緒にいることでカーディスが僕を責められないようにするためだということくらい、分かっているとも。

たとえ実の弟だからって、さすがのカーディスも婚約者の前で叱責することは憚《はばか》られるだろうから。

「ハア……僕の婚約者、優しすぎるだろ」

「？　ハル様？」

「いい、いや！　なんでもない！」

嬉《うれ》しくて両手で顔を覆《おお》っていたところをサンドラに不思議そうに尋ねられ、僕は慌ててかぶりを振る。

いけない、つい思っていることを呟《つぶや》いてしまった。幸いにもはっきりとは聞かれていなかったようだが、今度から気をつけよう。

「ハロルド殿下、そういうことははっきりとお伝えしたほうがよろしいかと。ちなみにこのモニカも負けてはおりませんが」

んぐ……しっかり聞かれていたじゃないか……っ。

◇◆◇◆◇

「お前をここへ呼び出した意味は、理解しているな」

「…………」

仏頂面のカーディスが、サンドラが同席していることすら忘れて低い声で告げた。

それくらい、カーディスは怒っているらしい。

「何もできないお前が、私の派閥から離れてどうなる。今さら王太子の座を狙って私と争うとも思えんしな」

ハア……そういえばカーディスは、いつもこうやって僕のことを頭ごなしに否定するよな。こういうところ、母のマーガレットにそっくりだ。

「……『何もできない』僕を派閥に置いて、何になるというのです。それに兄上は、ウィルフレッドという新たな右腕を派閥に加えたではありませんか」

「フン……なんだ、ひょっとして拗《す》ねているのか？」

僕の派閥離脱の理由をそう捉《とら》えたカーディスは、僕を見て鼻で笑った。

彼からすれば、そんな些細《ささい》なことで情けないとでも思っているのだろう。

だが『エンハザ』で噛ませ犬としてバッドエンドを迎えてしまう僕からすれば、ウィルフレッドは天敵なんだ。何と言われても、引き続きカーディスの派閥に留《とど》まるという選択肢はあり得ない。

それ以上に、あの男が幼い頃《ころ》にサンドラにした仕打ちを絶対に許せない。

なので。

「どう思っていただいても構いません。とにかく僕は、ウィルフレッドと一緒に肩を並べることだけは絶対に受け入れられない」

「っ⁉」

これまで一度たりとも逆らったことがない僕……ハロルドは、強い口調で初めてカーディスを拒絶した。

あの『エンゲージ・ハザード』のハロルドなら、派閥に残りつつウィルフレッドを失脚させるために動いていただろうが、あいにく僕はそうじゃない。

ウィルフレッドなんかと関《かか》わり合いになど絶対になりたくないし、別にカーディスに認めてもらいたいとも思わない。もちろん、母親のマーガレットにも。

だから僕がカーディスの派閥にいるメリットは何一つなく、むしろデメリットだらけだ。

それに。

「…………………………」

表情は変わらなくても、今もこうして僕のために青の瞳《ひとみ》に怒りを湛《たた》えてくれているサンドラのためにも、僕自身が卑屈になってたまるか。

「そんなもの、認めるわけにはいかん！　お前は私と同じ母を持つ肉親であり、第三王子なのだぞ！　それをくだらない理由で裏切るというのか！」

「では逆にお尋ねしますが、いくら陛下からの依頼とはいえ、何故ウィルフレッドを派閥に加えたのですか。アイツこそ、マーガレット妃殿下が最も忌み嫌っている王子ではないですか」

そんなことはいちいち尋ねなくても、エイバル王と裏取引をしているからに違いないが。

だからといってマーガレットがアイツを派閥の領袖に据えることを、認めるはずがない。

ウィルフレッドの母でありエイバル王の愛人であるサマンサを憎んでいる、あの女が。

「そもそも妃殿下は、このことをご存知なのですか？」

「……母上には、後で説明するつもりだった」

「これでは話になりません。いずれにせよウィルフレッドが派閥にいる以上、兄上に与《くみ》するつもりはありません。……いえ、違いますね。ウィルフレッドを一度でも受け入れた兄上に、僕は手を貸したくない」

「っ！　貴様ッッッ！」

さすがに『無能の悪童王子』に三下り半を突きつけられたんだ。そのプライドはこれ以上ないほど傷つけられたことだろう。

カーディスは勢いよく立ち上がり、烈火のごとく怒っている。

僕も僕で、言いたいことは言った。これ以上ここにいる必要もない。

「……一緒に来てくれたのに、醜い兄弟喧嘩《けんか》を見せてしまい申し訳ない。行こう」

「はい」

お辞儀をして手を差し出す僕の手に、サンドラがごつごつした小さな手を添えてくれた。

彼女の様子を窺《うかが》うと、先程の怒りを湛えた瞳が柔らかくなっている。

「待て！　この私を無視するのか！」

カーディスが何か叫んでいるが、知ったことじゃない。

僕達は今もなお叫んでいるカーディスを置き去りにし、部屋を出た……んだが。

「やあ」

なんでラファエルが、部屋の前で待ち構えているんだ？

「そ、その……」

「ああ。メイドからハロルドがすごい剣幕の兄上に呼び出されたと聞いてね。ちょっと様子を見に来たんだよ」

見ると、先程のメイドがラファエルの後ろに控えている。

ただ、心配そうな表情でこちらを見ていたので、ひょっとしたら僕達のためにラファエルを呼びに行ってくれたのかもしれない。

「それで……兄上の用件は、何だったのかな？」

王族特有の灰色の瞳で見つめるラファエル。

その表情はにこやかで、知らない者ならついつい心を開いてしまいそうになるが、僕は絶対に絆《ほだ》されたりしないぞ。

その時。

「……なるほど、そういうことか」

背後から聞こえる、腹の底に響くような低い声。

僕を追って部屋から出てきたカーディスのものだ。

「ハロルド。貴様は実の兄であるこの私を裏切り、ラファエルと手を結ぶというのだな？　これまでの恩を忘れて」

「あー……そういうことね」

今の一言で色々と察したラファエルが、興味深そうに僕とカーディスを交互に見る。

だけど、ちょっと悪い顔をしているな……。

それは置いといて、『裏切り』っていうのは心外だ。

最初に僕を裏切って勝手にウィルフレッドを派閥に引き込んだのは、カーディスなのに。

「行こうサンドラ。これ以上付き合いきれない」

「そうですね」

呆《あき》れる僕の心を汲《く》み取ってくれたのか、サンドラはすぐに相槌《あいづち》を打ってくれた。

その心遣いで、カーディスのせいでもやもやした僕の心が落ち着く。

「貴様がそのつもりなら、こちらにも考えがある！　このままで済むと思うな！」

このままで済まないって、一体何をやらかすつもりだろうか。

いずれにしてもこれ以上落ちる評価もないし、どうでもいい。

僕達はカーディスを無視し、部屋へと戻ろうとすると。

「ハロルド。せっかくだから、兄上の言葉どおりに僕と手を結ぶ気はないかい？」

……ラファエルから、正式に派閥に勧誘されたんだが。

「その……記憶が確かなら、ラファエル兄上は僕のことが好きじゃないのでは」

「どうだろう。少なくとも兄上よりは嫌いじゃないよ」

嫌な言い回しをする……結局のところカーディスよりはましだが、それでも嫌い寄りだということじゃないか。

「ラファエル兄上も、僕の母親がカーディス兄上と同じマーガレット妃殿下であることは、ご存知だと思いますが……」

「……ハロルドは、どうしてそんなことを聞くのかな？」

あ、しまった。ラファエルがマザコンだってことは、あくまでも『エンハザ』の設定として知っているのだから、言ったら駄目じゃないか。

おかげで彼の周りの気温が、間違いなく二、三度は下がった。

「そ、その……みんな知っています。マーガレット妃殿下が、ローズマリー妃殿下のことをぞんざいに扱っていることは。なら、ローズマリー妃殿下の実の息子であるラファエル兄上が、僕やカーディス兄上に対して思うところがないはずがない」

「へえ……よく見ているじゃないか」

にこり、と微笑《ほほえ》むラファエルだが、その瞳は一切《いっさい》笑っていない。それどころかハイライトが消えてないか？　メッチャ怖い。

「まあいいや。質問に答えると、兄上はともかくハロルドはマーガレット妃殿下と深く関わっていない。なら別に、僕達が敵対する必要もないじゃないか」

「それはまあ……」

「こうして兄上と袂《たもと》を分かった今、もはやハロルドが義理立てする必要もないし、ましてマーガレット妃殿下に気を遣う必要もないと思うけど？」

ラファエルの言うことはもっともだ。

そもそも今回の件はカーディスがウィルフレッドを引き入れたことが原因なのだから。

それに、先程のカーディスの言葉。

『貴様がそのつもりなら、こちらにも考えがある！　このままで済むと思うな！』

これって、後で絶対に意趣返しするつもりだよな。

ならラファエルの庇護《ひご》下に入り、彼に守ってもらうという選択肢もあるのかもしれない。

でも。

「申し出はありがたいのですが……」

「何故だい？　今も言ったように、義理立ては不要だろう。なら、今後を考えれば、そのほうが絶対にいいに決まっているけど」

「もちろん理解しています」

そう……ラファエルの提案がそれなりに魅力的だということは、分かってはいるんだ。

ただし『エンハザ』本編が始まるまでの、つなぎの間だけを考えるのならば。

そもそも本編が開始されると、ラファエルもいずれウィルフレッドの仲間になることは確定している。

アイツの引き立て役である僕からすれば、敵の中に身を置いていることに他ならない。

バッドエンド回避を前提として考えると、ラファエルに接近することは得策じゃない。

……なんてもっともらしい理由を並べてみたものの、一番の理由はサンドラとシュヴァリエ家を巻き込みたくないから。

ラファエルのことだから、僕を勧誘したのはカーディスとマーガレットへの嫌がらせであることはもちろんのこと、シュヴァリエ家を取り込みたいという思惑もあるに違いない。

バッドエンド回避も大事だが、それ以上に『大切なもの』に何かあったらもっと嫌だから。

「あ……その、誤解しないでほしいのですが、僕はラファエル兄上に遠慮しているわけではありません」

「だったらどうして断るのかな？　ひょっとして、お前も王太子の座を狙っているのかい？」

「まさか。そんなもの、こちらから願い下げです」

表情こそ笑っているが瞳は一切笑っていないラファエルに、僕ははっきりと答える。

「とにかく、これだけは言わせてください。僕は王位継承争いに一切関わりを持つつもりはないですし、協力も邪魔もしません、なので僕のことは空気か何かのように扱ってください」

わざと恭しく一礼してそう告げると、ラファエルから感じていたプレッシャーが緩んだ。

少なくとも、僕を敵だとは思わないでくれたようで何よりだ。

「ふう……ここまで意思が固いのなら仕方ないね。今回は諦《あきら》めるとするよ」

「そうしていただけると助かります」

というか、今回どころか未来永劫《えいごう》諦めてほしいんだが。

「だけど」

「っ⁉」

「困ったことがあったら、いつでも言ってくれよ？　僕達は、兄弟なんだから」

「は、はは……」

一瞬で僕に詰め寄ったラファエルだが、鼻が触れるほど顔を近づけてにこり、と微笑む。

今のはラファエルの光属性スキルの一つ、【光の扉】だろう。一瞬で好きなところに転移できる、ふざけた能力だ。ハロルドとは大違いである。

「じゃあ、そういうことで」

ラファエルは手をヒラヒラと振り、深々とお辞儀をするメイドを連れてこの場を去った。

「ハア……疲れた」

「そうですね」

大きく溜息《ためいき》を吐《つ》いて話しかけると、サンドラが頷く。

表情こそ変わらないものの、どこか嬉しそうに見えるのは気のせいだろうか。

「……やはりハル様は、あの日から変わらない」

「え……？」

「何でもありません」

ぷい、と顔を逸《そ》らしてしまうサンドラ。

でも、やはり僕には彼女が喜んでいるように思えた。

◇◆◇◆◇

「ま、待って……！もう……む、り……っ」

「ハル様ならまだいけます。もう一度手合わせいたしましょう」

「ヒイイ⁉」

セドリックとの決闘から一か月が経《た》ち、僕は今日も王宮内の訓練場でサンドラの指導を受けていた。

一か月前と比べ、練習量はおよそ五倍。このままでは強くなる前にオーバーワークで身体《からだ》が壊れてしまう。

「ニャハハ！　ハル、頑張れー！」

呑気《のんき》に声援を送るのは『漆黒盾キャスパリーグ』に変身した相棒のキャス。魔法関連の経験値を稼ぐために特訓は常に『漆黒盾キャスパリーグ』で行っている。

その甲斐《かい》あって、今ではキャスの固有スキルである【スナッチ】の爪《つめ》のサイズが大きくなり威力もかなり上がった。少なくとも『エンゲージ・ザード』に登場する序盤のモブ敵相手なら、一撃で倒せるだろう。

ここまで強くしてくれたサンドラには本当に感謝しているが、それでも何というか、こう……手心というか……。

サンドラの一撃を受け、そんな泣き言を考えながら地面に転がっていると。

「ハロルド殿下。国王陛下より、すぐに謁見《えっけん》の間に来るようにとの指示がありました」

訓練場を訪れたモニカが恭しく一礼してそう告げた。嫌な予感しかしない。

「モニカ、その……用件は？」

「侍従は何も申してはおりませんが、おそらくはカーディス殿下との一件ではないかと」

「うぐう……」

カーディスがウィルフレッドを派閥に受け入れたのは、そもそもエイバル王の依頼だから。それに反対して離脱を決め込んだ僕に対して、何か言ってくるに決まっているか。実際、エイバル王の決定にケチをつけたわけだからな。

「……ハル様。国王陛下があなた様に対して理不尽な要求や不当な処分を下された場合は、必ず教えてください。その時は、シュヴァリエ家として陛下に抗議いたしますので」

「っ⁉　い、いや、だ、大丈夫だ！」

憮然《ぶぜん》とした表情で告げるサンドラに、僕は慌ててそれを止めた。

前世の記憶を取り戻して知った、サンドラの一面。『氷結の悪女』と呼ばれるだけあって、その性格は苛烈《かれつ》で好戦的だったりする。

「とにかく、僕は国王陛下のところへ行ってくる。その間、サンドラは部屋で休んでいてくれ」

「はい」

ということで、僕は服を着替えて身だしなみを整え、エイバル王の待つ謁見の間へ向かった。

◇◆◇◆◇

「お主《ぬし》達を呼んだのは他でもない。この度〝バルティアン聖王国〟から、使節団が我が国に派遣されることになった」

エイバル王の前で跪《ひざまず》いて顔を伏せる中、僕は心の中で胸を撫《な》で下ろした。

例の派閥の件でお小言を言われるのかと思ったが、別件だったようだ。

だが、バルティアン聖王国か……。

この『エンゲージ・ハザード』の世界においても宗教が存在しており、世界中の教会を統括しているのがバルティアン聖王国だ。

『エンハザ』本編においては、物語のメインの舞台となる王立学院に、バルティアン聖王国から二人のヒロインが留学生として登場する。

聖女の〝クリスティア＝サレルノ〟と、その従者である聖騎士の〝カルラ＝デルミニオ〟だ。

クリスティアは一言で言ってしまえば、ザ・聖女に相応《ふさわ》しく、輝く白銀の髪にエメラルドの瞳、少し垂れ目が特徴のヒロインで、性格はとにかく献身的で慈愛に満ちている一方、おっとりしすぎているせいで主人公や他のヒロイン達と会話がかみ合わないこともしばしば。

……ただし、それらは全《すべ》て仮初《かりそめ》の姿でしかないが。

カルラについては、いわゆる『くっころ系』ヒロインだ。

藍色《あいいろ》の長い髪を巫女《みこ》の垂髪《すべらかし》のように束《たば》ね、同じく藍色の瞳には強い意思を宿す。そういえば『エンハザ』においても、わざわざそんなエフェクトを用意されていたな。

何より彼女のルートで敵に捕らえられるイベントがあるんだが、その時もお約束の『くっ！　殺せ！』という台詞《せりふ》と、大事なところがギリギリのところまで露わになったシーンが印象的だった。

おっと、余計なことを考えている場合じゃない。

エイバル王の話に集中しないと。

「では我々をお呼びになったのは、聖王国の使節団の饗応役《きょうおうやく》を務めろ、ということでしょうか？」

「うむ。話が早くて助かる」

カーディスの問いかけに、エイバル王は満足げに頷く。

どうやらそういうことらしいが、それなら僕には関係なさそうだな。

さすがに王国の恥を、他国に晒《さら》すような真似《まね》はしないだろうから。

順当に考えればカーディスかラファエルが饗応役を務めることで落ち着きそう……って、あれ？　じゃあ、僕やウィルフレッドは、どうしてこの場に呼ばれたんだ？

「本来であればカーディスかラファエルのいずれかに頼むところであるが、今回は聖王国の目的が親善のみのため、王国として特に式典などを行うことも考えてはおらぬ。そのため……」

……嫌な予感しかしない。

しかもエイバル王がメッチャ僕を見ているし。絶対に目を合わさないぞ。

「……此度《こたび》はウィルフレッドに、使節団の饗応役を任せる」

てっきり僕にその役目を押し付けられると思ったが、意外にもエイバル王はウィルフレッドを選択した。じゃあなんで意味深に僕を見ていたんだよ。

だが、エイバル王も思いきった決断をしたものだな。

僕も『無能の悪童王子』だから大概だが、アイツもアイツで『穢《けが》れた王子』と揶揄《やゆ》される存在。体面を重んじる外交を任せるのには相応しくないと思うが。いや、嫉妬《しっと》とかではなく。

「お待ちください。ウィルフレッドはまだ十三歳であり、それに饗応役はおろか王族としての務めすら果たしたこともありません。さすがに荷が重すぎるのでは？」

「なればこそよ。ウィルフレッドにも、そろそろ王族としての責務を果たしてもらわねばな。それにウィルフレッドにはお主がいる。よく助けてやれ」

「はっ……」

カーディスが物申すが、エイバル王にそう言われては受け入れざるを得ない。

ひょっとしたらエイバル王は、今回の聖王国の使節団のことを見越して、ウィルフレッドをカーディスの派閥に入れたのかもしれないな。

三年後にはご乱心するくせに、国王らしくなかなか考えているじゃないか。

そう考えると僕とサンドラの婚約にも、何かしらの思惑とかあるのか？　一番考えられるのは、王家と王国最大の貴族との関係強化だとは思うが。

それも全ては『世界一の婚約者を連れてきた者を、次の王とする』なんて馬鹿なことを宣《のたま》い、全て台無しにするんだが……って。

ここまで考えて、僕は背中に冷たいものを感じた。

もしそれが、全てエイバル王の計算の上で行われたものだったら……。

はは……いや、まさかな。

ふとよぎった可能性をこれ以上考えまいとして、僕はかぶりを振る。

そもそも『エンハザ』本編の出来事は、全て制作者が制作者の都合でシナリオを考えたものであって、エイバル王が考えたものじゃない。だから、そんなことあるはずがない。

自分自身にそう言い聞かせていた、その時。

「陛下。お言葉ながら、ウィルフレッドに経験を積ませることが目的というなら、ハロルドもまた同じ。ならばここは、二人に饗応役を任せるというのはいかがでしょうか」

はああああああ⁉　何を言い出すんだラファエルは⁉

ちょっと気を抜いて余計なことを考えている隙《すき》に、とんでもないことを！

「お。お待ちください！　申し訳ありませんが、僕にそのような大役は務まりません！」

僕は慌ててラファエルの提案を断った。

誰《だれ》が好き好んで、面倒な上にウィルフレッドなんかとそんなことをしなきゃいけないんだ！

断固拒否する！

「ふむ……ラファエルの言うことももっともであるな……」

「っ⁉」

いやいや、エイバル王も考えなくていいから！

お願いだからそっとしておいてくれ！

「よし。バルティアン聖王国の饗応役は、ハロルドとウィルフレッドの両名で務めるように」

「あ……あああ……」

エイバル王のその一言で僕は膝《ひざ》から崩れ落ち、思わず情けない声を漏《も》らしてしまった。

おのれラファエル。オマエのせいで罰ゲーム確定だぞ。どうしてくれよう。

だからラファエル……そんな『僕に感謝するんだよ』的な笑顔で、コッチ見ないでくれ……。

◇◆◇◆◇

「……ということなんだ」

「「ハア……」」

謁見の間での一部始終をサンドラとモニカに説明すると、二人揃《そろ》って溜息を漏らした。

いや、僕も溜息しか出ない。

「王国の顔として聖王国の饗応役を務めること自体はとても名誉なことですが、よりによってウィルフレッド殿下と一緒に、ですか……」

「それに、ウィルフレッド殿下の後ろにはカーディス殿下が控えております。きっと一筋縄ではいかないかと」

サンドラがこめかみを押さえてかぶりを振り、モニカは淡々と事実だけを告げる。

残念ながら僕も二人と同じ結論しか出てこない。

「きっと周囲はハル様とウィルフレッド殿下を比較すると思います。結果次第では、ハル様のお立場がますます悪くなってしまいますね……」

「お願いだから言わないでくれ」

別に第三王子としての評価に興味はないが、そのせいでサンドラとの婚約にまで影響が出てしまったらシャレにならない。

僕の最終目標は、サンドラと婚約したまま二人分のバッドエンドを回避することなのだから。

「それにご存知でしょうか。カーディス殿下と袂を分かった前後から、ハロルド殿下の悪い噂《うわさ》が前にも増して広まっております」

「お待ちなさい。モニカ、それは本当ですか？」

「はい。その原因は、カーディス殿下の派閥に属する貴族から流布されているようです」

あー……これまでは『無能の悪童王子』とはいえ、自称カーディスの右腕を標榜《ひょうぼう》していたからな。渋々僕の悪評を控えてくれていた貴族達も、もはや遠慮する必要はないということか。

「……いや、ひょっとしたら」

「おそらくハロルド殿下のお考えで間違いないかと。タイミングが都合良すぎですので」

つまりウィルフレッドの奴《やつ》が、僕を陥《おとしい》れるために仕掛けたということだ。

ただアイツも『穢れた王子』と揶揄されているから、そのまま指示しても貴族達が動くことはない。となれば。

「実の兄でありながら、容赦ないですね」

そう……ウィルフレッドの提案をカーディスが受け入れ、代わりに貴族達に指示をしたということに他ならない。

「ハア……まあ、それはしょうがない。僕はウィルフレッドを拒否し、カーディス兄上に明確に決別を告げたんだ。王位継承争いにおいて敵になり得る以上、警戒して排除しようとするのは当然のことだ」

複雑な心境ではあるが、これが現実なのだから受け入れるしかない。

それより。

「その、これから僕は饗応役として聖王国を迎え入れることになるが、僕一人では絶対に無理だ。だから……」

「ふふ……うふふふふ……お任せください。私のハル様とウィルフレッド殿下、どちらがより優れているのかを王国中に分からせて差し上げます」

「お嬢様のおっしゃるとおりです。このモニカ＝アシュトンが、いかに超絶完璧《かんぺき》美少女メイドであるかを見せつけてみせましょう」

サンドラが『氷結の悪女』の名に恥じない仄暗《ほのぐら》い笑みを浮かべ、モニカは大きな胸に手を当ててドヤ顔を見せる。どうしよう、不安が募る一方だ。

いずれにせよ今回の聖王国使節団の饗応に当たり、僕は間違いなく噛ませ犬扱い。元々『エンハザ』でもハロルドはそんな役割だったし、受け入れるほかはない。

だが。

「……噛ませ犬にだって、牙《きば》くらいはあるんだよ」

みんなに聞こえない声で、僕は静かに呟く。

まだ『エンハザ』の本編すら始まっていないのに、こうしてウィルフレッドと対立する構図になってしまうことに、やっぱりゲームの強制力が働いているんじゃないかと勘繰ってしまうが、それならそれで望むところだ。

あいにく僕は、『エンゲージ・ハザード』に関する全ての知識を持っている。ならそれを全て駆使し、全ての破滅フラグを回避してゲームとは違う僕だけのトゥルーエンドを見つける……いや、作り上げてやる……って。

「サ、サンドラ？」

「……ハル様の牙は、この私が存じております。その強さも、優しさも」

僕の手を握りしめ、サンドラがささやく。

ごつごつした小さな手は、少し汗で湿っていた。

はは……独り言、聞かれていたか。

婚約者で最推しのヒロインがここまで背中を押してくれたのなら、僕は前に踏み出すだけだ。

「ああ……僕は負けない」

彼女の手を強く握り返し、僕は力強く頷いた。

◇◆◇◆◇

バルティアン聖王国の使節団を迎え入れるための準備が、つつがなく行われた。

基本的に僕もウィルフレッドも当日の饗応役を務めるだけなので、事前の準備などは全て外務大臣である〝ロバート＝オルソン〟侯爵や文官達を中心として行われている。

僕やウィルフレッドは、最終的なチェックをするだけなのだ。

というかまだ十三歳の僕達にそんなことまで任せてしまったら、それこそ台無しになって外交問題に発展してしまう危険がある。

だというのに。

「駄目だ！　これではデハウバルズ王国が、田舎者だと馬鹿にされてしまう！　もっと洗練された調度品を用意するんだ！」

「「「「は、はあ……」」」」

ウィルフレッドの奴、張り切るのはいいが、そんな抽象的な指示で無理難題を押し付けるせいで、準備をしてくれている者達が戸惑っているじゃないか。

こういうのはちゃんと具体的に何をすべきかを、分かりやすく説明してあげないと。

それ以前に、本当にそれが必要なことなのかどうか、精査したのか？　してないんだろうな……って。

「それ、僕も手伝う」

「っ⁉　ハ、ハロルド殿下、滅相もない！」

「こういうのは人数が多いほうがはかどるから」

人手が足らず困っていた使用人を見て、僕は手伝いを申し出た。

文官や使用人達は戸惑っているが、ただでさえ大変なんだからこれくらいはさせてもらおう。

それに前世の僕は、こう見えて高校の文化祭で実行委員をやっていた。……まあ、クラスの投票で面倒事を押し付けられただけなんだが。

そうして僕は、みんなと一緒に準備をしていると。

「やあ、はかどっているかい？」

……僕に饗応役なんて罰ゲームを押し付けた張本人とエンカウントした。

「準備をするのは、オルソン大臣を中心とした文官や使用人達です。僕は何もしていません」

「へえ……それでハロルドは、使用人の真似事みたいなことをしているわけだ。あそこで率先して陣頭指揮を執って頑張っている、ウィルフレッドと違って」

ラファエルはそう言うと、今も使用人達に大声で怒鳴っているウィルフレッドを見やる。

だがアイツのやり方では、みんなが萎縮《いしゅく》してしまうな……。

「僕みたいな素人が余計な口出しをしても、みんなが混乱してしまうだけです。僕は使節団が滞在中、粗相をしないことだけ気をつければいい」

そのため、使節団が滞在する一週間のスケジュールについて、オルソン大臣や文官達とすり合わせは済ませてある。

ただし僕がそんなことを頼んだものだから、オルソン大臣達は目を丸くしていたが。失礼な。

「それに」

僕は奥のほうで文官達と打ち合わせをしている、プラチナブロンドの髪に糸目の男を見やる。

「ありがたいことに、セドリック殿が僕の手助けをしてくれることになりましたから」

そう……僕が饗応役を務めることになったことを聞きつけたセドリックが、手伝いを買って出てくれたのだ。

後でモニカに聞いたところによると、『最愛の妹がハロルド殿下の手伝いをして二人の仲が親密になるくらいなら、自分が手伝いをしたほうがましだ』とのこと。

どうやら義兄上《あにうえ》は重度のシスコンでもあるが、かなりのひねくれ者のようだ。

「ふうん……ハロルドはシュヴァリエ家の者達に好かれているね。セドリックもそうだけど、ほら」

そう言ってラファエルが見やった先には……あれ？　サンドラ？

「きっとハロルドのことが心配なんだろう。愛されているじゃないか」

「は、はあ……」

柱の陰から見守ってくれているのは嬉しいが、これはこれで照れくさい上にちょっとストーカーじみているような気がするのは気のせいだろうか。

すると。

「やはりお前は僕と手を結ぶべきだよ。僕だったら、もっとお前の才能を活かしてやれる」

「は、はは……過大評価が過ぎます。それに、その件に関しては以前お断りしたはずですが」

「それでもだよ。僕は、お前が欲しい」

男にそんな表情で『欲しい』なんて言われても、嬉しくも何ともないです。

前にも言ったが、僕はいたってノーマルなんだ。

「ハロルド殿下、こちらのご確認を……」

「ああ、今行く。それではラファエル兄上、失礼します」

「ハア……僕の提案、ちゃんと真面目《まじめ》に考えておいてくれよ？」

文官が呼びに来てこれ幸いとばかりにこの場を離れると、ラファエルは肩を竦《すく》め苦笑した。

◇◆◇◆◇

「そろそろか……」

いよいよバルティアン聖王国の使節団がやって来る日を迎え、饗応役である僕とウィルフレッド、それにオルソン大臣達が王宮の前にずらり、と並び、バルティアン聖王国使節団の到着を待っていた。

ちなみにウィルフレッドの隣にはカーディスがいるほか、その一歩下がった位置に式典用の騎士服を着たマリオンが控えている。どうやら今日はメイドとしての立場ではなく、騎士として参列しているつもりらしい。

まあ、マリオンは没落した実家のシアラー家再興のためにメイドという身分に甘んじているという設定だから、再び騎士としてこの場にいることに思い入れがあったりするのだろう。

知ったことじゃないが。

などとくだらないことを考えていると。

「ウィルフレッド。国王陛下より饗応役に指名された意味、分かっているな」

「もちろんです、カーディス兄上。俺《おれ》はもう『穢れた王子』なんかじゃない。デハウバルズ王国の第四王子、ウィルフレッド＝ウェル＝デハウバルズです」

「ならいい」

凛々《りり》しい表情のウィルフレッドの答えに、カーディスが満足げに頷く。

隣にいる僕としては、『何だこの茶番』という感想しか湧《わ》かないが。

ウィルフレッドも『エンハザ』のストーリーとは違い、エイバル王やカーディスから色々と目をかけてもらえているようで何よりだ（皮肉）。

その時。

「ご報告いたします。バルティアン聖王国の使節団が、無事王都に入りました。中央通りを抜け、まもなく王宮に到着いたします」

「そうか」

報告を受け、ウィルフレッドが頷く。もはや今回の饗応役は、自分だけなのだと言わんばかりの態度で。

おかげで報告してくれた文官が困った顔をしたので、僕は『気にするな』という意味を込め、目配せをして下がらせた。

すると。

「ハロルド兄上。今回の使節団には聖王国のナンバー二でありバルティアン教会のトップである教皇猊下《げいか》が来られます。これまでのわだかまりなどは関係なく、協力して無事成功に収めましょう」

ウィルフレッドが右手を差し出し、にこり、と微笑んだ。

主人公の笑顔に、ヒロインのマリオンが見惚《みほ》れている。

さて……この手、取るべきかどうか。

波風を立てないようにするなら手を取るべきだが、僕個人の感情としては全力で拒否したい。

ウィルフレッドの手と自分の手をにらめっこして躊躇《ちゅうちょ》していると。

「ハハハ……私達兄弟同士、力を合わせてウィルフレッドを盛り立てようではないか」

見かねたカーディスが、僕の手を取って強引《ごういん》にウィルフレッドと握手をさせる。

表情は穏やかだが、その灰色の瞳は一切笑っていない。

というかカーディスめ。しれっとウィルフレッドを饗応役側のトップだと明言したぞ。

もちろん文官達もこの会話を聞いているから、これからはそのように動くだろう。

そして。

「おお……！」

王宮の正門へ向かって近づいてくる一団を見て、僕は月並みに感嘆の声を漏らした。

白馬に跨《またが》る白銀の鎧《よろい》を身に纏《まと》った聖騎士達が、中央のひときわ大きなバルティアン聖王国のシンボルカラーである白と金で装飾された馬車を守るように取り囲む。

「バルティアン聖王国使節団、入場です！」

ファンファーレが鳴り、王国騎士達が正門の左右に整列する間を、使節団がゆっくりと通過して正門をくぐった。

「教皇猊下、デハウバルズ王国へようこそお越しくださいました。皆様の饗応役を務めさせていただきます、第四王子のウィルフレッドと申します」

「同じく、第三王子のハロルドです」

馬車の扉の前で、僕とウィルフレッドは口上を述べて恭しく一礼する。

一応こちらも王子ではあるが、向こうは聖王国ナンバー二の教皇。へりくだるのが正解だ……って、あれ？　誰も降りてこないぞ？

僕は少し顔を上げ、おずおずと馬車を見つめる……っ⁉

「失礼、馬車へは近づかないでいただきたい」

「「っ⁉」」

目の前に躍り出た聖騎士の女性に、僕とウィルフレッドは遮《さえぎ》られてしまった。

だが僕は、その髪も、その声も、嫌というほど知っている。

間違いない。有無を言わせない声で厳格な態度を取る彼女は、『エンゲージ・ハザード』のヒロインの一人。

――聖騎士〝カルラ＝デルミニオ〟。

「無礼な！」

カルラの物言いに、ウィルフレッドは犬歯を剝《む》き出しにして、射殺《いころ》すような視線を向ける。

僕？　僕はただ、微笑みさえ湛えて様子を窺っているぞ。

何故なら僕は、このヒロイン……カルラの性格を誰よりも熟知しているから。『エンハザ』のヘビーユーザーを舐《な》めないでほしい。

そもそも彼女は、ただ職務に忠実なだけ。聖騎士として守護する上で、相手が王族だろうが罪人だろうが関係ない。

それにカルラ＝デルミニオというヒロインは、誇り高く高潔な騎士道精神の持ち主。決して僕達を蔑《ないがし》ろにするような女性《ひと》じゃないことも知っている。だからこそ『エンハザ』の人気投票でも七位を誇っていたのだから。

「うふふ……カルラ、そのような失礼なことをしてはいけません。早くハロルド殿下とウィルフレッド殿下に謝罪なさい」

馬車の扉が開かれ、黒と白を基調とした神官服を纏いベールを被った女性が姿を現す。

彼女こそ『エンハザ』において唯一無二の聖属性を持つ、最も性格の悪いヒロイン。


――聖女〝クリスティア＝サレルノ〟。


『エンゲージ・ハザード』における聖女クリスティアは、かなり特殊なヒロインだ。

回復スキルと状態付与スキルに特化したただ一人の聖属性の使い手であり、その効果は他の属性の追随を許さない。

どれくらいすごいかというと、他の属性の回復スキルでは最高ランクであったとしてもＨＰの三割程度しか回復できないが、彼女の回復スキルならおよそ八割。雲泥の差である。

もちろん状態付与スキルも成功率や付与効果はすさまじく、『エンハザ』ユーザーなら必ずといっていいほどパーティーに加えていることだろう。

そんな最強クラスのヒロインのため圧倒的人気を誇り、『エンハザ』がリリースされてからサービス終了までの半年の間に、なんと四回もの期間限定イベントが用意されるほど運営によるテコ入れが行われている。

さらにさらに、『エンハザ』のパッケージイラストの中央を飾ったり担当声優は公式ラジオのパーソナリティーを務めていた。

そう……まさに彼女は、誰よりも『エンハザ』運営から愛されたヒロインなのだ。

サンドラ推しの僕としては到底許せなくて、サンドラにもっとリソースを回せと抗議メールを何度も送ったとも。

「カルラ、聞こえなかったのですか？　仮にもお二人はデハウバルズ王国の王子殿下。無礼は許しません」

「……申し訳ありません」

クリスティアに諭され、カルラは表情を変えずに謝罪した。

カルラとしては職務を忠実に遂行しただけだが、それが分かるのは『エンハザ』の全てを知る僕と、たった今叱責したクリスティアくらいか。

実際、融通の利《き》かないカルラの態度は、聖王国の神官や聖騎士達からよく思われていないことが、『エンハザ』内でもたびたび言及されている。

そんなカルラの性格を知っているにもかかわらず僕達の前で面罵《めんば》したクリスティアも、やはり『エンハザ』で見せたとおり性格が悪い。

というのも、クリスティアのキャラ設定は策士で腹黒。きっと今の叱責も、饗応役を務める僕とウィルフレッドを試したのだろう。

ただ、彼女の立場を考えれば疑心暗鬼にならざるを得ないことも、少なからず理解できる。

それもこれも、バルティアン聖王国内……いや、権謀術数《けんぼうじゅっすう》が渦巻くバルティアン教会内で生き抜くために、どうしても必要なのだから。

ゲームのクリスティアルートでは、そんな彼女の心の壁を取り除くために奔走する主人公が、聖王国の幹部の一人によるある事件をきっかけに、彼女を救うことで『恋愛状態』に発展する。

……まあ、いずれにせよサンドラ以外のヒロインとは関わり合いになりたくない僕は、饗応役としての役割以上の仕事をするつもりもないし、むしろ積極的に距離を取るつもりだ。

というか、どうしてクリスティアが使節団の一員にいるんだよ。教皇はどうした。

「聖女様、どうぞお手を」

「うふふ、ありがとうございます」

「いえ……」

カルラの謝罪を受け入れ、ウィルフレッドはクリスティアの手を取って馬車から降ろす。

美男美女だけになかなか様になっているが、二人に向けるマリオンの嫉妬の視線がすごい。

こういうところは、さすが主人公といったところか。意図せずしてハーレムと修羅場を構築するとは。

「ところで、その……教皇猊下はいかがなされました？」

「……誠に申し訳ありません。猊下は出発の直前で体調を崩されてしまい、その代役としてこの私と、枢機卿《すうききょう》のサルヴァトーリの両名でまいりました」

「ロレンツォ＝サルヴァトーリです。どうぞお見知りおきを」

僕の問いかけを受け、満を持して馬車の中から登場したのは、柔らかい表情を浮かべる枢機卿のロレンツォ。一言で言ってしまえば、白髪のイケメンである。

だけど、それ以上に僕は心の中で頭を抱えていた。

『エンハザ』のクリスティアルートにおけるある事件……聖王国を手中に収めるために『聖女誘拐事件』を画策する黒幕、それがこのロレンツォなのだ。

というか本編開始前に事件勃発の予感しかしない。どうしよう。

「それでは、皆様を国王陛下のもとへご案内いたします」

「うふふ、ありがとうございます」

ウィルフレッドはクリスティアをエスコートし、僕はロレンツォと一緒にそのあとに続く……のだが。

「……先程のこと、あなたは悪くない」

クリスティアの後ろに控えて歩く護衛のカルラに、そっと耳打ちをした。

わざわざこんなことを言う必要はないが、それでも僕が大好きだった『エンハザ』のヒロインが理不尽に頭を下げさせられるのは受け入れがたい。

「ありがとうございます。ですが、慣れておりますので」

顔を強《こわ》ばらせ、カルラは答える。

ハア……だからこそ彼女のこの扱い、見ていられないな……って⁉

「…………………」

ヒイイ⁉　サンドラが廊下の陰からこちらを見ている⁉

しかも今、壁を握《にぎ》り潰《つぶ》していなかったか⁉

僕は背中にひしひしと感じるサンドラの射殺すような視線を受けながら、クリスティアやウィルフレッド達と一緒に謁見の間に逃げるように入った。

そして。

「遠路はるばるよくぞまいった」

「労《ねぎら》いのお言葉、ありがとうございます。この度の謁見により、デハウバルズ王国とバルティアン聖王国の両国のますますの発展と、揺るぎない強固な関係を結べること、大変嬉しく思います」

エイバル王の前で聖王国の使節団の面々が傅《かしず》き、ロレンツォが口上を述べる。

その後ろで、僕やウィルフレッドも同じく控えているのだが……。

「うふふ」

……どうしてクリスティアは、僕を見つめているのだろうか。

面倒事に巻き込まれたくはないので、お願いだから放っておいてほしい。

「……では、滞在中はゆるりとするがよい」

「お気遣いいただき、ありがとうございます」

エイバル王との謁見はつつがなく終了し、使節団を本日宿泊する部屋へと案内すれば、夜のパーティーまで自由時間だ。

といっても王宮から一歩も出るわけにはいかないし、何か問題が発生したらすぐに対処しなければいけないので、少しも気が休まらない。

「聖女様。お休みいただくお部屋まで、ご案内いたします」

「ありがとうございます。ですが……せっかくですので、今度はハロルド殿下にエスコートしていただけると嬉しいです」

うぐう⁉　こ、ここで僕を指名するのか⁉

今も廊下の陰からサンドラが僕を凝視しているんだ。どうにか拒否する方法はないか……っ。

「エスコート、してはくださらないのですか……？」

「ぐ、ぐふう……い、いえ。とても、光栄……です……」

エメラルドの瞳を潤ませ、上目遣《うわめづか》いで僕の顔を窺うクリスティア。メッチャあざとい。

結局断ることもできず、僕は強引に笑顔の仮面を貼《は》りつけて彼女の手を取った。

「…………………………っ！」

ああああああ⁉　サ、サンドラ、これは饗応役として仕方なくなんだ。お願いだから誤解したりしないでほしい。

どうでもいいがウィルフレッド、お前はあからさまに僕を睨《にら》むのをやめろ。クリスティアをエスコートしたかったのかもしれないが、彼女は僕を指名したんだから。

それにしても。

「うふふ、デハウバルズ王国の王宮は素晴らしいですね」

王宮内を歩く中、クリスティアは絶えず微笑みを浮かべ、時折僕を見つめてくる。

僕はきっと、この後サンドラから詰問や叱責を受けることになるだろうな。泣きそう。

「ところで……ハロルド殿下は、普段はこの王宮でどのようにお過ごしなのですか？」

……答えづらい質問してくるな。

第三王子としての役割も果たさずに、サンドラと毎日特訓しているが何か？　……って、別に好かれる必要けないんだし、ありのまま答えるか。

「毎日婚約者と一緒に過ごしてます。ここ数か月は、もっぱら盾術の特訓ですね」

「まあ！　そうなんですね！」

予想以上の食いつきに、僕は思わずたじろいてしまう。

策士タイプのクリスティアが、そういうことに興味があったなんて初耳だ。

クリスティアの設定を思い出してみるが、やはり恋愛パートでもその話題は好感度を下げるからダウトだな。じゃあ何故……？

「うふふ。でしたら、私の従者であるカルラと、一度手合わせをしてみてはいかがでしょうか。彼女は聖騎士でもありますので、きっとお互いにとって有益だと思いますよ？」

「え、ええー……」

クリスティアの提案に、僕は呆《ほう》けた声を漏らした。

嫌な予感が的中してしまった。こういう時だけ勘が当たるのは勘弁してほしい。

「ぼ、僕では聖王国が誇る聖騎士の相手など務まりません！　絶対に無理……」

「ハロルド兄上、ここはお相手して差し上げるべきでは？」

くっそう！　ウィルフレッドめ、余計なことを言うな！

というかこの男の蔑《さげす》んだような視線……僕に恥をかかせる魂胆なのは見え見えなんだよ。

『無能の悪童王子』であるハロルドの実力では、カルラの足元にも及ばないことを見越して。

「ハロルド殿下の素敵なお姿、ぜひとも拝見したいです……」

「う……」

僕の手を握りしめ、クリスティアが上目遣いで媚《こ》びてくる。

今すぐその手を振りほどきたいが、彼女の立場は聖女でありバルティアン聖王国使節団の代表。無碍《むげ》に断ることもできない。

くそ、してやられたな……って。

ふと周囲を見ると、カルラが同情の視線でこちらを見ていた。普段からこれに付き合わされて、苦労してるんだろうな……同じく同情する。

「……わ、分かりました。ですが、僕は弱いですので一切期待しないでください」

「うふふ！　ありがとうございます！　では、明日にでも早速！」

いたたまれない空気の中、ようやく彼女達の部屋へ到着すると。

「うふふ……それでは、またあとで」

「っ⁉」

別れ際に思いきり頰《ほお》を寄せ、ささやくクリスティア。

僕は背中からひしひしと感じる殺気に戦慄《せんりつ》した。

◇◆◇◆◇

「ハロルド殿下、アレクサンドラ様、ご入場です」

夜になり、僕とサンドラはパーティーの会場となるホールへと足を踏み入れた。

なお、サンドラは赤を基調としたドレスを身に纏っておりメッチャ綺麗ではあるのだが、クリスティアをエスコートしていたところを目撃された恐怖で、鮮血の赤しか見えない。

「……ハル様の婚約者はこの私です。もちろん、それは充分お分かりだと思いますが」

「も、もちろん！　僕が君以外の女性に目移りすることはない！」

サンドラに低い声で釘《くぎ》を刺され、僕は自然と背筋を伸ばす。

婚約したあの日から、僕はようやくここまでサンドラと関係を築き、距離を縮めてきたんだ。下手を打って台無しにするわけにはいかないんだよ。

すると。

「国王陛下並びにサルヴァトーリ枢機卿猊下、聖女クリスティア様の入場です！」

エイバル王達の登場を高らかに宣言する文官の声が、ホール中に響き渡る。

あれ？　ウィルフレッドの入場がまだなんだが……ひょっとしてアイツ、饗応役のくせに支度《したく》が遅れて……って⁉

「……そういうことか」

「…………………………」

エイバル王の後に続いて現れたのは、ロレンツォ。そして……クリスティアをエスコートするウィルフレッドだった。

確かに饗応役を務めるアイツが彼女をエスコートすること自体は、別に不思議じゃない。

だけど事前の段取りを無視しての変更なんて、一体何を考えているんだろうか。

「ふふ……あの屑《くず》が聖女様に見惚れてばかりでみっともない姿を晒しておりますが、もちろんハル様は違いますよね？」

「もも、もちろん！」

底冷えするような声でささやくサンドラに、僕は何度も頷く。

余程クリスティアをエスコートしたことを根に持っているらしい。誤解なのに。誤解なのに。

「ではあの二人の後ろに控えている、聖騎士の方にご執心なのですね」

「ちち、違う！　違うから！」

そうだった。サンドラに見られていたのは、クリスティアのエスコートだけじゃなかった。

ここまでヒロインはマリオンしか登場しなかったから分からなかったが、僕の婚約者はメッチャ嫉妬深い。

……いや、そんなことはないか。そもそも『エンハザ』でのサンドラは、主人公に振り向いてもらうために近づくヒロイン達に嫌がらせをしていたのだから。そのせいで、『氷結の悪女』などという不名誉な二つ名までつけられて。

だ……だったら……っ。

「ハ、ハル様……？」

「信じてほしい……といっても、君が言葉だけで信じられないことは分かってる。でも僕は、他の女性に目移りしたりすることは、その……な、ないから……」

彼女の小さな手を握りしめ、僕はたどたどしい口調で告げる。

いくらあの日のことを知り、サンドラと普通に会話ができるようになったとはいえ、こういうことを言う時はやっぱり緊張してしまうし、勇気がいる。

でも僕は、どうしても言わなければならなかった。

『エンハザ』で苦しみながら、『氷結の悪女』を演じていた彼女を知っているから。

「信じます。……いいえ、信じております。でも……それでも、この不安を抑えることができないのです」

「う、うん……分かってる。ただ僕が、君に知ってもらいたかっただけ、だから……」

そんな簡単に『氷結の悪女』をやめられるなら、サンドラは断罪されたりなんかしない。

『氷結の悪女』じゃなくなるには、主人公と『恋愛状態』になるしかないのだから。

……違う。この世界では主人公ウィルフレッドではなく、僕と『恋愛状態』になるんだ。いや、なってみせるんだ。

僕は前世の記憶を取り戻して、自分だけでなく最推しのヒロインも救うと決めたのだから。

「それでは皆の者、今宵《こよい》は楽しむがよい」

エイバル王が杯を掲げ、パーティーの開会を宣言する。

だが僕にはそんなことどうでもよくて、ただ、この手から伝わる彼女の小さな手の温《ぬく》もりだけを感じていた。

◇◆◇◆◇

「失礼。少々よろしいだろうか」

オードブルの前で料理を物色している僕達に声をかけてきたのは、聖騎士カルラだった。

ロレンツォ枢機卿のパートナー役から解放されたからか、どこか清々《すがすが》しさすら感じる。

「え、ええと……はあ……」

僕はサンドラの様子を確認した後、曖昧《あいまい》に返事をする。

とりあえずは彼女も一緒だし軽く頷いてくれたので、カルラと社交辞令的な会話をするくらいは問題ないだろう。

「先程はお気遣いいただいたというのに、あのように素っ気ない態度をしてしまい、申し訳ありません」

「ちょ!?　そ、そういうことはやめて……っ」

深々と頭を下げるカルラを、僕は慌てて止めた。

ただでさえ『無能の悪童王子』と評判は最悪のハロルドなんだから、こんな大勢の者がいる公の場でこういうのは困る。

「と、とにかく、僕は気にしていないので……」

「……そうおっしゃっていただき、感謝いたします」

何度かなだめて、ようやくカルラは受け入れてくれた。さあ、こんなところにいないで主君であるクリスティアの護衛をするか、パートナーを務めるロレンツォ枢機卿のところへ行ってくれ……って。

「申し遅れました。私はカルラ＝デルミニオ、聖女クリスティア様の護衛を務めております」

「あ、ああ……ハロルドです……」

カルラが右手を差し出し、僕は少し躊躇して握手を交わす。

でも、なるほど……彼女の手もまた、サンドラと同じ剣だこだらけのごつごつした手だ。

きっとたくさん、剣を振るってきたんだろうな。

「……やはりハロルド殿下は、お噂と違いますね」

その噂とやらが気になるが、聖王国でも『無能の悪童王子』の悪名は広まっているのだろう。

僕はただの第三王子に過ぎないというのに、他国にまで轟《とどろ》かせるというのはどうなんだ？

「この手を握れば分かります。傲慢《ごうまん》な人間が、このような手になるはずがない」

「は、はは……」

まさかこんなに褒められるとは思っておらず、僕はキモチワルイ微笑みを返すのが精一杯だ。

「失礼します。私はハル様の婚約者で、アレクサンドラ＝オブ＝シュヴァリエと申します」

僕とカルラに割って入り、サンドラは公爵令嬢らしく素晴らしいカーテシーをする。

ひょっとして婚約しているにもかかわらず別の女と親しげに話しているから怒っているのかと思ったが、声や表情からはそういったことが感じられないので、心の中で胸を撫で下ろした。

「ハル様のことをご理解いただき、感謝いたします。もしよろしければ、是非ともカルラ様と親しくさせていただけると嬉しいです」

「い、いや、構いませんが……その、私でよろしいのですか？」

「はい。カルラ様がよいのです」

そう言うと、サンドラは右手を差し出し、カルラと握手を交わす。

「……なるほど。サンドラ様もハロルド殿下と同様、素晴らしい御方のようですね。お二人のような方々と友誼《ゆうぎ》を結べましたこと、感謝に堪《た》えません」

「ふふ、私もです」

最初はどうなるかと思ったが、何とも微笑ましい結果になってよかった……と思ったのも束《つか》の間、僕は口の端が吊《つ》り上がったサンドラの顔を見てしまった。

『エンゲージ・ハザード』において『氷結の悪女』と呼ばれた彼女が見せた、あの表情。

ヒロイン達に嫌がらせをする彼女だが、ほんのごく一部の女性に対してはその限りではない。

そう……悪女には付き物の、いわゆる『取り巻き』と呼ばれる者達である。

どうやらサンドラは、カルラをその取り巻きと同じように扱うつもりのようだ。本当に？　カルラもカルラで基本的に体育会系の脳筋だから、ちょっと手に努力の跡が見受けられただけですぐに絆される。要はチョロインなのだ。

……まあ、いずれにせよサンドラがカルラと仲良くなったことは悪い話ではないので、温かく見守り……。

「うふふ、こちらにいらっしゃったのですね」

「っ⁉」

ああもう、よりによってクリスティアまで近づいてきたぞ。

「いつの間にカルラは、ハロルド殿下と仲良くなったのですか？」

「はい！　先程！」

くすり、と微笑んで尋ねるクリスティアに、カルラは嬉しそうに報告する。犬みたいだが、人を疑うことを知らないポンコツ……いやいや、純真無垢《むく》な彼女なのでそれも仕方がない。

「それでしたらハロルド殿下、私も是非仲良くなりたいです……」

「な⁉」

いきなり傍《そば》に来たかと思うと、クリスティアが僕の腕を胸に挟んで抱きしめただと⁉

「や、やめてください！」

「あら……仲良くなるなら、これくらい普通では？」

強引に腕を引き剝《は》がすと、クリスティアがとぼけてそんなことを宣う。

その時。

「クリスティア様。ハロルド兄上にはパートナーがいることですし、よろしければこの俺と一曲ダンスでもいかがですか？」

現れたのはウィルフレッド。いや、お前にもマリオンというパートナーがいただろ。どうしたんだよ。

「うふふ。ウィルフレッド殿下にお誘いいただいたのであれば、断るわけにはいきませんね」

そう言って手を伸ばすクリスティア。

でも……僕は笑顔の仮面から一瞬だけ覗《のぞ》かせた、どこか割り切ったというか、諦めたような表情を見て、何故か息苦しさのようなものを覚えた。

だから。

「……その、聖女様だからといって、嫌なことを我慢する必要はないと思う」

気づけば僕は、そんなことをクリスティアに告げていた。彼女だって聖王国の代表としてここにいて、必要なことをしているだけだということも分かっているのに。

「ハロルド兄上。ひょっとしてそれは、俺への嫉妬ですか？」

「うふふ、そうだとしたら嬉しいですね」

僕の言葉を、ウィルフレッドはそう受け止めたようだ。饗応役として成功を収めるためには主賓であるクリスティアの評価を得なければならないのに、ファーストダンスをコイツに奪われたから。まあ、コイツの考えはそんなところだろうな。

一方で、笑顔を湛えるクリスティアのエメラルドの瞳は一切笑っていない。それはつまり、僕の指摘が的を射ていたということなんだろうが、それはそれで彼女の矜持《きょうじ》を傷つけたことになるのかもしれない。

それでも。

「……僕も、同じだったから」

前世の記憶を取り戻す前のハロルドは、尊大かつ傲慢に振る舞い続けつつ、カーディスには全力で媚びを打っていた。そうすることで、家族に認めてもらえると思っていたから。

そのために、自分を偽り続けてきたから。

それに僕は……前世の立花晴《たちばなはる》は知っている。

クリスティアが聖女であろうとして誰よりも努力し、自分の心を押し殺し続けていることを。

そのことを『エンゲージ・ハザード』のクリスティアルートで、嫌というほど目の当《ま》たりにしたから。

「余計なことを申し上げてしまい、大変失礼しました。サンドラ、行こう」

「は、はい」

僕は深々とお辞儀をし、サンドラの手を取ってこの場から離れようとしたんだが。

「ウィルフレッド殿下のおっしゃるとおり、嫉妬は見苦しいですよ？」

クリスティアが僕の傍に寄り、仄暗い笑みを浮かべてそんなことを耳打ちした。

やはり僕は余計な真似をしたようで、かなりやらかしてしまったようだ。どうしよう。

「それでは、また後で」

優雅にカーテンーをし、クリスティアは笑顔でウィルフレッドの手を取る。

そもそも彼女は『エンハザ』のメインヒロインとも言うべき存在。主人公であるウィルフレッドになびくのも当然のことか。

きっとあの彼女の表情も、僕の見間違いなんだろうな……って。

「サ、サンドラ？」

「……そうやって気遣うことができるハル様は素晴らしいですが、婚約者は私です。それをお忘れなく」

「うぐっ⁉」

ああああ……っ。ど、どうやら僕は、またやらかしてしまったみたいだ。これでどれだけのやらかしポイントを積み上げてしまったんだろうか……。

僕は自己嫌悪に陥《おちい》り、思わず顔を覆ったら。

「あれ？　これ……」

上着のポケットから落ちた、小さく折りたたまれた紙片。それを拾い、紙片を広げると。

「……やられた」

記されていた内容を見て、僕は思わず肩を落とし項垂《うなだ》れた。

◇◆◇◆◇

「なるほど。あの屑もダンスくらいは踊れるのですね。仕事はできないようですが」

ホール中央でクリスティアと踊るウィルフレッドを見て、サンドラは顔をしかめ悪態を吐《つ》く。

確かに彼女の言うとおり、聖王国使節団を迎えるための準備では、アイツはとにかく引《ひ》っ掻《か》き回してくれた。

オルソン大臣や文官達が綿密に計画して準備してくれたものを全て台無しにするかのようなプラン変更、しかも具体的なことは何一つ考えておらず、『そういうことは文官達の仕事だ』などと言って人任せ。使えない上司の典型みたいな奴だ。

などと考えていると。

「……ようやく見苦しいダンスが終わったようです」

向かい合ってお辞儀をすると、ウィルフレッドはクリスティアの手を取り退《しりぞ》く。

そんな二人を一瞥《いちべつ》し、サンドラへと視線を戻した……のだが。

「そ、その……ハル様は、ダンスを踊ったことは……」

「ハロルド殿下、今なら誰も邪魔をする者もおりません。お嬢様と一緒にダンスを踊るチャンスです」

「モニカ⁉」

サンドラが何か言おうとしていたのを遮り、いきなり背後に現れたモニカが耳元でささやいた。というか仕事は？　キャスのお世話は？

「へえええええ……！　ニンゲンって、こんな楽しそうなことをするんだ！」

「っ⁉　キャス⁉」

聞こえてきたキャスの声に、僕は慌てて周囲を見回す。会場に子猫がいるだけでも問題なのに、人の言葉までしゃべっていたら大騒ぎになる……って。

「ご安心ください。キャスさんはこちらです」

「えへへ」

なんとキャスは、あろうことかモニカのおっきな、それはもうおっきな胸の谷間に挟まれていた⁉

「ちょ、ちょっと⁉」

「おや？　こういうのはお嫌いですか？　てっきりお好きだと思ったのですが」

いやいやいやいや、大好きですが？　大好きですが？

ただ、ここはパーティーの場でありサンドラもいる。これではクールダウンすることもでき

ないじゃないか。トイレで処理したい。というかキャスが憎い。

「ふふ……モニカ、面白《おもしろ》いですね。これは私に対する当てつけですか？」

「っ⁉」

自分の慎ましい胸を両手で押さえ、『氷結の悪女』がヒロイン達をいじめる時と同じ表情を浮かべる。どど、どうしよう。

「私のことは置いといて。それよりお嬢様は踊らないのですか？」

「ハル様をお誘いしようと思ったのに、あなたが邪魔をしたんじゃないですか！」

ああ、なるほど。サンドラは僕とダンスを踊りたかったのか。どうしよう。

「そ、その……僕はダンスなんて踊ったことは、ない……」

僕はサッと目を逸らし、正直に告げる。

前世でのダンスなんて運動会の時の謎《なぞ》にアレンジされたソーラン節くらいだし、以前のハロルドもダンスの練習などしたことがないから未経験。サンドラに恥をかかせるだけだ。

「お、お任せいただければ、私がリードいたします」

「う……」

青い瞳を潤ませ、サンドラが懇願する。

た、確かにダンスを踊らないなんて、この世界基準だと婚約者である彼女を蔑ろにしているのと同じだ。何より、僕も彼女と踊ってみたい。

どうしよう……って、いやいや！　僕がどうするか、どうしたいかだろ！

覚悟を決めろ！　立花晴！

「よ……よろしくお願い、しま、す……」

「！　は、はい！」

差し出した手に、サンドラは顔を綻《ほころ》ばせて小さな手を重ねる。

『エンハザ』では見ることのなかった彼女の笑顔。勇気を出した甲斐があった。

僕達はウィルフレッドと入れ替わるようにホール中央へとやって来ると。

「ふふ……ふふふ……うふふふふ……！」

口の端を吊り上げ、嬉しそう？　な表情を浮かべるサンドラ。さっきとは打って変わり、

『氷結の悪女』がヒロインを不幸な目に遭わせた時と同じ笑顔のため、僕は気が気じゃない。

「ふふふふふ！　ハル様！　とてもお上手です！」

「は、はいい……」

必死に彼女の動きに合わせてみるが、本当に僕は踊れているのだろうか。

サンドラは基本的に褒めることしかしないので、信用ならない……っ!?

――ドン。

「おや、これは失敬」

ぶつかってきたのは、よりによってロレンツォだった。しかも相手は、カルラとは別の女性。

パートナーを放ってしまってどうする。

「い、いえ、お気になさらず」

クリスティアルートのイベントボスなんかと関わり合いになりたくないので、僕はそそくさと離れた。サンドラもダンスの邪魔をされて気分を害したようだし。

こうして一曲をなんとか踊り切り、疲労困憊《こんぱい》でモニカとキャスのもとへ戻った。

「ハロルド殿下、素晴らしいダンスでした。……ぷぷ」

「笑いを隠し切れてないんだよ」

吹き出すモニカに、僕はジト目を向ける。べ、別にダンスが踊れなくても困らないし、そもそもサンドラにたまたま誘われたから踊っただけで……って。

「……願いが一つ、叶《かな》いました」

両手で口元を押さえ、感極まるサンドラ。

彼女のその表情を見ただけで、頭の中で考えていたたくさんのくだらない言い訳が、あっという間にどこかへ吹き飛んでしまった。

だけど。

「先程は、大変失礼しました」

そんな僕の気分を台無しにするかのように、ロレンツォが話しかけてきた。

「本当に気にしていませんので、どうかパーティーをお楽しみ……」

「そうはいきません。第三王子であらせられるハロルド殿下に、無礼を働いたのです。到底許されるものとは思っておりません」

しつこい。僕はクリスティアルートの黒幕なんかと、関わり合いになりたくない。

それ以上に僕は、邪魔をされたことにどうしようもなく苛立《いらだ》ちを覚えていた。

すると。

「サルヴァトーリ猊下、そろそろまいりましょう。これ以上聖女様のお傍を離れるわけにはいきません」

「お、おいおい……」

現れたのはカルラ。どうやらやり取りを見ていたようで、僕達を気遣って彼女はロレンツォの手を取り、ここから離れようとしてくれた。正直、メッチャ助かる。

なら、僕も全力で乗っからせてもらう所存。

「なら、なおさら僕達がお引き留めするわけにはいきません。これで失礼します」

「失礼いたします」

僕とサンドラはお辞儀をし、そそくさとこの場を離れた。

「とりあえず、饗応役として最低限の仕事を果たした。あとはあそこにいるアイツに丸投げしよう」

「そうですね」

ハア……疲れた。僕も早く部屋に帰ろう。

そう思い、サンドラやモニカを連れて会場を後にしようとすると。

「ハロルド殿下、今日はお疲れ様でした！」

「殿下のおかげで、無事に初日を終えることができました！　感謝申し上げます！」

「あ……」

パーティーを取り仕切っていた文官や使用人達が、わざわざ僕のところまで来て笑顔で労いと感謝の言葉を告げてくれた。

ほ、本当に、僕は何もしていない、んだがな……っ。

「やはり分かる者には分かるのです。ハル様が聖王国使節団を迎えるに当たり、どれだけお心を砕いておられたのか」

「は、はは……っ」

前世の記憶を取り戻すまでの僕……ハロルドは、ただ母に求めてもらいたくて、周囲のことなんて何一つ顧みずにただひたすらカーディスの機嫌ばかり窺っていた。

でも、立花晴としての記憶が蘇《よみがえ》り最低の未来を思い出して、最推しのヒロインと出逢《であ》って、二人分のバッドエンドを回避するために頑張っているが、それでも周囲の評価が変わるとはこれっぽっちも思っていなかったのに。

「ハル様……」

「う、うん……っ」

本当に、みっともないな僕は。婚約者の前でまた涙なんか零《こぼ》してるし。

サンドラにハンカチで優しく拭《ぬぐ》ってもらったせいで、僕は余計に涙が止まらなくなった。

◇◆◇◆◇

「ハア……嫌だ。ものすごく嫌だ……」

使節団の歓迎パーティーから一夜明け、訓練着に着替えた僕は盛大に溜息を吐いた。

『エンハザ』ヒロインで物理トップクラスのカルラとの試合なんて、地雷でしかない。

昨夜のあの話もそうだが、どうして僕は本編開始前からこんなにもヒロインと関わる羽目になってるんだ……。

「ハルゥ……本当に大丈夫?」

「な、なんとかなるだろ」

キャスが僕の頬にすりすりしながら不安そうに尋ねるので、僕は空元気に答えた。

本音では、まさかカルラとの試合が真剣を使用することになるとは思いもよらず、その話を聞いた時には頭を抱えたが。

おのれカーディス。実の弟が誤って死んでもいいっていうのか。

「キャスさん、そういうことですので今日はお願いいたします」

「う、うん……」

モニカに懇願され、キャスは自信なさげに頷く。

まったく……そんな顔しなくても、僕は相棒のことを誰よりも信じているんだ。そうじゃなければ、こうして頼ったりするもんか……って。

「？ どうした、キャス？」

「えへへ……本当にハルは、どこか抜けてるよね」

「ハロルド殿下が思いきり口にされておりました。『僕は相棒のことを誰よりも信じているんだ』や『そうじゃなければ、こうして頼ったりするもんか』と」

「グハッ⁉」

まさか心の声がダダ漏れだったなんて、メッチャ恥ずかしい。穴があったら入りたい。

まあ、キャスも顔をゆるっゆるにするくらい嬉しそうだし、よかった……のか？ モニカにはこれをネタにしばらく揶揄《からか》われそうだが。

「ハロルド殿下、そろそろお嬢様がご到着なさるお時間です」

「分かった」

僕達はサンドラを出迎えるため、玄関へと向かう。

一応誰が見ているか分からないので、キャスには静かにしているように念を押して。

そして。

「ハル様、おはようございます」

僕の手を借りて馬車から降りるなり、優雅にカーテシーをするサンドラ。

今日も僕の最推しの婚約者は最高に可愛《かわい》いが、言葉にするには『勇気』のステータスが三〇は足りない。そんなステータス、『エンハザ』にはないが。

「それでは早速、訓練場に向かいましょう。試合の前に身体を温めておきませんと」

「ああ」

ということで、僕はサンドラの手を取って訓練場へと足を運んだ……んだが。

「む……ハロルド殿下」

「カルラ殿」

訓練場では、既にカルラが素振りをしていた。

考えることは同じようで、彼女もウォーミングアップのようだ。

「フフ、今日はどうぞよろしくお願いします」

「こ、こちらこそ」

「といっても、私が勝たせてもらいますが」

「うぐ……」

笑顔で差し出されたカルラの右手を、僕はこれ以上なく困った顔で握り返す。

彼女の手から、今日の試合への意気込みというか、熱意が感じられた。僕が『無能の悪童王子』であることを、知った上で。

……いや、たとえハロルドであろうと、カルラが手を抜いたり見下したりするはずがないか。彼女は『エンハザ』ヒロインの中で最も騎士道精神に溢《あふ》れた、清廉潔白な尊敬できるヒロインなのだから。

「では、また試合で」

そう言うと、カルラは引き続きウォーミングアップを再開したのだが。

「…………！…………」

僕はカルラの振るう剣捌《さば》きに、先程からずっと目を奪われていた。

元々、『エンハザ』においても彼女の物理攻撃力はトップクラスで、しかも固有スキルに四つのスキル攻撃を四方向から同時に繰り出すという地属性最強の技【四天烈破】がある。

ゲームの中では単にスキルという概念が存在するだけで、どうしてヒロイン達がそんな技や魔法を持っているのか、そういった背景まで語られることはない。

もちろん才能もあるのだろうが、カルラはここに至るまでに血の滲《にじ》むような努力を重ねてきたんだろうな……って。

「そ、その……そのように見つめられると恥ずかしいのですが……」

「ああああ⁉　すす、すみません！」

いつの間にか素振りをやめていたカルラが、頬を赤らめうつむいて告げる。

僕は慌てて目を逸らして謝罪するが、こ、これはかなりやらかしてしまったのでは……？

「い、いやその、カルラ殿（の剣捌き）があまりにも美しく綺麗で、こんなにも洗練されているものなのかと、そんなことを！」

「あ、あう、ありがとうございます……」

取り繕うように必死に言い訳をしたが、カルラは頬どころか耳や首元まで真っ赤《まか》になっているんだが⁉　やや、やっぱりやらかしてしまったのか⁉

「ニャハハ……ハルって意外と鈍感だし、結構そういうこと言うよね」

「っ⁉　あ、ああああ……っ」

キャスの呆れ声がとどめとなり、僕はその場で膝から崩れ落ちた。

ううう……そもそも前世では陰キャ、現世でも噛ませ犬で主人公の引き立て役でしかない僕に、ヒロインと上手《うま》くやることなんて無理なんだ……って。

「やはりハル様は、カルラ様のことを……っ」

「ち、違う！　違うから！」

サンドラから『氷結の悪女』としてヒロイン達に向けていた時と同じ嫉妬の視線がカルラに向けられていることに気づき、僕は慌てて否定する。

それからの僕は、とにかくサンドラの誤解を解くために必死に弁明をしていたせいで、まともにウォーミングアップができなかった。

ただカルラの様子もおかしく、あれほど美しいと思った剣捌きが鳴りを潜めていた。

◇◆◇◆◇

「あら……お二人とも、もう来ておられたのですね」

試合時間の直前になり、クリスティアはウィルフレッドにエスコートされて姿を現した。

その後ろにロレンツォ達使節団の面々だけでなく、カーディスとラファエルまで引き連れて。

というか昨日のパーティーでダンスを踊っている時も、二人で何かささやき合っていたからな。この主人公、思いのほかヒロインに手を出すのが早い。

「今日の試合は、デハウバルズ王国とバルティアン聖王国の互いの威信と誇りがかかっている。そのため王国を代表してこの私が、聖王国を代表して枢機卿猊下が審判を行う」

別に僕は、王国の威信や誇りなんてかけた覚えはないんだが。

それに僕のことを役立たずだと断じたカーディスが、今さらそんなことを押し付けてくるって、どういう了見だ……って、そういうことか。

つまり聖王国の面々がいるこの場において、僕が『無能の悪童王子』に相応しい醜態を晒すことで、僕を追い詰めようとしているんだな。

カーディスの企《たくら》みなのか、それともウィルフレッドの仕業なのか、あるいはその両方か。

いずれにせよこんな僕を陥れるために、くだらない悪知恵が働くものだ。

「フ……別に何であろうと構わない。私はただ、ハロルド殿下と全力で手合わせするのみ」

カルラは口の端を持ち上げ、剣を構える。

……そうだ。周りなんて関係ない。僕はただ、彼女の剣に応《こた》えるだけ。

「ん？　ハロルド。お前……武器はどうした？」

「僕の武器は、この盾だけです」

不思議そうに尋ねるカーディスに、僕は『漆黒盾キャスパリーグ』を掲げて淡々と告げた。

「うふふふふ！　まさかハロルド殿下は、カルラの剣を一方的に受け続けるというのですか！」

「「「「ははははははははは！」」」」

吹き出したクリスティアを皮切りに、使節団の面々をはじめウィルフレッドやカーディスも腹を抱えて笑い出す。

笑っていないのは目の前のカルラと、興味深そうにこちらを見ているラファエル、そしてサンドラ達だけだ。

いや、むしろサンドラやモニカは笑っている連中に絶対零度の視線を向けているし、キャスに至っては尻尾《しっぽ》と毛を逆立てて今すぐにでも飛びかかりそうな勢いである。

「ハロルド殿下、外野などどうでもいい。全力で、戦いましょう」

「はい！」

「フ、ハハ……は、はじめ！」

必死に笑いを堪《こら》えるカーディスの合図で、僕とカルラの試合が始まった。

「行きます！」

「っ⁉」

一気に間合いを詰め、カルラは挨拶《あいさつ》代わりの斬撃《ざんげき》を繰り出す。

一瞬だけ反応が遅れてしまったが、それでも盾で受け止めることができた。

二の矢を警戒して僕は後ろに飛び退《の》いたが、カルラも追撃は考えていなかったようで、同じように距離を取る。

「なるほど……素晴らしい防御ですね。試しに仕掛けてみたものの、まるで隙がない」

「そ、そうですか……」

称賛の言葉をくれたカルラに、僕は曖昧に返事をする。

だが、こう言ってはなんだが『エンハザ』のヒロインと同程度の強さを持つセドリックに、僕は勝つことができた。

カルラの攻撃も防げたのだから、僕はもっと自信を持ってもいいのかもしれない……って⁉

「ふっ……はあああッッッ！」

「なっ⁉」

軽く息を吐いたかと思うと、流れるように攻撃を繰り出すカルラ。

その見事な動きと息を吐かせぬ連撃に、僕は防戦一方になる。

前言撤回。間違いなくカルラは、セドリックよりも強い。

「ふふ……今の攻撃も防がれますか」

「は、はは……かなりぎりぎりですが」

嬉しそうに微笑むカルラに、僕は引きつった笑みを浮かべた。

一瞬でも気を抜いたらやられる。その緊張から手汗で滑って盾を落としてしまいそうになる。

「なら、これはどうか！」

「くっ！」

先程よりもさらに剣筋が速くなり、僕はかろうじて防ぐ。

せめてカルラの剣をいなして攻撃に転じたいが、速さに加えて正確無比な攻撃のため余計な動きはできない。

僕にできることは、カルラの隙が生まれることを待つだけ。

その後も僕はカルラの息も吐かせぬ剣撃を受け止め、耐え続けた。

すると。

「すごい……私も剣に自信がありましたが、ここまで防がれたのはハロルド殿下が初めてです。いや、私もまだまだ修行が足りない」

藍色の瞳を爛々《らんらん》と輝かせ、カルラが歓喜の笑みを零す。……いや、歓喜の笑みじゃないな。

むしろ獲物を狙う肉食獣と同じにしか見えない。

「最初は聖女様の護衛として使節団の一員となったことに思うところがありましたが、今となっては枢機卿猊下に感謝しかありません。これほどまでの強者と手合わせをすることができたのですから」

「そ、そうですか……」

カルラの言葉に、僕は相槌を打つのが精一杯だ。

そもそも彼女は普段こそ聖騎士として己《おのれ》を律しているが、その実『エンハザ』でも屈指の戦闘狂《バトルマニア》だからな。できればこういうことは御免被《こうむ》りたい。

そのはずなのに。

「はははっ」

何故か僕は、気づけば笑っていた。

ヒロイン達と関わりたくないと思っているはずなのに、やはり心では『エンハザ』のヒロインに現実で出逢うと嬉しくなってしまう。

『エンゲージ・ハザード』は、前世の僕のたった一つの拠《よ》り所だったから。

「だからこそハロルド殿下には是非ともお受けいただきたい。このカルラ＝デルミニオが誇る、最高の技を」

カルラは剣を鞘《さや》に納めると、腰を低く落として居合の構えを取る。

この構えから彼女が数多くの敵を屠《ほふ》ってきたのを、前世で僕は何度も見てきた。


――地属性最強の必殺スキル、【四天滅裂《してんめつれつ》】。


「ハロルド殿下……いざ、まいるッッッ！」

「っ！　来る！」

一瞬にして僕を剣の間合いに捉えると、カルラは神速の剣を繰り出した。

それはまるで、四方から天を斬《き》り裂くかのように。

だが。

「おおおおおおおおおおおおおおおおおおおおッッッ！」

「ぐ……っ！　このおおおおおおおおおおおッッッ！」

僕は『漆黒盾キャスパリーグ』を振るい、右、左、下、上と、ほぼ同時に襲い来る剣撃を全て受け止めてみせる。

『エンゲージ・ハザード』においても、【四天滅裂】の攻撃パターンはこの一つのみ。

だからこそ僕は、防ぐことができたんだ。

「ハアッ！　ハアッ！　……ふ、ふふ……私の最高の技が、こうも見事に防がれてしまうと

「は……っ」

息を荒げ、カルラは膝をついた。

【四天滅裂】がすさまじい威力を誇るスキルであるからこそ、リスクが伴う。この攻撃を放った後、カルラは一ターン行動不能となってしまうのだ。

なのでこのスキルの使用のタイミングは、敵を一撃で倒せる場合に限られている。

とはいえ、僕は彼女の【四天滅裂】を防いだだけ。まだ勝利したわけじゃない。

でも。

「あ……」

「カルラ殿、本当に素晴らしい技でした。僕はもう、これ以上盾を構えることができません」

やはり【四天滅裂】の威力はすさまじく、残念ながら僕の両手の握力は限界を迎えていた。

だから。

「勝負は……」

「……この勝負、カルラ＝デルミニオ卿の勝ちとする！」

「っ⁉」

審判を務めるカーディスが顔をしかめ、試合終了を告げた。

「ど、どういうことですか！」

納得のいかないカルラは、カーディスに詰め寄る。

一方で僕は、何かを言う気力もないため、その場に『漆黒盾キャスパリーグ』を置き、地面に座り込んだ。

「何を言われるか。ハロルドはデルミニオ卿の攻撃に手も足も出ず、ただ盾に隠れて必死に耐えていただけ。しかもその盾を落としてしまったのだ。なら、ここが潮時だろう」

「そうですね。この試合はあくまでも、デハウバルズ王国とバルティアン聖王国の親善のためのもの。決してハロルド殿下を傷つけるためのものではありません」

カーディスの言葉に、それまで無言だったロレンツォも同意する。

そんな外交上の建前《たてまえ》、試合をした当事者である彼女は望んでいないのに。もちろんこの僕も。

「し、しかし！」

「ハア……カルラ、いい加減にしなさい」

なおも詰め寄ろうとするカルラに、クリスティアは溜息を吐いて強い口調で諌《いさ》めた。

「とにかくこれで終わりです。これ以上続けては、それこそハロルド殿下が惨めになってしまいますよ。あなたも聖騎士なら、弱い者いじめはやめ……」

「黙れえええええええええええええええッッッ！」

とうとう堪え切れなくなったのか、クリスティアの言葉を遮ってカルラが犬歯を剝き出しにして吠《ほ》える。

忠実な騎士であるはずの彼女が、到底主君に向けるべきではない言葉を放って。

「ハロルド殿下は、この私の渾身《こんしん》の一撃を全て防いでみせた！　ただの一度も食らうことなく！　これのどこが弱い者いじめだというのか！」

「カルラ……あなたこそ黙りなさい」

「いいえ、黙りません！　ハロルド殿下はまごうことなき強者！　尊敬に値する御方です！　それを、勝手に敗者だと……弱者だと決めつけるあなた方の彼を愚弄《ぐろう》する物言いこそ、控えるべきでしょうッッッ！」

低い声で命令するクリスティアに、カルラはなおも叫んだ。

馬鹿だな……こんな真似をしたら、下手をすれば処罰されてしまうぞ。

「カルラ殿、ありがとうございます。僕はあなたと試合ができて、本当に楽しかったです」

「っ！　ハロルド殿下！　……そう、ですか……」

これ以上カルラが余計なことを言わないよう、僕は無理やり笑顔を作り、右手を差し出す。

まだ何か言いたげだが、色々察したのだろう。彼女は肩を落とし、力なく握手してくれた。

「……この次は、誰にも邪魔されずに試合をしましょう」

「約束、ですよ……」

お互いゆっくりと手を離し、カルラはクリスティアや使節団の面々を無視して、一人訓練場を出て行った。

息を吐き翻《ひるがえ》ると、サンドラが、モニカが、キャスが、僕を見て強く頷いてくれた。

ああ、そうだ。僕はあんな連中にどう思われたっていい。

僕にはこんなにも理解してくれる、大切な女性《ひと》達がいるのだから。

「さあ、引き上げよう」

呆気《あっけ》に取られている連中の横を通り過ぎて、僕達は訓練場を後にする。

その時。

――クスッ。

ええ――……クリスティアが、僕を見て嗤《わら》ったんだが。

◇◆◇◆◇

「失礼します。枢機卿猊下よりり折り入ってハロルド殿下とお話ししたいと申しております。ついては、お付き合い願いたいのですが」

部屋に戻ってサンドラ達とお茶を飲んで癒《いや》されているところに、使節団の神官一人がやって来て、ぶしつけにそんなことを言ってきた。

一応、使節団の饗応役を務めていることもあり、断りたくても断れないんのはつらい。できればもう一人の饗応役であるウィルフレッドを指名してほしい。

「お断りします。あなたを含め、ハル様とカルラ様の試合を無礼にも笑っておきながら、少々厚かましいのではないでしょうか」

僕が何かを言う前に、サンドラが真っ先に拒否してくれた。

試合内容はともかく、それ以外は最悪だったからな、彼女が怒るのも当然だ。

「っ⁉ そ、その……お怒りはごもっともですが、何卒ご足労いただけないでしょうか」

まさかこんな反応が返ってくるとは思ってもみなかったのか、神官は狼狽《うろた》え慌てて謝罪する。

とはいえ黒幕の呼び出しなんて絶対に碌《ろく》なことじゃないから、行きたくない。

だが呼び出しに応じなかったことで、僕にとってよからぬこと……例えば破滅フラグが立つとか、そんなことになっても困る。

それに……一応、頼まれもしたし。

「ハア……分かりました。ただし、話をするだけです」

「！ あ、ありがとうございます！」

神官は勢いよく何度もお辞儀をした。ちょっと必死すぎじゃないか？ 知らんけど。

「ハル様、よろしいのですか？」

「まあ、どんなお願いなのか、聞くだけ聞いてみる」

もしバッドエンドフラグが立つような内容で、しかもサンドラに危害が及ぶようなものだったら、全力で阻止しないといけない。

距離を置きたいのはやまやまだが、可能性を否定できない以上、僕としても動くしかない。

ということで、サンドラには部屋で待ってもらい、神官とともに部屋を出る。

そして。

「やあ、ようこそお越しくださいました」

ロレンツォは涼やかな笑顔を浮かべ、訪れた僕を部屋の中へ迎え入れた。

メッチャ爽《さわ》やかイケメンだが、黒幕だけにその仮面の裏側が怖くて仕方がない。

「そ、その、僕と話がしたい、とのことですが……」

「はい。どうぞこちらへ」

ロレンツォに案内され、僕は席に着くと。

「まずはお時間をいただき、ありがとうございます」

「そのような前置きは結構です。僕はあくまで、お話を聞くだけですので」

深々と頭を下げるロレンツォに、まずは釘を刺しておく。

どんな話なのか分からないが、絶対に碌なものじゃない。饗応役でなければ、絶対に会ったりするものか。

「はは……いやはや、先手を打たれてしまいました」

ロレンツォは頭を掻いて苦笑するが、そういうのはいらない。

「では、お話をさせていただきましょう。少々身内の恥を晒すようで、恐縮ですが……」

そう言うと、ロレンツォが訥々《とつとつ》と語り始めた。

現在、聖王国内においては教皇を中心とした保守派と、ロレンツォなどの若い神官で構成された革新派で二分しており、常に水面下で争っているとのこと。

そんな中、中立を保ち続けているのが聖女のクリスティアで、彼女を自分達のもとに引き入れたい両陣営はこれまでも色々と秋波《しゅうは》を送っているが、彼女は煙に巻くばかりでよい返事をもらえない。

そこでロレンツォは、今回の使節団の派遣に当たり、策を講じることにした。

簡単に言えば教皇が来る予定だったものを強引にロレンツォが参加し、クリスティアも同行させることで王国滞在中に説得を試みようと考えたのだ。

関係のないクリスティアからすれば別に使節団に加わる必要もないわけ。断ればよかったのだが、『二年後に留学する予定である王立学院を視察する』という餌《えさ》をちらつかせ、ロレンツォはその気にさせたということらしい。

『エンハザ』の設定においても、クリスティアは聖王国内の微妙な情勢や聖女としての役割を押し付けられることに鬱屈《うっくつ》としていた。

だから彼女も、ロレンツォの提案に喜んで飛びついたに違いない。

「……つまり聖女様に枢機卿猊下に与するよう働きかけてほしい、そういうことですか？」

「ご協力を仰《あお》ぎたいのはもちろんなのですが、少々違います」

「というと？」

「ハロルド殿下には、しかるべきタイミングでこちらからご連絡いたしますので、その際に聖女様を誘導していただきたいのです」

それを聞いた瞬間、僕は思わずぞくり、とした。

これ……まさに『聖女誘拐事件』じゃないか。

『エンハザ』のクリスティアルートにおいて、ある日突然クリスティアが失踪するという事件が起きる。

聖女といえばバルティアン聖王国における象徴のような存在であり、彼女の身に何かあればデハウバルズ王国は聖王国どころか全ての国から非難を受けることになる。

王国は国境及び全ての海岸線を直ちに封鎖し、威信にかけてクリスティアの捜索に乗り出すが、発見することができない。

そこでウィルフレッドと他のヒロイン達は協力してクリスティアを捜すところを、お約束としてハロルドがそれを全力で妨害する。

結局ウィルフレッドはハロルドの妨害に負けずクリスティアが港町に監禁されたことを突き止め、黒幕でありイベントボスのロレンツォを倒して無事救出してクリアとなる。

で、ロレンツォがクリスティアを誘拐しようとするそもそもの動機だが、彼女を人質として聖王国でのクーデターを成功させるため……ということもあるが、何よりこの男にとって聖女は邪魔な存在なのだ。

何せ、ロレンツォにとって彼女は天敵なのだから。

「我々使節団の饗応役を務められるハロルド殿下なら、難しくないことだと思います」

白々しく頭を下げ、上目遣いで僕の顔色を窺うロレンツォ。

というか僕は話を聞くだけだと言ったのに、理解してないのか？　イケメンかもしれないが、その辺の知恵は足りないみたいだ。残念イケメン。

「もちろんご協力いただけるのであれば、聖王国としてハロルド殿下への協力は惜しみません。王国でのハロルド殿下のお立場を、我々なら覆すことも容易《たやす》い。殿下がデルミニオ卿との試合で受けた屈辱、晴らすこともできましょう」

「…………………………」

「それに……このことは、実は教皇猊下からも賛同をいただいております」

「っ⁉」

ちょっと待て⁉　どうしてここで教皇が出てくるんだ⁉

『エンハザ』では教皇はロレンツォの政敵で、なおかつクリスティアの最大の理解者のはず。なのに、どうして……。

「難しい話ではありません。首輪を嫌がる可愛げのない飼い犬など、お互いにとって邪魔でしかないということです」

ああ……そういうことか。

聖王国の象徴として聖女には大いに利用価値があるが、自分達になびかないのであれば今度は脅威になる。

だからコイツは、クリスティアを排除することに決めたんだ。

ひょっとしたら『エンハザ』でもハロルドはロレンツォにこの話を持ちかけられ、手を貸した可能性が高い。

実際イベント内では明らかに主人公達の足を引っ張っていたから。

「いかがです？ たったそれだけのことで、殿下は母君であらせられるマーガレット第一王妃殿下からの信頼と寵愛《りょうあい》を勝ち取ることができるのですよ？」

……へえ、よく調べているじゃないか。

以前のハロルドが、母親の愛に飢えていたことを。

いいだろう。なら僕は、あえてオマエの提案に乗ってやる。

前世で『エンゲージ・ハザード』が大好きだったとしても、自分やサンドラのバッドエンドを回避するためなら、少しでもフラグになりそうなものは事前に潰してしまうに限るからな。

何より、僕は噛ませ犬以下の『無能の悪童王子』。それらしく踊ってやろうじゃないか。

「分かりました。枢機卿猊下のご依頼、お引き受けします」

芝居がかったように大仰に告げると、僕は口の端を吊り上げた。

◇◆◇◆◇

「あー……今日は王立学院への視察か……」

バルティアン聖王国の使節団が王国にやって来てから、今日で一週間。

僕は饗応役として連日の使節団の接待に加え、あの試合でカルラと仲良さげに話していたことが気に入らないサンドラとの特訓が激しさを増したせいで疲労の蓄積が半端《はんぱ》なく、朝からテーブルに突っ伏していた。

「ハロルド殿下。そろそろ準備なさいませんと、お嬢様がいらっしゃいますよ？」

「そ、そうだった！」

たとえ疲れていても、サンドラのことを疎《おろそ》かにするわけにはいかない。

僕は慌てて着替えると、いそいそと玄関へと向かった。

すると。

「……ハロルド殿下。枢機卿猊下より言付けが……⁉」

「殿下の後ろに不用意に立つなんて、無礼ですね」

音もなく背後に近づいたロレンツォの使者の首筋に、モニカがマチェットの刃《やいば》を当てる。

馬鹿だな……たかが聖王国の諜報員ごときがモニカに敵《かな》うわけがないじゃないか。

「それで？　サルヴァトーリ猊下は何と？」

「は……はっ。『本日の王立学院の視察で学院長との面談の後、こちらへの誘導をお願いしたい』とのことです」

何とか平静を装い、使いの者は一枚の紙片を僕に渡して用件を告げた。

やはり思ったとおり、クリスティアルートのシナリオどおり王立学院で決行するのか。

まあ、そのほうがあの男にとって一番都合がいいからな。

「枢機卿猊下には、『承知した』と伝えてくれ」

「……し、失礼します」

ようやくモニカに解放され、使者は逃げるようにこの場を後にした。

「それにしても、聖王国は人材難のようですね。わざわざ隙を作ってあげましたのに、それにも気づかないで私にされるがままなんて」

モニカはひらひらと諜報員の服装の一部から切り取った布を振り、無表情で告げる。

可哀想《かわいそう》にあの使者も、ロレンツォに報告する際にお尻《しり》丸出しで恥ずかしい思いをすることだろう。やはりモニカは容赦ない。

「さて……そういうことらしいから、頼めるか？」

「お任せください」

恭しく一礼し、モニカが僕の傍を離れた。

「キャス。サンドラのお迎えは、僕達だけでな」

「うん！」

肩に乗るキャスは、笑顔で頬ずりをした。

◇◆◇◆◇

「……ということで、この王立学院では国外から優秀な多くの留学生を受け入れ、身分にとらわれない生徒同士の交流が盛んな校風となっております」

使節団を引き連れて王立学院の視察に来た僕達は、応接室で学院長の話に耳を傾けているんだが……どうして校長や学院長の話というのは眠くなるんだろうか。とても強力な睡眠魔法だ。

「……ハル様、もうしばらく我慢なさいませ」

「う、うん……」

一緒に参加しているサンドラに叱《しか》られ、僕は背筋を伸ばした。

いつもなら僕が饗応役を務めている間は部屋で待ってくれている彼女だが、今回は無理を言って同行してもらった。

……といっても、普段からサンドラが陰に隠れて僕を監視していることは知っているが。

ほぼストーカーだが、僕としては少しでも彼女に信頼してもらうように努力するだけだ。

「んー……ムニャムニャ……もう食べられないニャ……」

で、僕達の事情なんて知らないとばかりに寝言を言っているのは、『漆黒盾キャスパリーグ』の姿で居眠りをしているキャスだ。

といっても、僕からＳＰの供給を受けていないのでスマホサイズのままであり、上着の内ポケットに収まっている。

今日のことが全て終わったら、キャスにはお菓子をたくさん用意してあげるとしよう。

ちなみに使節団の中にカルラの姿はない。

やはり先日の試合でのクリスティアに対する無礼な態度を叱責され、帰る日までの間、王宮の一室で謹慎処分となった。聖王国に戻ったら、正式に処罰されるそうだ。

誰がそんな処分を下したのかって？　責任者であるクリスティアとロレンツォの二人だ。

特にクリスティアの怒りはすさまじく、いつも落ち着いているロレンツォですらも慌てて止めていたと、モニカが神官から聞き出した。

つまり聖女は、自分を守ってくれる剣と盾を自ら引き離したというわけだ。

「それでは、これから学院内をご案内いたします」

ようやく学院長の話が終わり、僕達は応接室を出る。

その時。

「聖女様……実はこの視察が終わった後のことで、お耳に入れておきたいことがあります。少々お付き合いいただいてもいいですか？」

ウィルフレッドがよそ見している隙に、僕はクリスティアにそっと耳打ちした。

「うふふ……ハロルド殿下が私に、ですか？」

「はい」

ちらり、とサンドラを見やってから含み笑いをするクリスティアに、僕は真剣な表情で頷く。

ありがたいことにサンドラはこの時窓の外を眺めており、僕達の様子には気づいていない。

九死に一生を得た気分。

「そのような熱のこもった瞳で見つめられてお願いされては、お受けしないわけにはまいりませんね。では、私を攫《さら》ってくださいますか？」

「お任せください」

僕は大袈裟《おおげさ》に振る舞って差し出されたクリスティアの手を取ると、誰にも気づかれないようにこの場を離れた。

「それで、どちらに向かっていらっしゃるのですか？」

廊下を歩く中、クリスティアがどこか楽しげに尋ねる。

「もちろん、僕とあなたが二人きりになれる場所です」

「まあ……悪い人」

なんてやり取りをしながら到着したのは、十二年前……いや、今は『エンハザ』本編開始から二年以上前だから、十年前か。とにかく、かつて学院の生徒による殺傷事件があったとされ、現在は開かずの間となっている王立学院三階の一番奥の教室だった。

「少々埃《ほこり》っぽいですが、ここなら誰にも邪魔はされません。時間の許す限り、ゆっくり語り合いましょう」

「うふふ……まさかハロルド殿下がこのように情熱的な御方だとは、思いもよりませんでした。これは殿下の評価を改めないといけませんね」

「光栄です」

クリスティアの熱のこもった視線を受け、僕は照れくさくて顔から火が出そうになるが、何とか堪えて教室の扉を開けた。

そこには。

「ハロルド殿下、ご苦労様でした。あとはこちらでお引き受けしますよ」

僕達よりも先回りしたロレンツォが、三日月のように口の端を吊り上げて待ち構えていた。

使節団の聖騎士達とは別の、武器を持った怪しげな者達を従えて。

「っ⁉　ハロルド殿下⁉」

「申し訳ありません。枢機卿猊下が、どうしても聖女様をここへお連れしてほしいと、そう頼まれてしまいまして……」

困惑した表情で振り返ったクリスティアに、僕はわざとらしく苦笑してみせた。

そう……この教室こそが、『聖女誘拐事件』の舞台となった場所。

ロレンツォは『エンゲージ・ハザード』の本編が開始される前から、クリスティアを誘拐するために用意周到に準備をしていた。

あらかじめ部下を王都に潜入させ、王立学院内においても誰も使用していないこの教室に目をつけておき、ここからクリスティアを連れ去るためのルートも確保してある。

あとは港町から船で拘束したクリスティアとともに聖王国へと戻り、彼女を盾にクーデターを成功させて一気に実権を握るというのが計画の全容だ。

もちろん、全てが終わった後はクリスティアも始末される。

このことはクリスティアルートをクリアしている僕は当然ながら知っていたが、まさか本編から二年以上前のこの時点で、既に準備が整っていたなんて思いもよらなかった。

「ハロルド殿下、本当にお見事でした。このロレンツォ＝サルヴァトーリ……いえ、バルティアン聖王国は、お約束どおり殿下への支援を惜しみません」

「そのためには、枢機卿猊下には是非ともクーデターを成功していただかないといけませんが」

「もちろんです。ですが聖女がこちらの手にある以上、それも容易いこと。ハロルド殿下は、どうかその時を楽しみに待っていてください」

そうか。聖女がいればクーデターは成功するのか。

だったら。

「残念ながら、その機会は永遠に訪れないな」

「え……？」

――ドンッッッ！

「枢機卿！　……いや、大罪人ロレンツォ＝サルヴァトーリ！　神妙に大人しくしろ！」

突然、倉庫の壁……ではなく、ロレンツォが事前に準備していた隠し通路の出入り口を突き破り、カルラが勢いよく中へ突入した。

「これは……っ」

「悪いな。せっかくなので枢機卿猊下……ああいや、今はただのロレンツォか。オマエが用意しておいたものを全てこちらで活用させてもらった」

そう……この男が『エンゲージ・ハザード』本編開始に先駆けて『聖女誘拐事件』を実行することを知った時点で、僕はそれを阻止することに決めた。

もしこれが『エンハザ』の本編開始後だったなら、おそらくウィルフレッドが解決することになるだろうから放っておいたかもしれないが、聖王国使節団の饗応役を務める羽目になってしまった以上、解決するしかなくなったんだよ。

だって『聖女誘拐事件』が実行されてしまったら、責任を取るのは僕になるに決まっている。

そんなことになればサンドラとの婚約は解消。バッドエンドまっしぐらだ。

「だから僕はオマエの話を逆手に取り、台無しにしてやることにした」

「…………………」

ロレンツォは忌々《いまいま》しげに僕を睨みつける……かと思ったら。

「いやはや……これはしてやられました。まさか『無能の悪童王子』と呼ばれるあなたに、こんな真似ができるとは思いませんでしたよ」

相変わらず涼やかな笑みを浮かべ、余裕を見せるロレンツォ。残されるのは破滅しかないというのに、この余裕はどこから来るのか。

「ですが、どうしても分からないことがあります。この教室の存在をハロルド殿下にお伝えしたのは今朝《けさ》。とてもではないですが、隠し通路の存在まで把握するなど不可能です。なのに……貴様はそれすらも知っていた」

ロレンツォの顔が豹変《ひょうへん》し、僕を睨みつける。やはりなんだかんだ言っても、計画を台無しにされて怒り心頭のようだ。そうでなくては面白くない。

「貴様、一体どこまで知っている」

「…………………」

「答えろ！」

鋭い視線を向け声を荒げるロレンツォだが、それを僕が答えてやる義理はない。

どうせこの男は、『エンハザ』が始まる前にこの世界から退場するのだから。

「ふう……いけない。『無能の悪童王子』ごときに感情を露わにしてしまうとは、私もまだまだですね。まあいいでしょう。今回は失敗に終わりましたが、次の機会を待ちます」

「「「っ⁉」」」

ロレンツォの身体がまるで靄《もや》がかかったようになり、徐々にその姿を消していく。

イベントボスらしく、ロレンツォは固有スキルの【ルスヴン・ミスト】を使用したようだ。

だが。

「っ⁉　な、何故……⁉」

「簡単なことです。愚かなあなたを逃がすまいと、私のハル様が事前にこの場所を塞《ふさ》いでおりますから。そこにいらっしゃる、聖女様の『結界石』で」

カルラが登場した隠し通路から現れたのは、『神滅竜剣バルムンク』を携えたサンドラと、その後ろに控えるモニカだった。

「貴様のことだから、身体を霧に変化させて逃げ出すことも予想していた。なので聖女様にお願いして彼女のマナが込められた『結界石』を用意していただき、モニカにあらかじめこの倉庫に仕掛けておいてもらったんだよ」

「このモニカ＝アシュトン、良い仕事をさせていただきました」

モニカは一歩前に出て、メッチャドヤ顔で恭しく一礼する。一番の手柄はクリスティアなんだが、そんな野暮《やぼ》なことは言うまい。

「オマエがここから出る方法は二つ。大人しく僕達に捕らえられるか、ここで倒されるかだ」

「……………………っ！」

ロレンツォは忌々しげに僕を睨むが、もはや結果は見えている。

もちろん、ここで余裕ぶって手を抜くつもりはない。このイベントボスを全力で仕留める。

「……いつから聖女と通じていた？」

「使節団を歓迎するパーティーが終わった直後だ。聖女様は、この僕が望む見返りを用意してくれた。オマエのような守られることのない口約束とは違ってな」

「うふふ、そうですね。私としても、これほど魅力的な取引はありません」

クリスティアが蕩《とろ》けるような笑みを浮かべしなだれかかろうとするが、僕はそれを察知してカルラの隣に移動し阻止する。サンドラがいるのにそんなことになったら、ロレンツォを倒す前に『氷結の悪女』と『聖女』の仁義なき闘いが始まってしまう。

「……ならば貴様等を始末し、ここから出るだけだ」

「無理だ。オマエの実力では、僕達の相手にすらならない」

枢機卿ロレンツォ＝サルヴァトーリは、クリスティアルートの最後のイベント『聖女誘拐事件』に登場するボスだが、その正体は闇《やみ》属性を持つヴァンパイア。

イベントボストップクラスの膨大なSPを背景に、たった今見せた【ルスヴン・ミスト】をはじめとした闇属性スキルを駆使して主人公を苦しめた。

だが。

「忘れたのか。聖女様はこの世界で唯一無二の聖属性魔法の使い手。闇の住人ヴァンパイアであるオマエにとって、天敵とも呼べる存在だということを」

「く……くく……っ」

そう……『エンゲージ・ハザード』において、聖属性のキャラはクリスティアただ一人。

ヴァンパイアであるロレンツォは、どうやっても彼女には歯が立たない。

だからこそこの男は策を弄《ろう》してクリスティアを攫い亡き者にしようとし、救出に来た主人公に立ちはだかるのだ。

「正体も曝《さら》され、聖女様を無効化できなかったオマエに勝ち目はない。ロレンツォ＝サルヴァトーリ、ここで大人しく……っ⁉」

「クフ……フフフ……」

「……何がおかしい」

「本当に、まさか『無能の悪童王子』にここまで私の計画の全てを台無しにされるとは思いませんでした。そしてあなたの言うように、私はここから逃れることもできない」

窮地に立たされているにもかかわらず、ロレンツォは何故か余裕の態度を崩さない。

僕が記憶している限りでは、この男の引き出しは残されていないはず。なら、一体……。

「聖王国との決戦用にとあの御方から賜ったものを、こんな『無能の悪童王子』などに使わなければならないのは癪《しゃく》ですが、そうも言っていられませんので」

そう言うと、ロレンツォは懐《ふところ》から何かを取り出した。

あれは……ニワトリの卵？　だが、それにしては真っ黒だが……って⁉

「ロレンツォ！」

卵を叩き割ったロレンツォに向け、僕は大声で叫ぶ。

その瞬間。

「な……これは、魔法陣……っ⁉」

床に黒の魔法陣が浮かび上がり、それは天井《てんじょう》をすり抜けてしまった。

「一体何をした！」

「クフフ……さあ、命乞いをするなら今しかありません。これまでの態度を悔い改め、聖女クリスティアを私に差し出しなさい」

「何を言って……」

「っ⁉　ハル！　あれ！」

何かに気づいたキャスが前脚で指し示した窓の外が、さっきまで晴れていたはずなのにいつの間にか暗くなっている。

……いや、違う。

「あれは……!?」

窓から顔を出して見上げた先にいたのは、王立学院の校舎すらも覆い尽くしてしまうほどの巨大な鳥。

間違いない。

「大怪鳥……〝ヴェズルフェルニル〟……ッ」

『エンゲージ・ハザード』の期間限定イベントに登場した、天空を司るレイドボス。

五十メートルを超す巨体でありながらレイドボス屈指の回避能力を誇り、さらにはそのスピードを活かし一ターンで三回もの攻撃を繰り出すため、物理防御力の低いパーティーではほぼ役立たず。せいぜい参加報酬を手に入れるのが関の山だ。

もしこれをソロで討伐しようと考えた場合、一ターン三回攻撃で一人のヒロインも行動不能にならずに乗り切れるだけの物理防御力と、ヴェズルフェルニルの回避能力を凌駕《りょうが》するだけの命中精度の高いスキルが必須。攻撃力の必要性なんて言うまでもない。

それらを考慮した結果、ヴェズルフェルニルがレベル一〇〇を超えていた場合、ソロでの討伐は不可能とされていた。

さらに。

「ヴェズルフェルニルには、【ホーミング】がある……っ」

【ホーミング】はヴェズルフェルニルの羽根を飛ばし、敵を仕留めるまで追尾し続けるスキル。このため回避は絶対に不可能。手詰まりにもほどがある。

だけど。

「うわあああああ！　あ……あ……あれは何だ⁉」

「魔獣よ！　魔獣が現れたわ！」

あれだけの図体《ずうたい》をした魔獣が空から飛んで来たら、さすがに王立学院の生徒達も気づくに決まっている。

聖王国の手前、できれば穏便に済ませたかったが、そうも言ってられないな……。

「みんな！」

「「「「はい！」」」」

僕の叫びに呼応し、サンドラが、モニカが、クリスティアが、カルラが、一斉にロレンツォへと襲いかかる。

ヴェズルフェルニルを呼び出したのはロレンツォ。なら、ひょっとしたらあの魔獣を撃退する方法を知っているかもしれない。

ロレンツォは堪らず【ルスヴン・ミスト】で逃れようとするが。

「うふふ、【束縛する神の鎖】」

「っ⁉」

クリスティアの右手から放たれた白銀の鎖が、霧に変化したはずのロレンツォを捕らえ、実体を再び現した。人前では恥ずかしくなるように拘束された状態で。

彼女の固有スキル【束縛する神の鎖】は対象のバフ効果を打ち消してスタン状態にし、なおかつ光属性の状態回復スキルを除けば解除不可能。こうなれば霧に変身することもできない。

「あっ」

「ロレンツォ、あの魔獣を止める方法を言え」

「クフフ……無理ですよ。ヴェズルフェルニルが大切にしている卵を破壊したんです。恨みを晴らすまで止まることはない」

「ならオマエを殺して差し出せば……」

「クハハハハハハハハ！　無駄ですよ！　デハウバルズ王国に残された未来は、王立学院を皮切りとした王都壊滅だけです！」

「厄介な……！」

くそ……どうする……？

少なくとも王国軍がここに到着するまで時間がかかるし、それまでにここの生徒や教師達はただでは済まない。

せめて王国軍到着までに持ちこたえるにしても、まだ『エンハザ』の本編が開始されていない中で、対抗できるだけの強さが僕達にあるのか……って。

「サ、サンドラ……？」

「ふふ……愚かな。あのような鳥を持ち出したところで、結末は変わらないというのに」

「うぐ⁉」

高笑いするロレンツォの口の中に『神滅竜剣バルムンク』を突き入れ、サンドラは口の端を吊り上げる。

どうやら彼女は、あのヴェズルフェルニルと一戦交えるつもりのようだ。

……本音を言えば、クリスティアルートは台無しにしてやったし、彼女と交わした取引によってバッドエンドを迎えそうになった場合のリスクヘッジも用意した。

わざわざあんなレイドボスを相手取る必要もなく、王立学院の生徒達の救出を含め、王国に丸投げしておけばいいことも分かっている。

だが。

「キャス……頼めるか……？」

「えへへ、言うと思った。ハルがあんな奴を放っておくわけがないもんね」

キャスが子猫の姿に戻り、僕の肩に乗って頬ずりをする。

どうやら相棒は、僕の考えなどお見通しのようだ。

「なら、行こう」

「うん！」

三階の窓から一気に飛び降りた僕は、災禍獣《さいかじゅう》キャスパリーグに変身したキャスの大きな背中に乗り、無事に地面に着地すると。

「サンドラ！　モニカ！　あのデカブツの攻撃は僕が全部引き受ける！　君達は僕が合図したら、その時は！」

「はい！」

「お任せください！」

僕の声が聞こえたのか、それともロレンツォが操《あやつ》っているのか、それは分からない。

だが僕らを捉えたヴェズルフェルニルの瞳がぎらり、と光り、一気に急降下を仕掛けてきた。

我が子を奪った餌以下の存在に過ぎない僕を、仕返しとばかりに捕食するために。

「キャス！」

「うん！」

『漆黒盾キャスパリーグ』を、ヴェズルフェルニルへ向けて構える。

そこへ。

「っ！　くうっ！」

ヴェズルフェルニルによるくちばし、両足の爪による三連続の攻撃をかろうじて受け止める。

これだけの威力がありながら通常攻撃だっていうんだから、正直やってられない気分だが、

『エンハザ』ではこうやって攻撃していたんだな。

とはいえ、体勢を崩すことなく防いだところを見ると、ヴェズルフェルニルのレベルは少な

くとも一〇〇以下。これならいけそうだ。

それに……こうして防いだことで、このレイドボスは僕を標的と定めてくれた。これなら生徒達が狙われることなく、避難する時間を確保できる。

「さあ……王国軍が到着するまで、付き合ってもらうぞ」

「クエエエエエエエエエエエエエッッッ！」

雄叫びを上げ、ヴェズルフェルニルは上空でホバリングをすると【ホーミング】により無数の羽根を飛ばしてきた。その数、おそらく百は下らないだろう。

だが僕は、それを全て弾く、弾く、弾く。

一度でも命中させてしまえば【ホーミング】は追尾効果を失い、ただの羽根と変わる。

「ほらほらどうした！　そんな羽根ごときで僕達を倒せると思うな！　所詮《しょせん》は鳥頭だな！」

少しでもこちらにヘイトが溜《た》まるように、僕は『無能の悪童王子』らしく尊大で傲慢な笑みを浮かべて煽《あお》る。

少しずつ体を入れ替え時計回りのように動いて誘導し、ヴェズルフェルニルは逃げ惑う生徒を背にする格好となった。

「フン……なかなか気分がいいな」

見ると、僕とヴェズルフェルニルの戦いを、ウィルフレッドがマリオンや使節団の面々とともに茫然《ぼうぜん》と眺めている。

そうだ。オマエの引き立て役に過ぎない『無能の悪童王子』は、婚約者で最推しのヒロインのサンドラとの特訓やモニカの献身的なフォロー、キャスという相棒を手に入れてここまで強くなれた。

……いいや、違う。今の僕は引き立て役でも、噛ませ犬でもない。

彼女が……アレクサンドラ＝オブ＝シュヴァリエが僕を見てくれているなら、主人公にだってなってみせる！

「もう終わりか？　あまり僕を舐めるなあぁぁぁぁぁぁぁぁぁぁぁあッッッ！」

「クエエエエエエエアアアアアアアアアアッッッ！」

いつまで経っても僕にかすり傷一つ負わせることができず、ヴェズルフェルニルは奇声を上げ、肉薄してくちばしや爪による攻撃と同時に【ホーミング】を次々と放つ。

それでも、僕と相棒の防御を打ち破ることができない。

すると。

「飛び……去った……？」

突然ヴェズルフェルニルは上空を見上げ、ものすごい勢いで上昇していった。

その巨体を肉眼で捉えることができないほど、高く、高く。

「ハル様！」

「ハロルド殿下！」

「来るな！」

飛び出そうとしたサンドラとモニカを、僕は大声で制止した。

ああ……分かっているぞ。オマエが僕を倒すために、あのスキルを使用することを。

僕は『漆黒盾キャスパリーグ』を空に掲げ、その時を待つ。

ヴェズルフェルニルが舞い降りる、その瞬間を。

雷《いかづち》の矢となって降《ふ》り注《そそ》ぐ、その瞬間を。

そして。

「っ！　来る！」

――キイイイイイイイイイイイイインンンンン……ッッッ！

音と空気を切り裂く音が上空に鳴り響き、耳をつんざく。

この僕を仕留めようと、唸《うな》りを上げて。

「さあ……かかってこいッッッ！」

――ドオオオオオオオオオオオオオオオオオオオオオオオオオオオオオオオ
オオオオオオオオオオオオオオオオオオオオオオオオオオオオオオオオオオ
オオオオオオオオオオオオオオオオオオオオオオオオオオオオオオオオオオ
オオオオオオオオオオオオオオオオオオオオオオオオオオオオオオオオオオ

オッッッ！


終わることなく続く、不快な音と衝撃波。

それが『漆黒盾キャスパリーグ』を破壊しようといつまでも降り注ぐ。

これこそがこのレイドボスの最強スキル、【ソルソート】。

まるで人間の足に踏み潰されてしまう蟻《あり》のような気分になるほど、絶望的な圧力を受け続け、『エンハザ』ではダメージを受けた数字が連続して延々と表示され続けるため、プレイヤーは思わずバグを疑ってしまうほどの攻撃。

しかも……これで終わりじゃない。


――ツッッ！


衝撃波の音すらもかき消されてしまうほどの音と衝撃が、とどめとばかりに襲いかかった。

ヴェズルフェルニルのくちばしの、全てを穿《うが》つ一撃が。

だが。

「あああああああああああああああああああッッッ！」

渾身の一撃を、僕は『漆黒盾キャスパリーグ』で逸らしてみせた。

僕の全てを……前世の記憶を取り戻し、サンドラと積み上げてきた全てを懸けて。

【ソルソート】の一撃は、『エンハザ』でも数少ない絶対防御不可の攻撃。

その威力も相まって、食らったキャラは即時行動不能になる以外の選択肢はない。

ただし、ありがたいことに【ソルソート】は全体攻撃ではなく、一体しか攻撃できない。

だから僕は、あえて標的になった。

僕一人なら、防ぐことができるから。

そう……これこそがヴェズルフェルニルを倒すための、最適解。

誰よりも『エンゲージ・ハザード』をやり込み、全てを熟知し、盾という誰も選ばない武器を選択した僕だけが取り得ることができる、たった一つのやり方だ。

――し、ん……。

周囲に訪れる、静寂。

全ての力を使い果たして膝をつく僕と、王立学院の校庭に身体をめり込ませたヴェズルフェルニルの姿があった。

あとは。

「サンドラ！　モニカァァァァァァァァァッッッ！」

「「はい！」」

校舎へ向け、僕は大声で叫ぶ。

大切な二人……最推しの婚約者と専属メイドに、僕達の勝利を託して。

「ふふ……うふふ……うふふふふふふ！　ハル様がこんなにも素晴らしい戦いを見せて……いえ、魅せてくださったのです！　ええ！　ええ！　それはもう盛大にこの害鳥を駆除してあげましょう！」

「お任せください。ハロルド殿下の前に立ち塞がる者は、このモニカ＝アシュトンの手で全て刈り取られるということを、思う存分分からせて差し上げます」

王立学院の校舎の三階から、まるで解き放たれたバリスタのように飛び出したサンドラとモニカ。よく見ると、サンドラの瞳は血塗られた赤に輝いていた。

「うふふふふふふふふふふふふふふふふふふ！」

サンドラの放った『神滅竜剣バルムンク』による一撃が、ヴェズルフェルニルの剝き出しになった胴体を無残に、乱暴に、容赦なく斬り裂く。

その間隙《かんげき》を縫ってモニカは、まるで羽根をむしるかのようにマチェットで刈り取っていった。

「「あ、圧倒的だあ……」」

僕もキャスも、二人の戦う様を見て呆けた声を漏らす。

いやいや普通にヤバイ。むしろヴェズルフェルニルが可哀想になるほどに。

すると。

「【四天滅裂】　ッッッ！」

そんな二人に割り込むかのように、カルラまで参戦してきた。

サンドラ達と同様にレイドボスを斬り刻んでいることからも、彼女の強さもまた尋常じゃない。よく引き分けることができたな、僕……って。

「【神の恵みの雫《しずく》】」

突然身体が光に包まれ何事かと周囲を見回すと、いつの間にか僕の後ろには微笑むクリスティアがいた。【束縛する神の鎖】で拘束された、ロレンツォを引きずって。

「ハロルド殿下、本当にお見事でした。カルラからお話は伺っておりましたが、これほどとは思いませんでした」

「い、いや、そんな……」

「うふふ、謙遜《けんそん》など無用です。やはり私の目に狂いはなかった」

今回の王国の訪問に当たり、クリスティアはバルティアン聖王国の密命を帯びていた。

一つは、教皇の政敵であるロレンツォの監視。もう一つは、長期的な視点に立ち聖王国がデハウバルズ王国の誰と手を結ぶべきかの見極め。

普通に考えれば、王位継承争いを繰り広げているカーディスとラファエルのいずれかと手を結ぶところだが、聖王国は君主ではなくその周囲とのパイプを求めていた。

その候補となったのが、僕とウィルフレッド。

国王から目をかけられてカーディスの右腕となり饗応役に真っ先に指名されるなど、王国において今や飛ぶ鳥を落とす勢いのウィルフレッドだが、クリスティア曰《いわ》く、手を結ぶに値しないそう。何よりウィルフレッドという男が信用できないそうだ。

腹黒ヒロインの彼女からそんな評価を受けるなんて、一体何をやらかしたのかと思ってしまうが、いずれにせよクリスティアは僕に白羽の矢を立てたのだ。

僕としても王国内で後ろ盾が何もない以上、聖王国の支援を受けられるのはバッドエンドを回避する上で非常にメリットがある。

何より万が一バッドエンド不可避となった時に、聖王国という逃げ場所を確保することができたのだから。

ただし。

「ハロルド殿下、これからよろしくお願いします」

「なっ⁉」

疲労で動けないことをいいことに、クリスティアがしなだれかかってきて胸を押し付けてくる……だと⁉

こんなところをサンドラに見られたら大変なことに……っ⁉

「ふふ……そうですか。害鳥駆除に励んでいる隙を狙って、どこぞの泥棒猫が私のハル様にちょっかいをかけているなんて」

「ヒイイイイ⁉」

ロレンツォや今まさに剣を叩き込んでいるヴェズルフェルニルを相手にしている時以上に不気味な笑みを見せるサンドラに、僕は思わず悲鳴を上げるが。

「ハロルド殿下、あまり動かないでください。思うように治療ができません」

少しでも離れようともがくが、クリスティアは僕を抱きしめて逃がさない。

僕達がそんなどうでもいい攻防を繰り広げていた、その時。

「な……っ⁉」

「お嬢様⁉」

上半身を地面にめり込ませ、何もできないはずのヴェズルフェルニルが、その巨大な翼でサンドラを抱え込んだ。

モニカに刈り尽くされ、僅《わず》かに残った羽根を彼女に押し付けて。

「サンドラアアアアアアアアアアアアアッッッ！」

僕は叫び、クリスティアを振り払って彼女へと駆け出す。

だが。

「あ……ああああ……っ」

翼を突き抜ける、数本の羽根。おそらく密着した状態で、【ホーミング】が放たれたのだろう。

サンドラの、小さな身体へと。

その瞬間。

——僕の中の、何かが切れた。

「っ⁉　変身が解けちゃった⁉」

子猫の姿に戻ったキャスが何かを叫んでいるが、どうでもいい。

僕はこの鳥を、ぐちゃぐちゃにしてやらずにはいられないのだから。

「【排除する者《エリミネーター》】」

右手を差し出し、僕の中にある八つの役立たずスキルの一つ、【デハウバルズの紋章】が反転し、現れたスキルの名を唱える。

その瞬間、ヴェズルフェルニルすらも覆ってしまうほど巨大な手が現れた。

——ぐしゃ。

右手を握った瞬間、巨大な手は地面すらもまとめて抉《えぐ》り取ると。

──ヴェズルフェルニルは、肉塊と化した。


「ハル！　ハル！」

「…………………………え？　あ、キャ、キャス……？」

僕の肩に乗り、耳元で叫ぶキャスの声で我に返った僕は、呆けた声を漏らす。

「もう……ほ、本当に心配したんだからね？　急にマナの接続が切れるし、突然大きな手が現れてあの敵を握り潰しちゃうし……」

「ご、ごめん……って、それよりもサンドラが！」

そうだ！　こんなことをしている場合じゃない！

【ホーミング】をゼロ距離で受けたんだ。きっとサンドラは大怪我《けが》を負って……っ!?

「……ふふ、うふふ、うふふふふふふ……！　ハル様があのような素晴らしい力をお持ちだなんて……！」

肉の塊となったヴェズルフェルニルの上に立ち、サンドラは夕日を背に浴びて真紅の瞳を輝かせ、恍惚《こうこつ》の表情を浮かべていた。

だ、だけど、どうして無事なんだ……いや、そんなことはどうでもいい。

「サンドラアアアアアアアアアアアアアアッッッ！」

「！　ハル様！」

彼女の名を叫び駆け出すと、サンドラはヴェズルフェルニルだったものの上から飛び降り、僕の胸の中に飛び込んできた。

「ハル様、ハル様」

「サンドラ……よかった……っ」

今は彼女が無事だったことを、この世界の神に心から感謝しよう。

胸に頬ずりをする最推しの婚約者の小さな身体を、僕は力一杯抱きしめた。

◇◆◇◆◇

「そ、その……手合わせをいただき、ありがとうございました」

「こちらこそ！　ありがとうございました！」

ロレンツォによる『聖女誘拐未遂事件』から三日が経ち、僕は王宮内の訓練場でカルラと手合わせをしていた。

というか最初に試合をしたあの日以来、カルラから執拗《しつよう》に試合を申し込まれており、これまでサンドラとしか手合わせをしてこなかった僕としてはありがたいことではあるんだが。

「その……聖女様の護衛はいいのですか？」

「もちろんです。使節団には私以外にも聖騎士はおりますし、ハロルド殿下との修練の時間くらいは自由にさせていただいております」

「それならいいんですが……」

まあ、本当に問題があればクリスティアも黙ってはいないだろうし、僕が気にすることじゃないな……って。

「うふふ、今日もカルラにお付き合いいただき、ありがとうございます」

「っ⁉」

クリスティアに背中にもたれかかられ、僕は思わず飛び退く。

いつの間にか僕の後ろにいることにも驚きだが、どうしてこう彼女はやたらと密着してくるのか。僕からすればクリスティアはレイドボスよりも厄介だ。

「……どうやら聖女様は、王国に骨を埋めたいようですね。物理的に」

「そうですね、ハロルド殿下が私をお求めであるならば」

サンドラに『神滅竜剣バルムンク』を喉元《のどもと》に当てられているにもかかわらず、そんな冗談を言うクリスティア。『エンハザ』のヒロインだけに勇気と度胸があるのは結構だが、頼むから僕を巻き込むな。

「と、ところで、聖女様が訓練場に足を運ぶなんてどうされたんですか？」

殺伐とした空気に耐え切れず、僕はそんなことを聞いてみる。

「そうでした。実はロレンツォの処遇について、聖王国の教皇猊下から書簡がまいりました」

そう言うと、クリスティアは書簡の内容について僕達に説明してくれた。

当たり前だがロレンツォはクリスティアの【束縛する神の鎖】により拘束された状態で護送。到着次第、動機や背景などについて詳しく調査するとのこと、なのだが……。

「ハロルド殿下に阻止されたことがよほどショックなのか、ロレンツォがおかしなことを呟いているところを他の聖騎士が目撃しているんです」

「おかしなこと？」

「はい……『これでは話が違う』と」

「話が違う……」

あの男がそう呟く理由の一つは、ヴェズルフェルニルについてだろう。ロレンツォは、まさか僕達に止められるとは思ってもみなかっただろうから。

ただ。

「つまりロレンツォの裏に、何者かがいるということ」

僕の言葉に、クリスティアが頷いた。

『エンゲージ・ハザード』における『聖女誘拐事件』は、クーデターと天敵である聖女殺害を目論《もくろ》むロレンツォの単独犯行によるものという顛末《てんまつ》だったが、実はそうじゃなかった……？

というか、そもそも大怪鳥ヴェズルフェルニルは期間限定イベントのレイドボス。クリスティアルートに登場していない。

なら、ヴェズルフェルニルを召喚する黒い卵も、背後にいる者が渡したに違いない。

「いずれにしましても、教皇猊下からの指示が届いた以上、私達も聖王国に早急に帰還しなければなりません。その……名残惜しいですが……」

そう言うと、クリスティアは僕の手を取ってうつむく。

切なそうな表情を浮かべる彼女に、僕は。

「そ、その……一年後には聖女様やカルラ殿も、王立学院に通うのですよね？　でしたら、またお会いできますから」

ヒロインである二人が、『エンハザ』本編が始まる前に離脱するなんてことはあり得ない。

慰めではなく、確信を込めてそう告げた。

「あ……うふふ、そうでした。ハロルド殿下とは、その時にお逢いできますものね」

「ええ」

クリスティアは名残惜しそうに、頷く僕の手を離す。

「ハロルド殿下……と、一応アレクサンドラ様も。一年後に再びお逢いできることを、楽しみにしております。カルラ」

「はっ！　……ハロルド殿下、一年後にまた手合わせ願います」

胸に手を当ててお辞儀をし、クリスティアはカルラを連れて訓練場を後にする。

見送るべきかとも思ったが、聖女の瞳は『それは不要』だと言外に告げていた。なので、僕はここまでだ。

「……ようやく邪魔者がいなくなりましたね」

「は、はは……」

二人の背中を見つめて悪態を吐くサンドラに、僕は苦笑する。

確かにクリスティアには散々引っ掻き回されたし、サンドラとの特訓もカルラがいたのでいつもとは違ったからな。

「さて……二人に付き合っていたせいで遅れてしまった特訓を再開するといたしましょう。ええ、そうしましょう」

「っ⁉」

口の端を吊り上げ、嬉しそうに告げるサンドラ。

僕は何とかそれを回避しようと、口を開こうとしたその瞬間。

「お嬢様のおっしゃるとおりです。ハロルド殿下は聖女様とカルラ様にかかりっきりで、私達のことを放ったらかしでしたから。モニカは寂《さび》しかったです」

「モニカ⁉」

「ニャハハ、そうだね。ハルったら全然構ってくれないんだもん」

「キャスまで⁉」

おかしい。饗応役としてあの二人の相手はしていたのは事実だが、少なくともモニカとキャスはずっと一緒にいた記憶しかないが。

「そういうことですので、お覚悟なさいませ」

「ああああ……!っ!?」

結局僕は、ロレンツォやヴェズルフェルニルとの戦闘なんかとは比べ物にならないほどの特訓を受け、ボロ雑巾《ぞうきん》のように地面に転がることになった。

ただ。

「……結局、分からずじまいだな」

ヴェズルフェルニルとの戦いで発現した、【排除する者《エリミネーター》】というスキル。

宝の持ち腐れだった【デハウバルズの紋章】が、まさかそんなスキルに生まれ変わるとは、誰が予想できるだろうか。

なお、『エンゲージ・ハザード』には、そんなスキルは存在しない。

「あれは、何だったんだろうか……」

発現した【排除する者《エリミネーター》】は、ヴェズルフェルニルを倒した時点で元の【デハウバルズの紋章】に戻っているし、もう一度使えないかと何度も試すものの、巨大な手が現れるどころかただ手をわきわきさせるだけで端からは変態にしか見えない。女子が見たら、逃げられるか警察を呼ばれるかの二択だろう。

それに、キャスへのマナの供給まで勝手に切れてしまった。本当に分からないことばかりだ。

だけど。

「サンドラが無事だったんだから、それでよしとしないと」

ヴェズルフェルニルの【ホーミング】でやられてしまったと思われたサンドラは、なんと『神滅竜剣バルムンク』によって翼を斬り刻み、攻撃を受ける前にあっさりと脱出していた。

巨大な翼に覆われていたせいで分からなかったが、あの時は心臓が止まるかと思ったとも。

「ハル様？」

「……いや、何でもない」

不思議そうに見つめるサンドラに、かぶりを振ると。

――『無能の悪童王子』らしく、小悪党のようにニヒルに笑ってみせた。

幕間　見つけてくれた

■クリスティア＝サレルノ視点

私には、聖女として生きていくしか選択肢がなかった。

バルティアン聖王国の外れにある、小さな農村。そこで生を受けた私は、貧しいながらも優しい両親に育てられ、幸せに暮らしていた。

しかも私には特別な力があり、お医者様に頼らなくても怪我《けが》を治すことができる。

ごく稀《まれ》にそういった人が現れるらしいですが、私のは比べ物にならないほど優れているのだそう。

最初はたくさん褒めてもらえるのが嬉《うれ》しくて、ほんのちょっとしたかすり傷程度であっても惜しげもなく治療した。

でも、いつしかそれが当たり前になって、治療しなかったら逆に怒られることもあった。

マナがなくなって、つらいって、苦しいって訴えても、誰《だれ》も聞いてくれなくて。

そうしてお医者様の代わりのようにこき使われる日々を過ごしていた、八歳のある日。

私を迎えに来たという、白の神官服を着た綺麗《きれい》な女性と一緒に村を出た。

この時は全《すべ》ての村の人々がその女性に愛想笑いを振りまき、不安を湛《たた》えた目で私のことを見ていたことが印象に残っている。

今から思えば、きっと村の人々は私が告げ口することを恐れていたのだろう。

聖女を道具のように扱ってきた事実を、知られたくなくて。

そのせいで、バルティアン教会から目をつけられたくなくて。

それからの私は、村から連れ出してくれた綺麗な女性……今の教皇猊下《げいか》の教えを受け、聖女としての道を歩むことになった。

教皇猊下の教えは厳しかったものの、その中には確かに私への愛情が込められていた。

だから私は教皇猊下の期待に応《こた》えようと、あの日からずっと聖女の役割を演じ続けている。

そのことについて不満に思ったことはない。これは事実だ。

だけど……それでも、もし自分がどこにでもいる普通の少女だったらどんな人生を歩んでいたのかと、ふと思う時がある。

『聖女が読むべきものではない』と禁じられている、巷《ちまた》の大衆小説のような恋愛をするようなこともあるのだろうか。そんなことを思ったりするものの、あり得ないことだとして気持ちに蓋《ふた》をしてきた。

そして……私は教皇猊下の命を受け、デハウバルズ王国へやって来た。

教会内で暗躍する、枢機卿《すうききょう》ロレンツォ＝サルヴァトーリの本性を暴《あば》くために。

いずれ訪れる危機を乗り越えるための、頼もしき隣人を得るために。

――聖女の私を利用しようとするたくさんの魔の手から逃れるための、準備のために。

◇◆◇◆◇

「うふふ……私もまだまだですね」

聖王国へと帰還する船の甲板から海を眺め、私は思わず笑みが零《こぼ》れる。

この六年間、聖女としての仮面を被《かぶ》り続けてきたはずなのに、まさかあんなにも簡単に見抜かれてしまうなんて。

それも、『無能の悪童《あくどう》王子』と呼ばれるハロルド殿下に。

聖王国で入手していた情報では、ハロルド殿下の王国内での評価は最悪。王子としての資質もなく、第一王子であるカーディス殿下の腰巾着《こしぎんちゃく》に過ぎない存在ということだった。

『穢《けが》れた王子』と呼ばれ、同じく王国内で立場のないウィルフレッド殿下共々、聖王国としてあえて手を結ぶ必要性はない。教皇猊下は、今回の訪問ではいずれ留学した際に私が困ることがない程度に相手をすればよいとおっしゃってくださった。

私もそのつもりで、聖女らしく笑顔で相槌《あいづち》を打つ程度に留《とど》めておこうと考えていたけど、いざ王国を訪れてみると、あの御方は聖王国がつかんでいた情報とはまるで真逆だった。

饗応役の役割をそつなくこなし、多くの文官や使用人達からも頼りにされ、慕われている。

加えて、聖王国がこれまで手を焼いていたロレンツォを手玉に取り、巨大な鳥の魔獣……ハロルド殿下はヴェズルフェルニルとおっしゃっていたけど、絶望してしまうほどの攻撃すらもたった一人で凌《しの》ぎ切り、最後は圧倒的な力で破壊してしまうほどの強さまで持ち合わせていた。

しかも、気難しく他の聖騎士達が近づくことすらできないカルラまでもが、あんなにも彼に気を許しているのだから。

何より。

「私の心に、こんなにも簡単に触れてしまうのですから……」

そっと胸を押さえ、私は呟《つぶや》く。

誰からも……尊敬する教皇猊下でさえも気づかなかった、私の心。

ハロルド殿下は『僕も同じだったから』とおっしゃっていたので、ひょっとしたらあの御方も、『無能の悪童王子』の仮面を被っておられた、ということなのだと思う……って。

「ここにおられましたか」

声をかけてきたのは、カルラだった。

「潮風も強いですし、いつまでもここにいては風邪を引いてしまいます。中に入りましょう」

「うふふ、ありがとう。……ところで、カルラはハロルド殿下のこと、どう思いますか？」

「もちろん素晴らしい御方だと思います！　私も噂《うわさ》を聞いてはおりましたが、やはりそのようなものは当てにならないものですね！」

普段は冷静沈着で感情を表に出さないカルラが、興奮気味に話す。

私の護衛もそっちのけでハロルド殿下と毎朝の訓練に勤《いそ》しんでいるのだから、あの御方への熱の入れようはすごいと思いつつ、本音を言えば少々癇《かん》に障る。

彼女もまた、私にとってライバルとなる存在なのだから。

「ハア……アレクサンドラ様は羨《うらや》ましいですね。婚約者として、いつでもハロルド殿下と手合わせができるのですから」

カルラが海を眺めて溜息《ためいき》を吐《つ》き、そんなことを呟く。

本人は気づいていないようだけど、きっとカルラはハロルド殿下との試合だけを想《おも》って言っているわけではないと思う。

それは、この私も。

でも、ハロルド殿下とアレクサンドラ様を見て感じたのは、婚約者同士とはいえまだ距離があるということ。

お互いにもっと近づきたいという想いはあるようだけど、嫌われるのが怖くて探り合っていると言ったほうが正しいかもしれない。

いずれにせよ。

「うふふ……私達にもチャンスはありそうです」

そのためには、一年後の留学を待っていては遅い。

幸いハロルド殿下も私達と手を結ぶことを受け入れてくださったのだから、積極的に関《かか》わっていくことにしよう。

遠ざかるデハウバルズ王国の陸地を眺め、私はくすり、と微笑《ほほえ》んだ。

エピローグ ◆ 噛ませ犬の牙

「ぐふう……あ、ありがとう、ござい……まし、た……」

日課であるサンドラとの特訓を終え、今日も僕は訓練場の地面に転がる。

暴食獣ヘンウェンやセドリック、ヴェズルフェルニルとの闘いを経て少しは強くなったと思っていたが、相変わらず僕はサンドラの攻撃の半分を防ぐだけで精一杯だ。

「……本当に、ハル様の才能は底がしれません。肉体的にこれ以上の強さは見込めないはずなのに、私の攻撃の半分も防いでおられるのですから」

サンドラは最大級の賛辞を送ってくれるが、一方で物理関連の能力がカンストしているので絶望も同時に味わうところまでがワンセットだ。

ま、まあ、そもそもハロルドは魔法に特化したキャラのため、それは仕方ないのだが。それに、『漆黒盾キャスパリーグ』を常に使用して魔法関連の能力の底上げも図っているので、そちらも行き詰まってから色々考えるとしよう。

もちろん、あの謎《なぞ》のスキルの解明についても。

「えへへ。ハル、お疲れ様」

「ああ、キャスもな」

子猫の姿に戻ったキャスの前脚に、こつん、と拳《こぶし》を合わせる。

ハロルドの能力が扱いづらいからって、そんなことにいちいち悩むなんて今さらだ。

僕はこの相棒とともに、強くなると決めたのだから。

すると。

「ハロルド殿下。聖王国から手紙が届いております」

いつの間にか僕達の傍《そば》にいたモニカから、手紙を受け取る。差出人？　クリスティアに決まっている。

というかクリスティア達が聖王国に帰ってから、二日に一回のペースで手紙が送られてくるので、正直面倒くさい。

ちゃんと目を通さなければならないし、手紙をもらった手前、返事も書かないといけないのだから。

手紙の内容も『何をしているか』だとか『趣味はなんだ』とかくだらないものから、『今度二人きりで逢《あ》いたい』や『聖王国で暮らさないか』だの、おかしなことまで書いてくる始末。

おかげでサンドラは、手紙を読むたびにびりびりに破いているよ。メッチャ怖い。

「それで、あの女狐《めぎつね》は今度は何と言ってきているのですか？」

「え、ええと……」

射殺《いころ》すような視線を向けるサンドラから目を逸《そ》らし、手紙を開封すると。

「……ロレンツォが、処刑されたそうだ」

聖王国においてロレンツォへの厳しい尋問が続いていたそうだが、結局あの男は何一つ口を割らなかったらしい。

背後に何者かがいることは間違いないが、残念ながらこれで迷宮入りとなってしまった。

なお、処刑に当たってはロレンツォがヴァンパイアということもあり、清められた銀の杭を心臓に打ちつけた後、聖都で火あぶりにされたとのこと。

「ええと、他には…………………へえ」

「何かあったのですか?」

「国王陛下から直々に、『聖女様が留学した際には、ウィルフレッドに世話をさせる』との書簡が届いたそうだ」

「それは……」

「ああ。やはり陛下は、僕ではなくアイツを評価したみたいだ」

聖王国使節団が帰った後、僕とウィルフレッドはエイバル王から労《ねぎら》いの言葉を受けた。

といっても、僕はついでという感じで、そのほとんどがウィルフレッドへの称賛。

同席していたオルソン大臣は何故《なぜ》か僕のことを持ち上げてくれたが、全《すべ》て無視されたな。

オマケにロレンツォやヴェズルフェルニルについても、王立学院の生徒や教師達に箝口令《かんこうれい》が敷かれ、全てなかったことにされてしまった。これについては聖王国側としても公になるのはよろしくないので、それはそれで都合がいいんだが。

ただ、そうは言っても王都の住民の一部はヴェズルフェルニルを目撃しており、巷《ちまた》で噂《うわさ》になっているとのこと。

とはいえ、王国がその存在を否定してしまったため、都市伝説レベルで尾ひれがついてしまっているらしいが。

「とにかく、今回のことではっきりしたのは、国王陛下はウィルフレッドのことを特に目にかけているということだ」

その背景には、愛人でありウィルフレッドの母親でもあるサマンサが絡《から》んでいるのだろう。

いずれにせよ、四人の王子の中で僕だけ眼中にないことは理解した。

別に『エンハザ』の本編が始まれば『世界一の婚約者』を連れてきた者が次期国王に任命されるので、全部無意味になるんだがな。

手紙を折りたたみ、僕は懐《ふところ》にしまう。

「さて……そ、それより、今日の特訓も終わりだなあ……」

「は、はい……」

サンドラを朝食にでも誘いたいが、緊張もあってどうにも言葉にできない。

やっぱり普段の会話と比べたら、難易度が一気に跳ね上がってしまう。

それにもし彼女に予定があったりしたら、むしろこのお誘いは邪魔でしかなく、僕はまたやらかすことになる。

既にかなりのやらかしポイントを蓄積してしまっているので、ここでのマイナス評価は何としても避けたいところ……って。

「ハロルド殿下。誠に勝手ながら、お嬢様の分を含め朝食の準備をしてしまいました」

何故か胸を張ってドヤ顔でそんなことを言うモニカ。僕に褒めろと言わんばかりである。

だが、もしこれでサンドラが気を遣って断ってきたら、僕の評価がさらに下がって……。

「実は恥ずかしながら、お腹《なか》が空いていたところです。その……もしハル様がよろしければ、ご一緒しても……」

「う、うん……」

よくやったモニカ。だからお願いだから、そんなに顔を近づけて『褒めろ褒めろ』と目で訴えるのはやめてほしい。

僕達は着替えを終えて食堂へ向かう……のだが。

「おはようございます、ハロルド兄上。それに義姉上《あねうえ》も」

現れたのは、マリオンを連れたウィルフレッドだった。

「どうしてオマエが王宮にいる」

「もちろん、国王陛下に呼ばれたからですよ」

涼やかな表情で告げるウィルフレッド。ひょっとしたらエイバル王が聖王国に書簡を送ったことを聞かされたのかもしれない。

「ならもうここには用はないだろう。早く離宮に戻れ」

「そんな邪険にしないでください。それより、たまには一緒に食事でもいかがですか？　もちろん、義姉上も一緒に……」

「あなたに『義姉上』と呼ばれるなど、屈辱でしかありません。二度と私の前で口を開かないでください」

「……ああ、なるほど。そういうことですか」

僕とサンドラの顔を交互に見やったあと、ウィルフレッドが含みのある笑みを浮かべる。

コイツ……一体何を考えている。

「分かりました。義姉……アレクサンドラ殿、またいずれ。ハロルド兄上も、いい加減俺《おれ》の引き立て役に過ぎないことを理解したほうがいい」

胸に手を当てて一礼し、ウィルフレッドはマリオンを連れてこの場から去った。

アイツ、もう臆面もなく本性を曝《さら》すようになったな。

「……本当に不快です。あの屑《くず》は相変わらず……っ！」

「お嬢様」

「っ⁉」

瞳《ひとみ》の色が血塗られた赤に変わり、ウィルフレッドが去った廊下の先を睨《にら》みつけるサンドラだったが、モニカに声をかけられ、彼女は慌てて顔を伏せるとすぐに元の透き通るような青い瞳に戻った。

戦闘の時だけかと思ったが、どうやら感情が昂《たかぶ》ると彼女の瞳は変わるようだ。

「あ……そ、その、気持ち悪いですよね……？」

いつもの冷たい表情は鳴りを潜め、サンドラは窺《うかが》うように上目遣《うわめづか》いでおずおずと尋ねる。

……ひょっとしたらサンドラにとって、真紅の瞳はコンプレックスなのかもしれない。

「い、いや。……僕はすごく綺麗《きれい》だと、お、思う……」

恥ずかしいからといって黙っていてはいけないと……彼女の瞳を否定したらいけないと、そう思った。

僕はその真紅の瞳に、たくさん救われてきたのだから。

「あ……ふ、ふふ。ありがとうございます……っ」

「なななななっ⁉」

いつもは適度に距離を保つサンドラが、感極まった表情で僕の胸に飛び込んできた⁉

突然のことにどうしたらいいか分からず、モニカとキャスを見ると……どうして二人共親指を突き立てているんだ⁉　特にキャス、前脚でそんなことをするなんて器用すぎる。

だけど……いよいよウィルフレッドが『穢《けが》れた王子』の皮を脱ぎ去り、『エンゲージ・ハザード』の主人公として牙《きば》を覗《のぞ》かせた。

きっとこの先も、あの男は噛ませ犬以下で『無能の悪童《あくどう》王子』である僕の前に立《た》ち塞《ふさ》がってくるだろう。しかも、エイバル王やカーディスといった後ろ盾を得て。

でも。

「それならそれで構わない」

「ハル、様……？」

胸の中から顔を上げ、不思議そうに僕の顔を見つめるサンドラ。

この前世の立花晴《たちばなはる》の時から愛してやまない、最推しのヒロインに告げよう。

「サ、サンドラ……僕は強くなる、強くなってみせる。誰《だれ》にも負けないほど……『大切なもの』を守り抜けるほど、強く」

「はい……ハル様ならきっと強くなれます。この、私よりも」

サンドラにはあれだけ圧倒的な強さを見せつけられて自信の欠片《かけら》もないが、何よりも大切な婚約者がそう信じてくれているんだ。

なら僕は、超えるだけ。

あの最強を誇った、『エンゲージ・ハザード』の主人公を。

だからウィルフレッド、覚悟しておけ。

――噛ませ犬のこの牙で、作られた未来《シナリオ》を噛み砕いてやる。

あとがき

初めての方ははじめまして。初めてでない方は改めまして。作者のサンボンでございます。

この度は『無能の悪童王子は生き残りたい』をお読みいただき、ありがとうございます。

ありがたいことに本作、第一巻と第二巻を二か月連続で刊行していただくことになりました。作者である私が一番驚いております。すごいです。メッチャすごいです。

ということで、八月にも『無能の悪童王子は生き残りたい』の第二巻が発売されます。発売日は八月九日のあたりになるかと思いますので、どうぞよろしくお願いします。

しかも二巻では、ハロルドと主人公であるウィルフレッドとの直接対決となっておりますので、ものすごく面白くなっております。どうぞお楽しみに。

それでは最後に謝辞を。

本作にお声がけくださり、また、出版まで親身にしていただきましたGA文庫様と担当のN様。本当にありがとうございます。

ハロルドをはじめ本作のイラストを描いてくださいましたYuzuki先生。最高のイラストをありがとうございます。

そして最後に、『無能の悪童王子は生き残りたい』をお読みいただきました読者の皆様、ありがとうございました。また来月もお逢いできるのを楽しみにしております。

遂に激突――
最凶の悪役VS最強の主人公！
無能の悪童王子は生き残りたい
―恋愛RPGの悪役モブに転生したけど、
原作無視して最強を目指す―
The Survival of an Incompetent Villainous Prince.
第2巻
2024年8月9日頃
発売予定!!

予告！

ファンレター、作品の
ご感想をお待ちしています

〈あて先〉

〒105-0001
東京都港区虎ノ門2-2-1
SBクリエイティブ（株）
GA文庫編集部 気付

「サンボン先生」係
「Yuzuki先生」係

本書に関するご意見・ご感想は
右のQRコードよりお寄せください。

※アクセスの際や登録時に発生する通信費等はご負担ください。

https://ga.sbcr.jp/

無能の悪童王子は生き残りたい
～恋愛ＲＰＧの悪役モブに転生したけど、原作無視して最強を目指す～

発　行　2024年7月31日　初版第一刷発行

著　者　サンボン
発行者　出井貴完

発行所　SBクリエイティブ株式会社
〒105-0001
東京都港区虎ノ門2-2-1

装　丁　BELL'S GRAPHICS（内藤信吾）

印刷・製本　中央精版印刷株式会社

ISBN978-4-8156-2551-1
Printed in Japan　GA 文庫